JN187040

YUFUKO SENOWO
妹尾ゆふ子

Illustration/ことき

目次

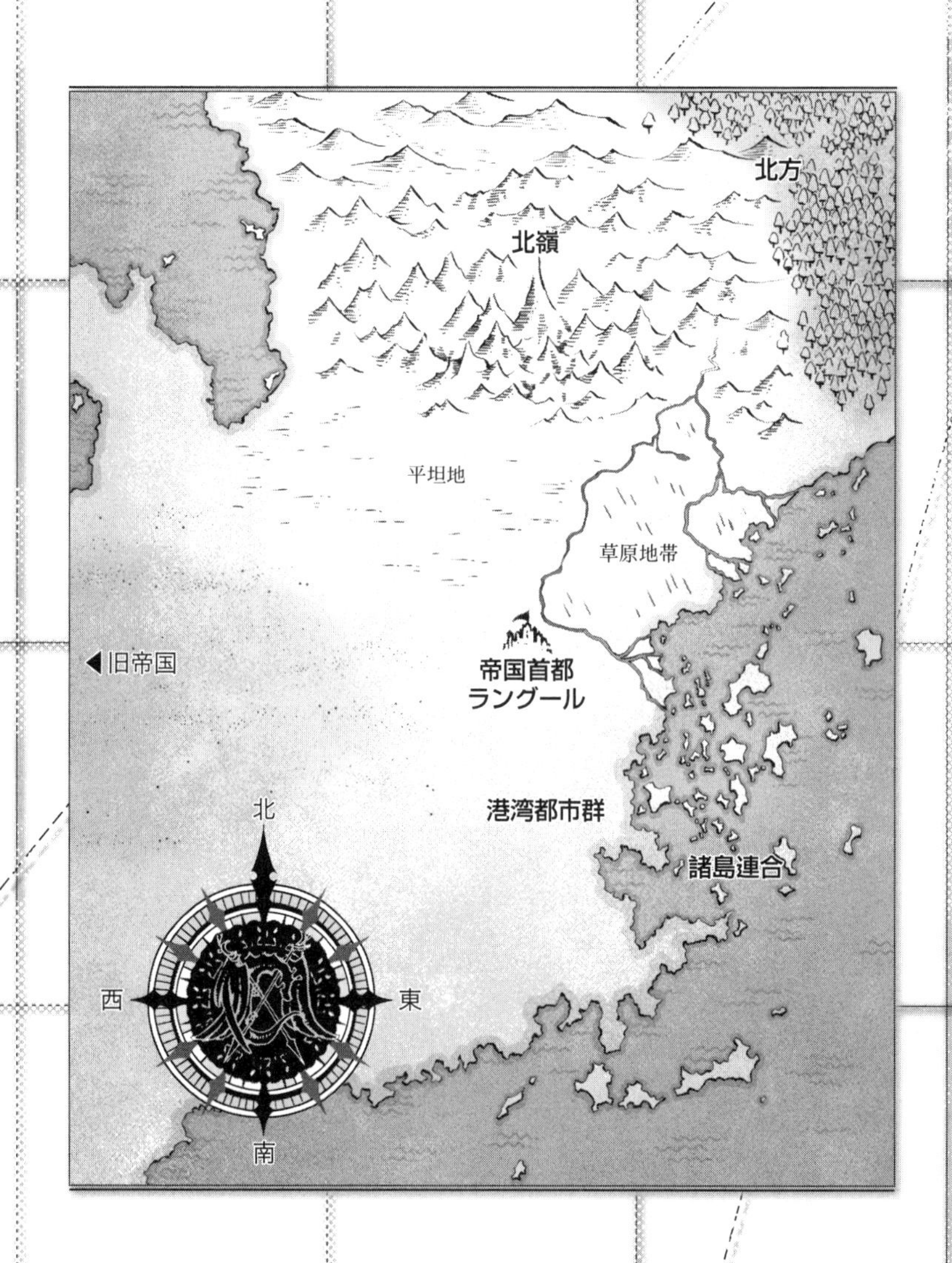
北方
北嶺
平坦地
草原地帯
◀旧帝国
帝国首都
ラングール
港湾都市群
諸島連合
北
西
東
南

人物紹介
THE HOME OF THE WINGS
ヤエト
「過去視」の力を持つ帝国の尚書官
病弱な身
皇女
皇帝の娘であり、
北嶺の太守として着任する
ジェイサルド
《黒狼公》に仕えていた騎士
ルーギン
皇女の騎士団長
ファルバーン
アルハンの遺民
ラキニー
皇帝の妹

タルキン
北嶺の民

グランダク
北嶺の民

キーナン
ヤエトの養子

ミアーシャ
《黒狼公》の妹

エイギル
ルーギンの部下

タナーギン
尚書官

スーリヤ
ヤエトが救った少女

スラジャ
《黒狼公》の代官

THE HOME OF THE WINGS

レイランド

北方ルス公家の公子

ルシル

レイランドの妹

ウィナエ

ターンの預言者

セルク

北嶺の民

第二皇子

皇帝の息子

第三皇子

皇帝の息子

ラダヤーン……皇女の騎士団員

イスヤーム……北嶺の民

アルサール……北嶺の民

ナオ…………皇女の女官

ナグウィン……商人

第六皇子

皇帝の息子

第四章

1

切り下げた前髪の下から、ルシルはまっすぐにヤエトを見ていた。その眼差しに、迷いはない。

——想いの強さで比べれば、かなわぬだろうな。

かつて、ヤエトは厄介な男だといわれていた——失うものがないことを、理由に。

未来に希望を持たないために欲がなく、守るべき係累もなく、義理もない。懐柔に使える材料に乏しく、他者から操作されづらい存在である、と。そう評されていた。

ルシルも、似ているのかもしれない。

人とのかかわりがなければ名声にも心動かされぬだろうし、財貨に至っては価値もわかるまい。少女の世界は閉じられていて、その外にあるものなど、視界に入って来ないからだ。親しい血族もなく、友と呼ばれるヤエトでさえ、たまたま少女の心にはじめて手をのばした存在であるに過ぎない。

その淡い好意を担保にして、彼がルシルに要求しているものは、すべて、である。

少女を守る神秘の力を、人外の友人たちを、北方という共同体で彼女を皆から遠ざけ、同時に守ってもくれるア＝ヴルスという位階の持つ特権を——すべてを、だ。

同情はする。

だが、ヤエトとて、おのれのすべてを賭けているつもりだ。

以前とは、違うのだ。家名や臣下、領民。そして彼を翼臣と呼んでくれる皇女をはじめ、少なからぬ人々の信頼を背負って、彼はここに立っている。

これまでの人生で出会って来た人々、皆の幸いのため、未来のために。その中に、ルシルだけが含まれていないというわけではない――それを、どう伝えればよいのか。

「魔界の蓋が開けば、あなたの妖魔たちも、無事では済まない。違いますか？」

ルシルが、口を開いた。

「もし、盗賊がそこで悔い改めれば。あるいは、せめて男の命を救っていれば、盗賊も幸いを得、友を得たであろう」

それは、言葉を覚えるために暗記したと思しき、沙漠に伝わる物語。孤独な少女が、言葉に困ることなく語り得る文言のひとつだ。

ふたたび、さらに強い眼差しをヤエトに据えて、少女は尋ねた。

「悔い改めるのは、誰？」

「ルシル――」

「ほんとうに、幸いや、友、……得られた？」

その問いだけを残して、少女の姿はかき消えた。

――失敗した。

協力を得るどころではない。これでは、決裂も同然だ。

「……今のは、なんだ？」

セルクの声に、ヤエトは我に返った。惚けている場合ではない。

「ルシルを探さねば。心当たりはないか？」

「部屋はあるが、たぶん、そこにはいないだろう」

「では、どこに？」

言葉に詰まったセルクの様子に、ああ、とヤエトは思った。セルクは、よくやってくれた。ルシルを、ずいぶんと人の世界に引き寄せてくれた。

だが、人の世の不条理から逃れたくなったとき、ルシルはそこから隔絶された場所を目指すはずだ。当然のことながら、それはセルクの知るところではないだろう。

殿、とアルサールが控えめに声をあげた。

「あの魔女と、はじめて会った場所は、どうでしょう」

ヤエトが会ったのは、この建物の敷地内だ。しかし、アルサールがいっているのは、違う。

――湖に建つ、塔のことか。

幽閉されていたとはいえ、少女には慣れ親しんだ場所といえるかもしれない。わずらわしい人の世と、距離を置くこともできる――むしろ、うってつけの避難所ではないか。

「行ってみる価値はありそうだ。場所はわかるか？」

「はい。鳥の準備を」

「たのむ。ただし、行くのはわたしと、もうひとりだけだ。わかったな」

大人数で押し掛けて、ルシルの心証を悪くしたくない。何人連れて行っても、ルシルと争うことになれば勝てないし、そもそも対立してはならないのだ。といって、ヤエトひとりでと主張しても、押し問答になるのはわかりきっている。供を連れて行くという譲歩を見せなければ、殿はお疲れですからと、よってたかって寝台に投げ込まれかねない。

「心得ました」

厩舎へと駆け出すアルサールを見送って、ヤエトは思った。

――あの子にとっても、辛いだろうが。

少し、距離を置かせたとはいえ、セルクが大声で叫んだのだ。鳥が翼を失うかもしれないという話があったことは、承知しているだろう。なのに、あの落ち着きぶりはどうだ。

成長したな、と思うと同時に、ヤエトは自問せざるを得なかった。

――自分はどうなんだ。

感情を、抑えきれていないのではないか。周囲には、どう見えているだろう。

「……すまない」

ふり返ると、悄然（しょうぜん）としたセルクの姿があった。ふだん、無駄に元気がよいだけに、落差が凄い。

「いや、謝る必要はありません。ルシルの居場所が思い当たらなくても、無理はない。あれほどの力があれば、どこへでも行けるのですし――」

「そうじゃない。そりゃ、鳥が……翼を失うかもしれないという話については、はっきりさせるべきだし、いろいろ説明も欲しい。だけど、それでも……今、持ち出すべきではなかった」

一旦は顔を上げたセルクだが、すまなかった、とまた視線を落とした。

「当然の反応です。あまり、自分を責めないように」

なぜか、慰めの言葉が口をついて出てしまう。それほど、萎（しお）れて見えたのだ。

だが、セルクは口を引き結び、首を左右にふった。

「駄目だ。俺が動揺を見せてはいけなかったんだ。せめて、ルシルの気もちに沿ってやるべきだった。あの子が感じた衝撃を、一緒に受け止めて……なのに俺ときたら、自分のことしか考えず」

「鳥のことを、考えたのでしょう」

宥めようとしたヤエトの方を見もせず、セルクは吐き捨てるように答えた。

「それが、自分のことだよ」

天晴れ鳥馬鹿、ここに極まれり……といったところだろうか。ヤエト自身、セルクの気もちがわからないでもないあたり、あまり他人事ではない。

「鳥たちのことは――」

「あとで、いくらでも考えるさ。どうせ考えずにはいられない。でも、翼を失ったって、それがなんだ？　鳥たちがいなくなるわけじゃない。けど、魔界の蓋が開けば話は別だ。魔物の怖さは、昔語りで聞かされて育った俺たちには、染み付いてるよ。鳥も人も食い散らかされたって話があるんだ……吹雪に閉じ込められた村で、なすすべもなく、順に殺されたって話がな」

「……それは、旧城趾があぁなった時代の話ですか」

「そう。作り話なんかじゃない。その村があった場所は、皆、知ってる。旧城趾なんかより、ずっと呪われた場所だ。その魔物は、村の最後のひとりに呪い殺された。だから、人が魔物を呪い殺す方法も、伝わってるよ。そのためには、何人もの犠牲が必要になる、そういう呪法だ……」

　そんな話が伝わっているとは、初耳である。仔細を質す時間もないが、なんとなく、納得はした。

　昔々、北嶺の王は竜に身を変えて南方の軍勢を退けたが、北嶺も崩壊した――それでも、かれらはほそぼそと命を繋いで今に至るのだ。当然、女王ジャヤヴァーラが率いる魔物の軍勢とも戦っただろう。国家としての体をなしてはいなくとも、北嶺は、その時代を生き延びたのだから。

　それはおそらく、暗黒の時代だっただろう。

「あの昔語りのような世の中には、戻したくない。そのためなら、鳥が翼を失うことを我慢する方が、ずっといい。ほんの何年か前に戻るだけのことなんだから」

　いいきったセルクの声の強さに、気圧された。

　――それだけのこと、といえるのか。

　目先の損失の方が、ずっと大きく見えて当然なのに。

　たしかに、セルクも鳥が翼を失う可能性に動揺し、我を失った。それを凡庸と評することは、可能だろう。

だがそれよりも、自身の間違いを認め、より長期的な視野で事態を見直すことができる、その能力を評価すべきではないか。それができる人間が、どれだけいるだろう。

「……何年か前に戻るだけ、という見方はできますね」

「そうなんだよ。けど、ルシルは違う。俺は、見たことも聞いたこともないが、あの子は、なんだ、その……風の精だの、なんだの、そういったものとつきあいがあるんだろう。そいつらは鳥とは違って、現身を持たない異界の存在で、つまり、魔界の蓋を完全に閉じれば、消えてしまうんだろう？」

「推測に過ぎませんが、おそらくは。少なくとも、それに近い状態にはなるでしょう」

「そんなの、いきなり受け止めきれるわけはないよな。でも……あの子にだって、守るべきものがあるはずだろう？　魔物だの魔王だの……よくわからんが、そういうのの影響を受けず、今まで通りにつきあえるものかよ、あの子の古馴染みの奴らがさ。たぶん、それも、無理なんだろう」

そこは、ヤエトにもはっきりとはわからない。

だが、氷姫の故事に倣うならば。

かつて、南方の軍勢が北方に迫ったとき、時のア＝ヴルスであった氷姫は、大地を凍り付かせることで、その軍門にくだることを避けた。それは、北の大地を緩慢な死に追いやるのと同義であったと聞いている。

そこまでせねば、覇王と、おそらくその背後にいるであろう魔王の力を、北方からしりぞけることができなかったのだろう。

　魔界の蓋を閉じるときに、繋がりを失うか——それとも、魔物を閉め出すために、犠牲を払うか。

どちらにせよ、無傷で済ませることはできないのだ。

　嚙み締めるように、セルクがつぶやいた。

「なにもかもを手にするわけにはいかないんだよな。なにかを諦めても守りたいもの、成し遂げたいものを選ぶしかない……」

　——ようやく実感してくれたか。

　子の成長を見守る親の心境とは、このようなものかもしれない。……仮にも相手は三十過ぎの大人であるし、子ども扱いはたいがい失礼な気もするが、今さらだろうか。

　——セルクだしな。

　理由にもなにもなっていないのに、セルクだから、で納得できてしまうのは、なぜだろう。

　そんなことを考えていると、セルクが顔を上げ、こちらを見た。なぜか、眼をかがやかせている。

「尚書卿は、それを知ってたんだな。最初から」

　そんなものは、誰でも知っていてほしい常識である。もちろん、常識を共有できない輩もいるが、ヤエトだけが心得ているというわけでもない。過分な敬意を計上されても困る。人間関係の帳簿に不備が出てしまうではないか。……いや、それも今さらか。

　——セルクだしな。

適当に受け流しておくしかない。ヤエトは、もっともらしい顔でうなずいた。

「ルシルには、もう、妖魔以外に友と呼べる人物がいるのだと、あなたが教えてあげなさい」

「ああ。そうだな、俺がいるって、いってやろう」

セルクが頼もしく見える日が来るとは。本人がどんなにやる気に満ちていても、なんだかたよりなさがあった、あのセルクが、である。

当のセルクは、ヤエトが謎の感慨にふけっていることなど知るはずもない。話題を変えて来た。

「ところで、さっきのあれは、どういう意味なんだろう？」

「さっきのあれ？」

「ほら、悔い改めるのは、とか」

「……ああ、あれは沙漠に伝わる古い物語です。言葉を覚えるために、丸暗記したのでしょう。命の恩人を殺してしまった盗賊に対する、語り手の評みたいな部分ですね、悔い改めれば、というのは」

「へぇ、なるほど。そんな話があるのか」

セルクは知らないらしい。北嶺では、もっと日常的に沙漠発祥の共通語が使われているから、説話の丸暗記などという学びかたはしないのだろう。

——悔い改めるのは、どちらなのか。

ルシルにとって、ヤエトは特別な存在なのだろう。ある意味、命の恩人なのかもしれない。だから、彼のたのみを聞き入れれば、幸いを得ることもあるだろう……と、そう考えることもできる。

だが、ルシルは「どちら」と口にした。

――悔い改めるべきは、こちら、といいたいのか。

「殿、鳥の準備ができました」

駆けて来たアルサールにうなずいて、ヤエトはセルクに向き直った。

「もし、ルシルが戻ったら――」

「髪でも梳（す）いてやるよ。絶対に、もつれてるからな」

生活感あふれる回答に、思わず笑みが漏れた。セルクも、先ほどまでの真剣さはどこへやら、気楽な風である。

――やはり、変わった。

以前のセルクなら、もっと髪ふり乱す勢いで、ルシルはどこだとか、自分も探すとか、大騒ぎをしていただろう。いつでもどこでも、なりふりかまわない真剣さは、セルクという人物の特徴だ。

それは、不安の裏返しでもあっただろう。真剣に関与していかなければ、置き去りにされるのでは、という感覚から来る、必死さである。

今の応答には、それがなかった。騒いでも自由に動けるわけではない、人質という立場が、彼に人としての芯、ぶれない軸のようなものを生ぜしめたのかもしれない。

「是非、そうしてください」

うなずいて、ヤエトは厩舎へ向かった。

だが、急ぎ足で向かった先で待っていたのは、鳥たちだけではなかった。

「困りますな。北方の空を、我が者顔で飛ばれては」

デュラルクである。報せを受けて、急いで来たのだろう。少し、息がはずんでいる。

――来なくてよいのに。

デュラルクとて、来なくてよければ来たくはない、と考えているだろう。部下をやって済むことではないと判断し、まったくあの男はどれだけ面倒をかければ気が済むのだろう、と心中で悪態をついているはずだ。手にとるように、わかる。

「そのようなつもりは、ありません」

「どのようなおつもりであろうと、見る者が皆、それを受容するわけではないことも、貴君ならおわかりのはず。我々は、あなたがたを友好的に迎えているつもりです。しかし、見上げた空を巨大な鳥が舞っているという事実を、理性的に受け入れられる者ばかりではないのですよ」

ため息をつきたい。もちろんわかるが、そこはデュラルクに対処してもらいたい。それも、ヤエトや鳥の行動を制限する以外の方法で。

「デュラルク殿、わたしは急いでいるのです。ほかならぬ、ア＝ヴルスのご機嫌を損じてしまったかもしれぬので」

「探しに行かれると？」

「わたしの責任ですから」

心配でもあるし、交渉もまったく進んでいない。

かつて、魔界をこの世から遠ざけた方法があるのは、わかっている。そのために、剣が必要なことも——そして、それを先代のア＝ヴルスが用意していた、ということも。

ルシルは、剣の在処を知っているはずだ。

「捜索は、我らにおまかせください」

「どこに行ったか、わかるというのですか」

——ろくに面倒もみず、様子も気にかけていないというのにか。

苛立ちが、つい、声に滲んだ。デュラルクの方も、口調に険がある。

「本気で姿を隠そうと思われているならば、みつけだすことは不可能でしょうな。ですが、我らの兵があたりを駆け回るのと、あなたの鳥たちが上空を行き交うのとでは、まったく話が違う」

ヤエトは顔をしかめた。

北方人の、北嶺への悪感情は、そう簡単になくなるものではない。

代々、不和を積み重ねて来た上に、つい先年の紛争では、犠牲者も多く出ている。巨鳥は北嶺の象徴であり、射落とそうと目論む輩がいても、おかしくはない……。

デュラルクの懸念は、理解できる。ヤエトの警護にも、心を砕いているはずだ。ヤエトが北方で死ねば、北嶺——というより帝国に、北方を攻め滅ぼす口実を与えることになるからだ。

双方、苦い顔で口を引き結んでいるところへ、やわらかな声が響いた。

「わたしがお連れしましょう」

ヤエトは眼をみはった。

ルス公ライモンドは、非現実的な幻めいた姿として記憶されていた。夜の庭に溶け、消えてしまいそうな雰囲気だった、と。

「ルス公――」

今の彼女は、あのときとは違っていた。風景から一歩抜け出すような、凄まじい存在感だ。微風になびく髪は、磨き上げた銅さながら。光をたたえた眸で、ライモンドはデュラルクを見、次いでヤエトを見た。

「あの子と、あなたにも、お話しする時間をとらねばならないと思っていたの。ちょうどいいわ」

「お言葉ですが、ルス公――」

「デュラルク」

ライモンドの声は、大きくはない。だが、まるで耳元で語り聞かされてでもいるかのように、はっきりと聞こえる。

彼女は、摂政の名をくり返した。

「ねぇ、デュラルク。政治向きの話は、あなたにまかせるわ。でも今は、神や、妖魔たちのことを話し合わねばならないの。あの子と、尚書卿と。だから、これはわたしにまかせて」

いいわね、とライモンドは笑顔を見せた。尋ねているわけではなく、確認しているのですらない。

ただ、彼女がそう決めた、それだけの事実を告げている。

――こちらの意見をさし挟む余地はなし、か。

魔女、とアルサールがつぶやいたのがわかった。声にならないほどのささやきだが、なぜか、ヤエトにははっきりと聞こえた。

そうだ、ライモンドは魔女だ。彼女から、逃れるすべはない。

ルス公ライモンド――この場の絶対的な主権者は、彼女なのだから。

2

ルス公家の館(やかた)には、深い空濠がある。

こちらへ、と導かれたのは、その空濠の前だった。ライモンドはそこで足を止め、眼を閉じて、大きく息を吐いた。呼吸をととのえているのだ、と気がついたのは、ヤエトもそうした訓練を受けたからだ。次になにが起きるのか、予測できたのも。

――魔法を使おうとしている。

ライモンドのくちびるが、かすかに動いた。

言葉をひとつ、唱えたかどうか――たちまち、濠に水が満ちた。あふれたとか流れたとか、そういうかたちの変化ではない。つい一瞬前まで空だったのが、見間違いだったのではないかと思わされるほど自然に、濠は水に満たされていた。

しかも、そこには舟が浮かんでいる。

はじめに訪れたとき、ヤエトはこの濠を戦時にそなえての設計ではないかと仮定し、利用法について考えもした。軍事は専門ではないから、使途のすべてを想像することはできないだろう……とも。

だが、これは。

——予想できたら、むしろ、おかしい。

この濠を使って、城の外へ出られるのだろうか。もとは空だったのだから、河に通じているにしても、水門などの仕掛けがあるはずだ。まさか魔法で水を抑えておく、などという無茶はするまい。

そこまで考えて、結局、考えるだけ無駄なのではないかという気がしてきた。

ヤエトの知識では想像もできないことが、起きる。それだけ心得ておくしかなさそうだ。

あらためて、ヤエトは濠を見下ろした。

舟は小振りで、青みを帯びた灰色の木材でできているように見える。ひとりでに広がった帆は、銀色の光で編まれていた。それは舟でありながら水であるようにも思えた。つまり、船体が波で、帆は水面のうたかた、喫水線の下は舟だか水だか区別がつかないのではないか、と。

どこからどう見ても、実在そのものがあやぶまれる舟だ。

優雅な動きで、ライモンドはその舟に飛び降り、ヤエトをふり仰いだ。当然、ヤエトがつづいて来ることを期待している、そんな眼差しで。

幻にしか見えない舟だが、ライモンドは乗れるようだ。もちろん、彼女は特別な存在だ。なんの問題もないだろう。だが、ヤエトは違う。

くり返すが、濠は深い。今は空ではなくなっているが、それでも水面までは、かなりある。舟に乗るだけでもしくじる予感しかしないのに、この高さから、飛び降りることを要求されるとは。水に落ちたら風邪をひくし、落ちずに済むとは思えない。

「ご安心なさって。舟が、あなたを受け止めますから」

どうやったら安心できるのだ。舟が受け止めるといっても、手が生えてきて支えてくれるわけではあるまい。いや、生えたら生えたで怖い。想像したら、顔から血の気が引いてきた。

「わたしは不調法者ですので……」

落ちたらごめんなさいで済むだろうか、と考えていると、ライモンドが笑った。

「ですから、大丈夫です。この舟は、ただの舟ではありません。あなたがどんなに頑張っても、受け止めきれない場所には落ちられませんよ」

なるほど、そうなのかもしれないが、それでも怖いものは怖い。

「わたしが先に」

付き随っていたアルサールに、ヤエトは、いや、と首をふった。彼が説明するより、ライモンドが口を開く方が早かった。

「あなたはお招きしていないわ、お若いかた」

「しかし――」

「招待されていない者が乗ることは、できないのよ。これは、そういう舟だから」

「では、どうかお招きいただきたい」

即座にいいはなった青年に、ライモンドが眼をほそめる。今度は、ヤエトが先に口を開いた。

「不遜だぞ。……失礼しました、ルス公。無礼を、お許しください」

かくなる上は、一瞬の遅滞もなく、あの舟めがけて飛び降りるしかない。

――シロバに乗るのでさえ、脚を折り畳んでもらわねばならないというのに……。

なぜか、そんなことを考えながら、ヤエトは堀端を蹴り、宙に浮いた。

あっ、と声が出た。

――まずい、飛び過ぎた。

なけなしの勇気を振り絞った勢いだけで、飛び移る先もよく考えずに動いてしまったのだ。

このままでは舟の上を通り過ぎて無様に落ちる、と思ったのと、舟に足先が届いていたのが、ほぼ同時だった。

なにが起きたのか、わからない。

ヤエトが降り立つ……というよりは、舟がヤエトの足を勝手に迎えに来ていた。

着地の衝撃もとくになかったが、予想外のできごとに反応できるはずもなく、気づけばヤエトは片膝をつき、舟底を凝視していた。

「デュラルク、尚書卿の従者のこと、たのみますよ。追って来ないように。無駄なのですから」

最後のひとことは、アルサールに向かって告げたのだろう。

顔を上げると、ライモンドと視線が合った。奔放にひろがる髪をかき上げ、彼女は告げた。

「では、参ります」

そのひとことで、空気が変わった。白銀の帆が風を孕んでふくらむ。それは、風というよりも、妙なる楽の音のような――人の耳では聴くことができない、壮大な異界の響きであるように感じられた。

そして、まわりの景色がかき消えた。

ふと気づくと、ライモンドの繊手が目の前にあった。とれ、というように。

ヤエトがその手に手を重ねると、意外な力で、ライモンドは彼を引き上げた。

「あなたは背が高過ぎるわ、わたしが立たせてさしあげるには」

「よくいわれます……無駄に背が高い、と」

ライモンドの手をはなし、姿勢を正す。揺れは感じられないが、こころもとなさは消えない。足裏に吸い付くような感触があっても、それは自分で立っているのとは違う。舟の気が変われば、いつでも虚空に放り出されてしまうだろう。今はその逆で、落ちたくても落ちられないわけだ。

ヤエトは帆を見上げた。月のようにしらじらとかがやくその帆だけが、唯一の光源である。あたりは濃密な闇に包まれていた。

どこへ向かっているのだろうと思った、まさにそのとき、ライモンドが尋ねた。

「お訊きになりませんの？　どこへ連れて行くのか、と」

「辿り着くのがどこであれ、ア＝ヴルスがおいでの場所へお連れくださるのであれば、ありがたいことです。ただ、どういう経路を通って行くのかは、どうやらわたしの理解を超えていそうです」

ライモンドが、低く笑った。相変わらず、心をざわつかせる声だ。

「ここは妖魔たちの世界。異界、とわたしは呼んでいます。わたしたちの世界と重なっていますが、見えかたが違う、在りかたも違う。地形などの障害はありませんから、移動するには便利なのです。誰にでも扱えるというものではありませんけれど」

そうでないと困る。誰でも扱えたら、北方の兵団は神出鬼没になってしまう。

「この舟も、妖魔が作ったものなのですか？」

「作った……といってもいいのか、わかりません。これは、水妖なのです」

ヤエトは眉根を寄せた。

「では、この舟は、水でできているのですか？」

彼の表情を映すように、ライモンドも困った顔になった。

「どうでしょう……妖魔は本来、舟など必要としないものですから、舟がどういうものかを教え、その形を作らせています。人を乗せて、異界を通るためですけれど、これは水妖がやっていることで……水なのかしら？」

混乱させてしまったようだ。あわてて、ヤエトは謝った。

「申しわけありません、軽い気もちでお訊きしてしまいました」

信じる力が術を支えるとするなら――そして、ヤエトは不思議の術とはそういうものだと感じているが――本人が疑念を覚えていなかった部分を掘り返して疑わせるなど、やってはならないことだ。

つまり、不意に舟が形を失い、放り出されてしまわないとも限らないのだ。

ライモンドには、自信を持って、この舟を維持してもらう必要がある。そういう、きわめて利己的な理由で、彼は自分の疑問を放り出し、褒め言葉を捻出した。

「凄い術ですね」

ライモンドの表情は晴れない。

「軽くお答えできれば、とは思います。それは自明のことで、説明が必要だなんてわからなくて……誰かに語ろうとして、はじめて気がつくのです。どうやって呼吸しているかなんて、あまり意識していないでしょう？　それと同じことなのかもしれません。わたしは妖魔を知っているけれど、どういうものかを説明するための言葉なんて、ありはしないのです。ただ――わかる」

そこで言葉を切って、ライモンドは帆を見上げた。

「わかると――勝手に思っているだけかもしれません」

それでも、間違いを確かめる方法も、指摘する存在もない。魔法の世界とは、そういうものなのだろう。おそろしく主観的で、術者個々がそれぞれの手法を確立し、技術を研鑽していく。少なくとも、ライモンドは指導者もないまま、おのれの直感だけで、ここまで来ているはずだ。

おそらくは、ルシルも。

孤独が、かれらの力を研ぎ澄ます。それは深い闇を覗くようなものだろう。なにも見えない世界で、神経を尖らせ、正しいと直感する方へ進む。それが、彼女らのやりかただ。

——竜種の力とは、対極的だな。

竜種が遠くに声を届ける力は、網を作ることで意味を持つ。それゆえ、個々人の感覚にたよるわけにはいかない。帝国を影から支える神殿は、信仰の場であるより、奇跡を実現するための教導所である。理論化され、体系化された技術が伝えられ、術者の力は均(なら)される。

皇妹のように突出した能力を持つ者は稀であるし、必ずしも歓迎されるものでもない。それより、無私で奉仕する存在の方が、より多く望まれているだろう。

不意に、ヤエトはウィーシャを思いだした。

人形のようだった、皇女の伝達官。彼女は、まさに、そのために生み出されたに違いない。自意識の希薄な、完璧な奉仕者を生もうとする、神殿の研究の成果だったのだ。そして、その歪(いびつ)さゆえに、外部から利用されたのでは？

——不思議の力は、類型化や体系化とは、相容れないものなのかもしれない。

強い力ほど、それは独特で、他者の安易な模倣を許さない。

「勝手に思えるのが、力がある、ということなのではないですか」

ライモンドは答えず、舳先(へさき)の方へ一歩、進んだ。

彼女の歩みにあわせて、光が波紋を生む。じわりと闇が滲み、わずかに薄れた。明るい室内から、硝子越しに見る夜のように。舟をとり囲む暗さの奥にも、世界が広がっていることが、わかる。

見たところ、あたりは荒野である。

舟は波を蹴立てているが、水に満たされているようでもない。灰色の濃淡が描き出す、砂礫(されき)の舞うだけの世界だ。寂しい眺めではあったが、なぜか心が落ち着いた。

「あなたは、いつもこんな世界を視(み)ていらっしゃるのですか？」

「いつも……ではありませんが、頻繁には」

「静かで、……それに、綺麗なところだ」

本心から出た言葉だった。

そこに満ちている静けさは、ヤエトを拒絶するものだった。この世界では自分は異物である。それは、彼がなにをしようが、ここにはなんの影響ももたらさない、ということでもある。

責任が、ないのだ。

「今のうちに少し、話をしましょう」

ふり向いたライモンドは、ヤエトの方を見ていながら、なにか別のものを見ているようだった。異界の風に舞う髪が、青白い頬の輪郭を曖昧(あいまい)にふちどっている。

薄明の荒野を背景に立つライモンドは、人ならざるもののようだ。

「政治向きの話ではない、と仰せでしたが」

「あなたは、北嶺に眠っているあれを、なんだと思っていらっしゃるのかしら？」

——ツェートーのことか？

ほかに、思い当たるものがない。慎重に、ヤエトは答えた。

「わたしは北嶺の生まれでも育ちでもありませんので、よくはわかりませんが……」

「でも、あれは、あなたがたが来てから、力を取り戻した。いえ、少し違うかしら……力の焦点が、こちらに来たのね。深い眠りから、ゆるゆると目覚めつつあるように。意識が、戻ったのです」

「それを、お感じになったのですか」

「ここは北嶺に隣接していますから。風の妖魔はもちろん、水の妖魔も、大地の妖魔だってそう。あれが動いた、と教えてくれました。あの、竜が」

「竜……」

ライモンドはうなずいた。

「竜です。竜とは、天界に敵対するものを呼ぶ言葉。北嶺に眠っているもの、あれは竜で、おそろしい力を持つ悪しき者」

ライモンドの声が、やわらかく、しかし強く響く。非在の風に流されつつも、消えることなく、ヤエトの周囲を回りつづける。

——あれは竜。

ツェートー自身も、いっていたではないか。

「自分が起きれば、世界を滅ぼすことができる、と」

ライモンドは眉を上げた。

「竜めが、そういったのですか？」

「そうですね。そんなことを、いいました。自分がなにかを助けることができるとするなら、すべてを滅ぼすことで、だと」

「……そういうものなのです、あれは」

静かに目を伏せたライモンドに、ヤエトは尋ねた。

「なにをご存じなのです？　あれについて」

「なにも知りません。ただ……わかるのです。あれは、よくないものです。北嶺にああして縫い留められているのが、幸いです。ずっと寝かせておく方がいいでしょう。あれが起きれば、大地は割れ、河は逆巻き、風は力を失うでしょう」

――ということにしておいて、北嶺の力を削ぐ……という見方もできる。

ライモンドはルス公であり、隣人たる北嶺に好感情を抱いてはいない。どうしても、そういった事実を踏まえて判断したくなるところを、見透かしたように、いわれた。

「政治向きの話ではない、と、申し上げましたでしょう。わたしは、あれが北嶺にいるからどうこうといっているわけではありません。いえ、北嶺だから、自分の領土と隣り合っているから、わかるのだし、案じてもいる……それは事実ですが、でも、だからこそ」

「善悪是非は、誰が、どう決めるのでしょう？」

「わたしが」

ライモンドは迷わなかった。

——やはり、強い。

おのれの判断を、直感を信じる力こそが、ライモンドの強さ、術者としての力だろう。

ただし、その直感をヤエトが信じるべきかどうか……となると、また別の問題だ。

「あなたが間違っていた場合、どう責任を？」

「あなたがたは、あの竜の力を借りることで、ますます覚醒させてしまう。あれはそのうち完全に起きて、自分をあの場所に釘付けにしている力に憤り、痛みに煩悶し、そして、暴れるでしょう。天地が覆るほどの勢いで」

「……そこまでの力が、あれにあると？」

「天に仇なし、竜と呼ばれるようになったものを、あなどってはいけません」

ヤエトは暫し、口を結んで考えた。

たしかに、ツェートーは自身を危険な存在だと定義づけていた。破壊に結びつくことを匂わせた。と同時に、望んでそういうことをしたい風でもなかった。ただ、自分が大地から出てくればどうなるか、を語っただけだ。

ライモンドがいうように、あの神が、外部からの力で封じられており、目が覚めるほど痛みが強くなるといった事情があるならば、起こすな、声をかけるな、という反応になっても無理はない。

だが、とヤエトは考え込んだ。

——それは一面の事実であるに過ぎない。

「あれが悪しきものであるとは、一概には——」

「わたし、ルスのライモンドの名に懸けて。竜とは、地上に災いをもたらすものなのです。それが証拠に、北嶺はひとたび滅びたではありませんか」

「では、北方にも同じことをいえるのですか」

ライモンドは口をつぐんだ。

感情的に反論しないだけ、彼女は賢い。そして賢いとは、理屈にとらわれるということだ。

だから、ヤエトは言葉をつづけた。

「どちらも、覇王の軍勢を前にして、それをしりぞけるに足る力をかき集めた。それが竜の顕現であり、凍結の風だった。敵を撤退せしめたものの、代償は大きかったはず。滅びたというなら、北方もまた、そのときに滅びたのではなかったのですか？　それは、悪しき力だったのですか」

「考えてみたことも、ありませんでした」

それが、ライモンドの答だった。

南方軍を敗走させるために力を尽くすことは、彼女の中では正義なのだ。考えるまでもなく。たとえそれが、北方全域を凍らせるという、無茶な方法であったとしても。

「善悪の基準は、当たり前のものではない。万人が共有しているものでもない。そうはお思いになりませんか、ルス公」

「では、地上を滅ぼし尽くすのも、悪しき力ではないと？」

「この地上の、どこが滅ぼし尽くされていますか？　そんなことは起きていない」

「ええ、起きてはいません。竜が北嶺に封じられ、おとなしく眠りに就いている限り、その心配はないでしょう」

「ですが、魔界の蓋が開いてしまえば、どうなることか——あなたの妖魔たちは、抗し得るのですか」

ライモンドは、うっすらと笑みを浮かべて答えた。

「今度こそ、北方は滅びるのかもしれませんね。魔物たちは、この異界にだって入り込むでしょう」

伏せていた眼を上げ、彼女はあたりを見渡した。その視線を追って、ヤエトは息を呑んだ。

先ほどまで、ただ荒漠としたものと感じられていた異界の景色が、生き生きとかがやいている。

それも、ライモンドの眼差しを受ける端から、そうなっていくようだった。

——いったい、なんの魔法だ？

美しいというより、圧倒される。

目を凝らせば、あちこちに淡い輪郭が浮かんでいるのがわかった。それらは流れ去って景色に溶け、そしてまた出現する。きらめく鱗の一片、あるいは人の手や獣の尾など、身体のなにかの部分のような名状しがたいものが、あらわれては消え、消えてはあらわれる。

なぜだか、不気味さは感じなかった。

——きっとこれが、ライモンドが視ている景色の一部なのだろう。

本来ならば、ヤエトには知覚しようのないもの——彼と妖魔たちをへだてる帳（とばり）を、ライモンドが少しだけ上げてくれた。その隙間から、ヤエトは異界を覗いているのだろう。

ライモンドやルシルの視界は、もっと明瞭なはずだ。

——重層的な世界に、彼女らは生きている……。

浮世離れした雰囲気があるのも、無理はない。人が見る現実の景色の方が、彼女らにとっては曖昧で不確かなものに感じられるのかもしれなかった。

魔界の蓋を閉じる、世界の罅（ひび）を塞ぐとは、この世界との接点が失われることをも意味するのだとするなら、それはどれほど大きな喪失だろうか。

——喪失の痛みを知るには、まず、獲得していなければならない。

今や、ヤエトは知ってしまっている。妖魔たちと繋がっているとは、どういうことなのかを。ほんの一端に過ぎなくはあるだろうが、確実に、知っている。

——世界との、不可分な一体感……なのだろうか。

敢えていってみれば、女神の注視を受けたときの感覚に近い。自分という存在がこの世に在ることへの信頼と赦し、そして了解。智慧の女神との会話は、そういう体験だった。

ライモンドやルシルの世界は、あそこまで圧倒的で濃密なものではないだろうが、逆に、淡々とつづく日常であるはずだ。

このままでは、それが失われてしまう。

ライモンドはもちろん、ルシルもその位階にふさわしい力を喪失し、社会的な立場も――。

「どうなさいました。難しいお顔で、睨んでらっしゃる。でも、……なにを？」

「睨んでいるように見えましたか」

「違うのですか」

ヤエトは肩の力を抜いた。

「探していたのです。どこかに、よい方法がないかを」

「あなたがたの竜を救うための？」

「……なにか誤解があるようですが、わたしは北嶺に眠る神について、どうしたい、こうしたいという考えは持っていません。これ以上の力を、あれから引き出せるとも」

「では、なにをお考えだったのです。よい方法とやらで、なにを達成するのです」

「救える限りを、救えるように。たとえば、この異界やそこに棲む妖魔たちと、この世界との繋がりを断つことなく――」

鳥たちから、ふたたび翼を奪うことなく。

それは鳥たちや北嶺の民のためであると同時に、皇女のためでもある。

鳥の翼が失われるとは、対外的な影響力が失われるということだ。皇女の位置づけも、小規模ながら圧倒的な高機動力の軍を有する北嶺王から、特産物もない北の辺土でお遊びの君主ごっこに興じる、皇帝の愛玩する末娘——そういったものに、変化せざるを得ない。

それでは、駄目なのだ。

「——魔物の侵攻から、守れれば、と」

「あなたが、なぜ?」

ライモンドは、心の底から不思議がっている、という表情だ。

——いわれてみれば、そうか。

友好的な関係を築こうとしている、すなわち、本来的には敵同士、利害が対立しまくりの相手に向かって、救いたい、もないものだ。

「わたしが見知っているのは、個々の人であり、その暮らしです。国がどうだとか、民族がこうだとか、そういったことは、個性の一部に過ぎないと考えています。それが違うのは、ただ、違うというだけのことです。わたしは帝国の民、あなたは北方の生まれ——だから、なんです? どちらも、この世に生まれ、一日一日を暮らしていく、ひとつの命だ。それぞれに、幸せになる権利がある。あなたも、あなたの民人も——人ではない妖魔たちも、違いはありません」

「魔界からあふれ出す、魔物たちも?」

「そうですね。ただ、かれらは魔界の生まれなのですから、魔界にいればよい、とは思います」

とくに考えることなく、ヤエトはそう答えたが、ライモンドには意外だったらしい。眼をみはり、それから、くすくすと笑いはじめた。

「今のは意地悪だったのですよ、尚書卿」

「意地悪？」

「尚書卿が、とても善良な人だということが、よくわかりました」

「……あまり悪人ではないのでしょうね」

残念ながら、と心の中で付け足してしまう。

「わたしも、それなりには善良なのです」

不意に、ライモンドがそんなことをいいだした。

どう返せばよいのか。えっ、と声をあげずに飲み込んだ自分を褒めてやりたいくらいだが、さりとて、無言というわけにもいかないだろう。

ヤエトが気が利いた返しを思いつくのに先んじて、ライモンドは言葉をつづけた。

「善良という言葉が適切かどうかは、わかりませんけれど。わたしはね、尚書卿――北方以外がどうなろうと、自分はなにも感じないだろう、ということに気がついたのです」

さらに返しづらい発言が来た。

――いや、それは善良とはいわないのでは……。

と、思ったままを口にできるはずもなく、ヤエトはきわめて無難な言葉を発した。

「そうですか」

我ながら、非常に頭が悪そうな返事だ。

「そうなのです。でも、それはたぶん、北方以外を手に入れたいとか、支配したい、従わせたい、そういう欲求とも無縁だということなのです。ようやく、わかったのです、わたし」

「北方だけが、大事だ――と？」

ヤエトの問いに、ライモンドは目を伏せた。

「それでもまだ、範囲が広過ぎるかもしれません。わたしが気にかけているのは、この領土。ルス公家が支配する土地。生まれて育った、この土地だけを、わたしは愛しているのでしょう。そして、それ以外は……どうでもいいのです」

「あなたは――」

なにを、いおうとしたのか。自分で口を開いておいて、落としどころがわからなくなったヤエトを、ライモンドが見上げた。長い睫毛の下から、そのかがやく眸で。

「手に入らないとわかっているものを、いつまでも欲しがるなんて、時間の無駄ですもの。ア＝ヴルスへの苛立ちも、ずいぶん薄くなりました。あの子が持っているものは、わたしよりずっと大きいかもしれないけれど、だから、なんだというのでしょう。大きいものを、小さくはできない。端々まで目を行き届かせるなんて、このルス公領だけでも難しいもの――その先をどうしたい、こうしたい、なんて。関係ないとしか思えなくなりました」

黙ったまま、ヤエトはライモンドをみつめていた。

――関係ない。

そう思いたいだろう。だが、北方の玄関口として、ルス公家はつねに対外的な問題を抱えざるを得ないはずだ。

ライモンドの髪が、異界の風に吹かれて揺れる。火炎さながら、彼女の白い頬を舐めている。

「北嶺も、あの眠れる竜をそのままにしていられるなら、好きなだけ栄えてください、と申し上げますわ。心から。自分の手に入らないから、思うにまかせないから、滅びてしまえ、なんて思ったりはしません。そういう人に出会ってみて、つくづく思いました。くだらないし、恐ろしいし、……そう、あんな風にならない自分は、きっと馬鹿みたいに善良なんだろうと感じたのです」

妙に話が拗じ曲がった気がして、ヤエトは眉根を寄せた。

――つまり、手に入らないなら滅びろという考えかたをする人物と、知遇を得た……という意味だ。

ライモンドがそんな話をしそうな相手とは、誰か。

デュラルクか？　いや、デュラルクの権力欲は、きわめて現実的で、手堅いものに思える。滅びてしまえ、というような破滅性は、彼からは感じられない。自分の手が届くかどうかを熟慮してから目標を決め、そのために手段を尽くしはするだろうが、駄目なら駄目で諦めるだろう。

先代のア＝ヴルスは、どうだろうか。あれも、自分の土地を愛してはいただろうが、その外へは意識が向いていなかったはずだ。魔界の蓋が開かぬよう、剣の準備をしたのも、あくまで北方が滅びては困るからで、それ以外の土地が荒れようがどうなろうが、知ったことではなかっただろう。

——誰だ？

悩むヤエトの眼を、ライモンドはまっすぐに覗き込んで、告げた。

「でも、あの竜は駄目。それと、あの剣も駄目です。どちらも、悪いものです」

不意に現実に引き戻された感じがした。

そうだ、彼は剣を——先代ア＝ヴルスが、世界の罅に対処するために用意したと思しき呪具を求めて、北方に来たのだ。剣と、その剣に力をこめるための、犠牲の神とを。

「ルス公、それは」

「どちらも、不自然なのです。その点に関しては、ア＝ヴルスの考えも同じでしょう。ただ、あなたに免じて譲るかどうかの判断が、わたしとあの子では、違うかもしれません」

「……率直なご意見を、ありがとうございます」

不意に、ライモンドもルシルとそう変わらないのではないか、と思った。彼女は、連続した会話が苦手なのだ。相手にどういう言葉を投げれば、受け止めてもらえるか。それを、知らない。受け止めてもらった方がよい、という発想がない。

ア＝ヴルスほどでなくとも、ライモンドの力は絶大なものだ。それは、今こうして異界を運ばれていることで、より強く実感できた。人とは一線を画する力は、あらゆる面で、その者の人生に濃い影を落とす。ルシルとの接しかたが歪なのも、ライモンド自身の歪さから来ているのではないか。

——おそらく、彼女もまた、孤独に生きてきたのだ。

ヤエトは、自身の来し方に想いを致し、不用意に過去視の力を使うな、という母の忠告に、今さらながらに感じ入った。

――どんな秘密も持てないような相手と、安心して暮らせる者はいない。

なにもかも見透かされてしまうと知りながら、交流を深めるのは、至難のわざである。

だからなのだ、とヤエトは納得した。

――だから、ライモンドはルシルにも、あのように接するしかなかった……。

彼女らのように圧倒的な力とともに生まれた者の、あれが、むしろ自然な姿なのかもしれない。遠ざけるのは、完全に潰しあわずに済むように、だ。

「あなたはどうなのです、ライモンド。わたしの説得に応じてくださいますか」

「わたし個人の考えは揺らぎません。あれらは不自然で、よくないもの。人が使ってはいけない力です。けれど、ア＝ヴルスはあの子であって、わたしではない。ですから、北方全体としてはア＝ヴルスの決定に従うしかないのです。わたしも例外ではありません。あの子の決定に準じます」

迷いなくいうと、ライモンドは舟の行く手へ顔を向けた。

「そろそろ着きます。少し、揺れるかもしれません」

不穏な予言に、ヤエトは摑（つか）まれるものを探した。帆柱くらいしか、たよりになりそうなものはない。

それに手をのばしたとき、硝子が割れるような音が響いた。

一回では終わらず、くり返し、音はあたりを切り裂いていく。

無数の亀裂が周囲を満たし、そのすべての隙間から光がさしている。ものごとの輪郭は、光を得て明瞭になるどころか、曖昧さを増して、すべて溶け消えていくようだった。

その光と音が高まって、なにか薄い膜を突き抜けたような衝撃が襲い、空中に浮き上がった――と思うと、舟は湖上にあった。

――なんだ、今のは。

嫌な汗が、どっと吹き出している。

異界とやらに入るときは、まったくなんの意識もしなかったが、現世に戻る方は違った。世界の境界を突き抜ける感覚があっただけでなく、それに呼応して、自分自身にも変化があった。

異界用に変化していた身体が、現世用に戻された、のだろうか。いや、身体というよりは、ヤエトという存在自体というべきか。

おそらく、ライモンドに説明を求めても無駄だろう。そういえば、どうなっているのかしら、よくわからないわ、と混乱されて、異界と現世の境を彷徨(さまよ)いつづけることになるなど、御免被る。

「着きましたわ、尚書卿」

「……生まれ変わったような気分です」

なんとか絞り出した台詞(せりふ)に、ライモンドは涼しい顔で答えた。

「それはよろしゅうございました」

3

塔は、なにも変わっていないように見えた。

今は西日を受け、花のように色づいているが、じきに色褪せ、無愛想なほど潔癖な白い石肌が宵闇に浮かび上がるはずだ。見られることを意識せず、媚びるところも、誇ることもない姿。

一般に、塔と呼ばれるものは、遠望させ、あるいは近寄って見上げさせることで、力を誇示するためのものだ。建造物の大きさ、高さは、それを建造し得る権力を暗示する。

だが、この塔は違う。

――ただ、ここに在るべきだから建てられた、という風情だ。

注視されることを望んでいない、いやそれ以前に、誰かに見られることなど想定していない。建てると決めた本人のみならず、設計者の発意や工夫はもちろん、作業にたずさわる職人たちの苦労や自負、そういったものを、なにも感じさせないのだ。不自然なほど、素っ気ない。

そこまで考えて、ヤエトは気がついた。

――これを建てたのは、人ではないのかもしれない。

これだけの建物、そう短期間には完成しないはずだし、財政にもかなりの負担を強いたはずだが、そういう常識を超えたところで作られたのではないか。

すなわち、この塔を作ったのは――妖魔。

そう考えれば、納得がいく。

塔を建てたのは、先代ア＝ヴルスだという。ならば、この塔は先代の姿をあらわしているのだろう。人の視野でとらえ得る範囲では、ただ無愛想で、思いやりがなく、そもそも他者に関与する気がない。彼には、人の世に関わるという発想自体がなかったのかもしれない。

次第に大きく見えはじめた塔は、ヤエトに威圧感を与えていた。塔を建てた者の意図がどうであれ、やはり、塔は塔として機能する。それを支える力、権力の暗示をともなわずには済まない。

圧倒的な力とは、そういうものだ。

すべるように、舟は湖上を進み、桟橋に着いた。

塔の大きさに比して、桟橋は狭い。

もやい綱のようなものは、この舟には必要ないようだ。ライモンドは、ごく自然に、ひと繋がりの地面を歩くかのような足取りで、桟橋へ移った。当然、ヤエトにもそれが期待されているらしい。なんの感情も、関心もない眼差しを、彼女はヤエトに向けた。

——これは、わたしが移ったら舟になにか指示をするために待っているだけだろうな。

舟に飛び乗ったとき同様、桟橋にうまく移れない、などということの方が不可能なはずなのだ。そういう種類の舟なのだろうから。ヤエトが移動しても、揺れないだろうし。

「どうかなさいましたか？」

「いや——」

舟から桟橋に移る動作は、慣れないと怖いものだということを、せつせつと語るべき場面とも思われず、ヤエトは言葉を濁した。

都で舟を使うときも、ヤエトがやらかさないように気を配る係が誰かいて、重心に気をつかわれるとか、手を引いてくれるとか、いろいろと自然に庇われているのだな、と実感する。

「落ちませんよ」

試験の合格を請け負うみたいに、ライモンドは断言した。

——もちろん、そうだろうとも。

意を決してヤエトは船縁に足をかけ、次いで、桟橋にもう一方の足をかけた。ライモンドが手を貸そうとする気配はないし、自力で体重を引き上げる覚悟をしたところ、下から押される力を感じた。風である。

——便利過ぎるだろう！

手助けしてもらった立場でいうのもなんだが、これはひどい。この調子で好き放題に異界の力を使っているのなら、それはもう、凡人とはつきあえなくても無理はない。

わかる。すごく、わかってしまう。

といって、超人同士でもつきあいづらいわけで……この現状をなんとかできないものか、と考えながら桟橋を三歩ほど進んで、ヤエトは咳払いをした。

——違う。

そんなことのために、自分はここにいるのではない。ルス公母子の葛藤や不仲は、かれらがなんとかすべきものであり、ヤエトが関与すべき問題ではないのだ。少なくとも、過剰にかかわるべきではない……わかっているが、自分の性向を考えると、うっかり踏み入ってしまいそうで恐ろしい。

「ア＝ヴルスは、中に？」

「ええ」

ライモンドには、わかるのだろう。ヤエトには、まったくわからないが。

——当然、ルシルにも、わかっているのだろうな。

訪問者もすべて無視するほど、自分の中に閉じこもっているのでなければ、間違いなく、伝わっているだろう。

「参りましょう」

ヤエトの反応も待たず、ライモンドは歩きだした。迷いなど、微塵もない。

さすが支配者階級だ、根が庶民の自分には真似できない、と考えながら、ヤエトも後につづく。どうしても、自分がやりたいことをやる……前に、許可はとらなくても大丈夫なのか、が気になってしまう。そうした内心が漏れないよう、背筋を伸ばし、まっすぐに前を見た。

ルシルに拒絶されたら、どうすれば……と、最悪を想定する方へ考えが流れていくのは、生まれや育ちより個人の性質から来るものだろうか。とにかく、悪い予想ばかりしてしまう。

塔の内部は、ひんやりとした空気に満たされていた。

灯火がないので、入ってすぐに、ものの輪郭がおぼろになる。これでは足下もあぶない、いや灯火があってもあぶない、たしか階段階段また階段だ、と思いだしてヤエトは後悔した。

前回は、ルシルがヤエトを呼んでいてくれたからこそ、上りきることができたのだ。

――まずい。

体力や筋力はもちろん、思いだしてしまったとたんに気力もたりない状態である。

ライモンドが手を掲げると、その指先に、淡い光が浮かんだ。あれも妖魔なのか。ヤエトが質問する暇もなければ、もちろんライモンド自身からの説明もないまま、彼女はその光を先へはなった。

光はゆらゆらと揺れながら、階段を上がっていく。ライモンドは動かない。

「あの――」

ヤエトが声をかけると、ライモンドは彼をふり返った。眉を上げて彼を見る眼は、そういえばこんな人いたわね、くらいの感じである。

「――どうすれば？」

「ア＝ヴルスの返事を待ちます」

返事……ということは、今飛ばした光は、伝言を届けるためのものだったのか。

てっきり、足下を照らすためのもので、このまま延々と階段を上る流れかと思っていたが、違うらしい。ライモンドはヤエトを無遠慮に眺めてから、告げた。

「相変わらず、お顔のお色があまりすぐれないご様子ですし、ここでお倒れになられると、困ります。

ですから、あの子に降りて来てもらいます」

どうやら、ヤエトの存在を忘れていたわけではなかったようだ。むしろ、配慮されている。いささか容赦がないというか、なんというか、だが。

「お気遣いいただき、感謝します。ですが、わたしはルシルに謝りたいので――」

ライモンドは、さらに眉を上げた。

「あの子は」

「――はい？」

かすれた声が、低く、静かにつぶやいた。

「あなたに謝ってもらいたい、と――そう思っているのかしら？」

ヤエトは絶句した。

――これは反則だろう。

まともに会話ができないと思っていた相手が、そんなするどい意見を投げてくるとは、予測できないではないか。

ライモンドはふたたび、ヤエトへの興味を失ったようだ。彼の返事を待つこともなく、彼女は階段に腰を下ろした。手持ち無沙汰らしく、肩に垂れる髪をとっては、指に巻いている。

ヤエトの方はといえば、身動きすることもできないまま、ただ考えていた。

――謝ってもらいたいか、どうか……。

とりあえず謝って、とにかく下手に出て、相手を宥めたい。自分にそういう傾向があることくらいは、ヤエトも気がついている。傾向があるということは、あまり考えずにやらかすということだ。だから、ほとんどの場合は、自覚なく行動している。

相手が機嫌を損じたと感じたら、即座に謝る。だが、それはなんのためだ。

——自分自身の罪悪感を軽減することが、第一義になってしまっている。

口先ばかりの謝罪でも、ごまかされてくれる相手はいるかもしれない。面子が立てばそれでよい、という者もいる。

だが、ルシルはどうだ？

ヤエトは考え込み——深く考え込むあまり、時がたつのを忘れていたらしい。

気づけば、あたりは薄明るくなっていた。はらはらと、光の粒子が舞っている。降り初めたばかりの粉雪のようだ。

吹き抜けになっている塔の上方から、光は降り注いでいた。

——ルシル？

光は、さほど強いものではない。だが、光源がなにかは、見定めることができない。

空気が動いた。ライモンドが立ち上がったのだ。

雪片のような光は、彼女の上にも降っている。金属めいた光沢を帯びた髪はもちろん、その肌も、今は白くかがやいて見えた。

艶やかなくちびるが、ゆっくりと開いた。

「早くしてほしいわ。それとも、姿をあらわせない理由でもあるの？」

通りがよいとはいえない声だが、口調の辛辣さは隠しようもない。

「ルス公！」

思わず、ヤエトは手をひらひらさせていた。まぁまぁ抑えて、という意図を表現しているのだが、我ながら無様であるし、ライモンドには通じていない。異物を見るような眼差しを向けられた。彼女に向かってこんな動作をする者は、未だかつて、存在しなかったということだ。

伝わらなくてよかったという気もしつつ、ヤエトは手を下ろし、上方に視線をやった。

これ以上、不穏なことを口走られない内に、自分が会話を担当したい。

「ルシル、そこにいるなら降りて来てもらえませんか！」

「……大声、やめて」

まず、返事があった。次いで光が弱まり、ルシルの姿が見えた。

少女は階段に立ってはいなかった。吹き抜けになっている塔の中央部に、浮かんでいた。

非現実的な光景ではあったが、ルシルならそういうことができてもおかしくないし、なにより、異界を突っ切る舟でここまで来ておいて、相手が宙に浮いていた程度で動揺するのも妙な話である。

「妖魔が、おどろくから」

ルシルの言葉には、なんの感情もこもっていない。言葉と一緒に、光の欠片が舞い降りてくるが、ずいぶんと量は減ったようだ。

「……失礼しました」

長い髪を翼のようにひろげて、少女はヤエトのかたわらに舞い降りた。

「ヤエト、なにしに来た？　ルシルは教えない」

「はい」

うなずく彼を、ルシルは用心深くみつめ、念を押した。

「剣の在処も、犠牲の神も、駄目」

「わかっています。それを踏まえた上で、この先のことを、お話ししに来ました」

「この先？」

「魔界の蓋を閉じる方法が、ほかにあるかもしれないなら、わたしはそれを探しましょう。なにか、知っていることがあれば、教えてくれませんか？」

ルシルに間違いなく伝わるよう、できるだけ簡単な言葉で話そうと心がけると、虚飾が入り込む隙間もない。今のは、ヤエトの真情だ。

手がかりが、ほしい。

「ほかの、方法？」

「はい。かつて、魔法の剣の力で、魔界の蓋は閉じられました。おそらく、同じ方法をとれば、今回も同じようにはできるでしょう。ですが、こうも考えられませんか。同じにすれば、また同じことが起きる。いずれ、同じように剣を準備し、犠牲を支払うことになる」

智慧の女神の言葉が、頭の中で鳴り響いている。

――そなたらの望む結末のみが、智慧ある者の考えとは限らぬと、心得よ。

その声に、素直に相対することは、困難だった。預言者がその存在を賭けてまで、女神に会いに行ったのだ。それは、犠牲となる神はどこにいるのか、それを特定するための行為だった。

それなのに、今さら、犠牲の神を準備する以外の方法を考えよといわれても、わかりました、それでは違う方法を……とは、いいがたい。

預言者は、なんのために我が身を犠牲にしたのか。

――そう考えることが、間違いだ。

支払ったものを取り返そうとするあまり、視野が狭くなっているのだ。これでは駄目だ。

「ただくり返すだけでは、いけないのかもしれません。ですから、我々は、ほかの方法を発見すべきなのです。なんでもかまいません、思いつくことがあれば、教えてください。ルス公も」

ヤエトはライモンドにも顔を向けた。彼女は小首をかしげるようにして答えた。

「聞いたことがありません。魔界の蓋を閉じる方法など」

向き直ってみると、ルシルもまったく同じ仕草をしていた。親子だな、などという暢気な感想を抱いていている場合ではないが、微笑ましく感じ、自然と気もちもやわらかくなった。

――こうして、皆で考えていかねば。

意固地になるな。柔軟に思考せよ。つねに次を、起こり得る事態の向こう側を想定して動かねば。

「それと、魔界の蓋が開いてしまった場合の対応についても、考えておく必要があります」

ルシルは無言だ。ヤエトの言葉の意味がわかっていない、というわけではないだろう。ただ、考えているのだ。考えて、理解しようとしているのだ。

おそらくは、ライモンドも同じだ。

「剣を準備するのではなく、ほかの方法を探すように。北方もまた、過去をくり返さず、あらたな道を探すべきではありませんか？」

このままでは、彼女らは過去を踏襲してしまいかねない。氷姫の昔語りは、手本にすべきものではないが、その強烈な展開と一面の勝利が、思考を停止させてしまうのだ。

ヤエトはひとり、言葉をつづけた。

「氷姫は、北方を守った。南方王国を、その信奉する魔王を、断固として寄せつけなかった。ですが、それは北の大地を、そこに生きるものを守ったことになるのでしょうか？　民は逃げ散り、北方は生命の芽吹きとは無縁の、死の大地となった……それで、よかったのですか？」

「ほかに、方法がなかったのよ」

ライモンドがつぶやいた。

——ほら、思考停止だ。

「失礼ながら、氷姫の全土凍結の魔法とやらは、異邦人であるわたしからは、いささか乱暴で、計画性のない行動のように見受けられます。たしかに、彼女には、それしかできなかったのでしょう。そのとき、その場では、それしか思いつくことができなかったのは、間違いない。ですが、事前にもっと深く考えを凝らしていれば？　備えをしていれば？」

「春が戻ったのは」

不意に、ルシルが言葉を発した。はっきりと。

「……はい？」

「氷姫の氷が溶けたのは、妖魔の王が助力してくれたから。妖魔の王が助力してくれたのは、北方の妖魔が次々と姿を消していったから。その悲鳴がうるさいから、介入したの」

「妖魔の王……」

「妖魔の王は、かつては東方の海のかなたに住まわれていたと聞いています」

ライモンドの補足に、ルシルはうなずき、言葉をつづけた。

「そして今は、北方で眠っているの」

「北方で？」

妖魔の王という名は聞いたことがある。すべての妖魔の名を知っているとか、そういう存在だったはずだ。ほぼ、神に近い。

――神に近い？

ヤエトがはっとするのと、ルシルが眉根を寄せるのが、ほぼ同時だった。

「妖魔の王は、姿、消したかったの。この世から？　だから、眠っている」

「北方で？」

気がつけば、まったく同じ質問を、くり返してしまっていた。自分が馬鹿になったような気がしたが、ルシルは真面目にうなずいてくれた。

「北方で」

「それは、なぜ」

「北方は妖魔の王に、借り？　恩？　あるから」

非常にわかりやすい回答だ。そこに、ライモンドがふたたび、補足を入れた。

「それなのに、先代は――裏切ろうとしていたのです」

――先代が？　妖魔の王を？　なぜ？　なんのために？　どうやって？

いくらでも質問できそうだ。

しかし、ヤエトは堪えた。ここは、相手が教えてくれるのを待つ場面だと、直感したからだ。

ややあって、つづきを語ったのはライモンドだった。

「先代が用意した剣、その剣にこめる宝珠に、彼は妖魔の王を使うつもりでした」

気がつくと、だらしなく口が開いてしまっていた。さすがに、どうやって、とは質問しづらい。

そもそも、どうやって、はヤエトが聞いても意味がない点だろう。興味はあるが。

「……それは、失敗したんですよね？」

一応、確認してみる。ライモンドはうなずき、今度はルシルが答えた。

「妖魔の王は、まだ、眠っている」

「その妖魔の王に、力を借りよう、という話でしょうか？」

「それは無理。誰も、妖魔の王を起こせない。起こせるとしたら、アストラだけ」

「……アストラというのは、この塔に封じられていた？」

「そう。あれ」

――なるほど、そういうことか。

先代は、自分の領土に眠る妖魔の王を利用しようとした。だが、妖魔の王は深い眠りの中にあり、おそらくは、まず呼び起こさねば剣に封じることもできなかったのだろう。そこで、あのアストラなる存在をおびき寄せ、脅迫した――結果、アストラは妖魔の王の名を明かさず、この塔に長く封じられることとなり、ルシルがそれを解放した。

妖魔の王は、未だ眠りの中にある……。

「だから、次に同じようにしたら、もう、春は戻らないかもしれない」

ルシルが話をそう持っていくとは予測しておらず、ヤエトは眼をしばたたいた。

いわれてみれば、たしかにそうだ。氷姫がしたのと同じことをすれば、また、妖魔が消えるのだろう。そして、妖魔の王の助けは期待できない。

「ますます、ほかの方法を探さねば」

ヤエトはライモンドに視線を移した。彼女は頭を左右にふった。

「思いあたりません」

「では、考えましょう。ほかにやることがなかった場合について」

「やることが、ない？」

ルシルの問いに、ヤエトはまたそちらに向き直る。それから、いちいち向き直るのが面倒になってきたことに気がついて、ルシルの手をとった。

「まず、現時点で考えられる最悪について、ですね。魔界の蓋が開いてしまい、誰の制御下にもない魔物たちに対抗するため、ルシルが北方全土を凍結させたとしたら――ああ、確認からだな。ルシルは、そういうことができるのですか？」

「できる」

さりげなくルシルの手を引いたまま、ヤエトはライモンドの方に向き直った。自然、ルシルの立ち位置がライモンド寄りに移動する。

「その場合、ルス公のお力は、どう使われるのでしょう？　ア＝ヴルスに助力する形で？」

「そうなるでしょう」

「では、これはどうですか？　ルス公領を――あるいは、諸領の任意のどこかを、避難場所のようなものにすることは？」

母娘がぽかんとしている隙に、ヤエトは空いている右手でライモンドの手をとり、左手に握っていたルシルの手を、ぐいと引き寄せた。

　そして、ふたりの手を重ね、繋がせた。

「いいですか。助力をするとは、単に、同じ方向に力を使うだけではないですよね？　ひとりが正面の敵に相対しているあいだに、もうひとりが背面を守る。そういう形もある」

　ライモンドは当惑したようにヤエトを見返した。

「ですが、……そういう風にはならないと思います。ア＝ヴルスは全域の力を集めますから」

　ルシルも、ライモンドの意見を肯定した。

「できない」

「では、魔法以外の力で」

　母娘の口が、同時に開いた。なにか声を発しようとした、というよりは、単におどろいたようだ。

「氷姫の故事でも、魔法の庭だけは、常春にたもたれていたというではないですか。一部を暖かくしておく、それはルシルにもできますか？　できるとして、その場所にどれくらい人を避難させ得るか、食料の確保と長期戦になった場合の自給の方策、あるいは、今まさに無理だとおっしゃった、違う方向に力を使うという手法の考案も、できれば、進めたいところですね」

　暫し、ふたりはヤエトの言葉の意味を飲み込もうと努力しているようだった。素直に聞いてくれるのは、助かる。

　ややあって、先に口を開いたのはライモンドだ。

「できるかもしれません。氷姫の凍結が破滅的だったのは、魔法の庭を常春にたもつ、そのことと同時におこなっていたからだ、と伝えられています。つまり、そこまでの力を割かずに、一定の場所のみ、ある程度は寒気を緩和させておくことは、……できるかもしれません」

「ルシルはどう思います?」

「たぶん。やってみないと、わからないけど」

「結構。政治向きのことはデュラルク殿におまかせするとして、ほかにも、各土地固有の守護者がいたり、《雷霆(らいてい)の使者》のような者たちがいるわけですよね。かれらと連絡をとり、事前に話し合いをもってはどうです。全土を凍結させてしまえば、魔物が入り込めないだけでは済まない。それは、もうわかっているのですから、二度とそうならないようにせねば。それには——」

ヤエトはふたりの手を繋がせた、自分の手に、力をこめた。

「——皆で考えを、力を、出しあわねば」

母と娘は、互いを見た。ルシルはライモンドを見上げ、ライモンドはルシルを見下ろした。ライモンドが、小さく息を吐いた。

その表情は、ほっとしたようでもあり、なにかを諦めたようでもあった。なんにせよ、肩の力が抜けた状態ではある。

ルシルの方は、まだ、なにが起きているのかわからないという顔をしていた。それでも、ライモンドとヤエトと重ねた手を、引き抜こうとしたりはしていなかった。

――結局、こうなった。

親子関係の改善のために、強いてこうしたわけではない。

力を尽くさねばならない局面が、来ようとしている。個人の感情などには、かまっていられないほどの、災厄が。

本来、魔界の蓋が開かないようにしたいのだが、それが困難そうだと思われる以上、開いてしまった場合のことも、考えておくべきだろう。

――北方が、最後の砦（とりで）、ということになるかもしれない。

共通の敵の出現は、宿敵同士をも協力させる力がある。ならば、ライモンドとルシルの母娘はもちろん、北嶺と北方の友好も、進む可能性がある。

――まるで、良いこと探しだな。

ため息混じりに、ヤエトは考えた。なにがしかの進展を見たとはいえるが、根本的な解決には、ほど遠い。

人や国同士の関係も、一朝一夕に変わるものではないだろう。

それでも、一歩ずつ歩いていく以外、どうしようもない。踏み固めれば、そこに、道ができる。ひとりの足跡だけでは無理でも、皆が通れば。

道は、作れるのだ。

4

「それで、レイランドのことは、どうなったのだ」

皇女のご機嫌は、うるわしい……とはいいがたいようだ。

「セルクを連れ帰るわけには参りませんでしたが、交換の日取りは調整して参りました。北嶺側からの立ち会いは、もし、王や将軍がこちらに戻られるのが無理なようでしたら、グランダクとエイギルがつとめることになっています。北方側の了承も得ました。結婚話が出ないように、という要望も伝えてあります。先方としても、近隣の別の公家との縁組みが持ち上がるかも……とのことで、北嶺との縁組みは考えていないようです。ご安心いただいても、問題ないかと存じます」

――レイランド本人の気もちを別にすれば、だが。

皇女は立ち上がり、窓辺に向かった。

ヤエトが北方から帰還したのは、つい先ほどのことである。ジェイサルドに猛烈な勢いで健康状態を確認されつつ、ナオのところに連行されて、今夜あたりは熱が出るかもしれないからと解熱剤を処方され、そこから北嶺滞在時にヤエトが使うことになっている部屋に連れて行かれたところ、いきなり、伝達官――が皇女の姿で待っていた。

厨房から軽食が届けられているが、まだ手をつける隙がない。

――だいたい、いつの間に伝達官を移動させたんだ。

隣室には、第二皇子の伝達官も待機中だという。どちらも《黒狼公》領に置いて来たはずなのに、なぜ、揃って北方にいるのか。

ヤエトが北嶺に戻り次第、連絡をとれるようにしたかったのだろうが、やり過ぎではないか。

移動には鳥を使っただろうし、数の少なさや、日限の問題を考えると、鳥のやりくりは厳しい。緊急性のないところに使ってほしくないが、緊急性が生じてからでは遅い……という理屈はわかるし、ヤエトの行くところ緊急性あり、と見做されていても無理はない、とは思う。

実際、今も緊急性のある情報を伝えることになっている。北方に期待していたこと——すなわち、魔界の蓋を閉じるために使う剣や、その剣のために犠牲になってくれる神やを都合することができなかった、という情報は共有しておくべきだろう。

もっともらしい顔をして聞いていた皇女の関心は、実は、レイランド公子の処遇の方にあったようだが……それもまぁ、理解はできる。ヤエトとて、皇妹との再婚話を突き付けられていたときは、しばしば考えがそちらに泳ぎ、絶望したり煩悶したり、それは忙しかった記憶がある。精神的に。

「そうか。人質の件に関しては、一旦、仕切り直しということだな。最後まで気を抜かず、公子の警護につとめるよう、エイギルに念を押しておいてくれ」

「御意に存じます」

「しかし、魔界の蓋の方は、どうしたものか。その剣とやらを、北方から奪い取るわけにもなぁ」

ずいぶん乱暴な反応だ。

――いささか、都の空気に毒されておいでかな。

あるいは、本来の竜種に戻った、ともいえるかもしれない。北方の野蛮人の都合など、知ったことか、という程度にしか、帝国は思っていないだろうから。

「強奪したところで、まだ、呪物としての実効はそなえていないでしょう」

「力の封入は、強制できるものではない……犠牲となる者に協力の意志が必要、といったところか」

「ご明察です」

ライモンドやルシルの話は、明瞭さに欠けていたが、それでも、聞いた内容を総合すると、犠牲となる神は、みずからそれを望んでいなければならないらしかった。

皇女には伝えていないが、ルシルはどんな神にも犠牲となるよう要請するつもりがなく、その理由はといえば、ただ、不自然だから、の一語で済んでしまうらしい。それほど、少女の中では当然過ぎて、説明もなにも不要なことなのだろう。

「では、どうするのだ」

「もう一回、都へ参ろうかと思います」

皇女は窓の外を眺めている。ヤエト以外には、窓辺に立つのは伝達官に見えるのだろう。実際に、そうなのだし。ヤエトの視界が、少し変則的なことになっているだけで。

しかし、ヤエトには、そこに立つのが皇女に見える。くるくると勢いよく巻いている金髪も、その向こうにかすかに覗き見える頬の輪郭も、よく見慣れた、年若いあるじのものだ。

ふり向かないまま、皇女は尋ねた。

「なんのために？」

「魔物に詳しい者の話を聞きたいのです。それには、呪師が最適なのではないか、と」

「呪師か……」

その言葉だけでも嫌なのだろう、吐き出すようにつぶやいて、皇女は髪をかき上げた。黄金の巻き毛は、以前より長くなっているように思える。

――あまり、背は伸びないなぁ。

知り合ったときから、ほとんど変わらない印象だ。

男性優位の貴族社会では、女性であるというだけでもかろんじられるのに、背も伸びず、かわいらしい印象が拭(ぬぐ)えない容貌のままでは、地位を確立するのも困難だろう。

自由自在に背を伸ばす魔法があるなら、皇女は迷わず、その魔法を使っているだろう。身長が低いことは、気にしているようだから。

「例の、迷宮図書館の蔵書をあたる方が、よいのではないか？　中立性もあるだろうし」

中立性云々をいいだすということは、皇女にとって、呪師とはそれに欠ける存在なのだろう。

――まぁ、そもそも毛嫌いしていたとしても、仕方がないか。

呪師の術のせいでおのれを失いかけた経験があるのだ。好意的に見ろ、という方が無理がある。

「もちろん、図書館にも参る所存ではあります。ただ、移動効率と優先順位を鑑みて、まず都、次に博沙、自領に一回寄りまして、その後に行こうかと」

「待て」

皇女が、ふり向いた。

――怒ってるな。

声は冷静だが、表情はもう、隠しようもない。隠すつもりもないだろう。

「そなたは、自分の体力について、どう考えている」

「……あまり持ち合わせはない方かと」

「短期間に長距離を移動すると、体力を消耗するということは、理解しているのか？」

「理解はしているつもりです」

鳥の背に座っているだけで、すべておまかせの旅なのに、なぜ消耗するのだろう。そこは解せないし残念だとも思っているが、するものはするという事実は把握している。

「そなたが倒れている場合ではない、ということは？」

「それはつねに、自覚しております」

「では、わかったな？　今の計画は、諦めろ」

「しかし」

「諦めろ。頻繁な移動は許さぬよう、アルサールに申しつけておく」

鳥を押さえられては、どうしようもないではないか。ヤエトは頭を垂れ、おとなしく答えた。

「御意に存じます」

「優先順位とやらで、どうしても行きたい場所をひとつに絞れ。……ああ、その際、都は除外せよ。呪師への問い合わせは、こちらでやっておこう。六の兄上と会話をもつ好機だ」

――成長したなぁ。

ヤエトに好き放題やらせない手腕にかけては、皇女はジェイサルドに並ぶのではないか。

「……なんだ、なにをぼんやりしておる」

まさか、怪物老人と皇女を並べて優劣を比べていた……と、いうわけにもいかない。

「優先順位を、どうしようかと考えておりました」

「迷宮都市の図書館が最優先ではないのか？」

ヤエトは眉根を寄せた。たしかに、図書館には数多（あまた）の情報が集積されているし、魔物避けの呪符など、すでに収穫もある。だが、過度の期待を寄せるわけにもいかない。

「あそこには人をやってありますし、有望な発見があれば、すぐに一報が入るはずです。それと……残念ながら、重要な情報が埋まっていても、掘り出すのは運次第。そこに、あまり時間や手間をかけるわけにも参りません」

「なるほど。自領に、というのは、領地経営上の問題か」

「ある程度は、それもあります。ですが、それよりも、あの土地独自の魔物への対抗策について、調査の成果が上がっていれば、報告を受けたいところです」

「それは、あの代官にまかせておけばよかろう。叔母上にお願いすれば、そなたの女官を通じ、連絡もとれるからな。あとで、叔母上にお願いしておこう」

さすが皇帝の愛娘、といったところか。あの皇妹に対して、お願いしておこう、などと簡単にいえるのは、皇女が皇女だからである。皇子たちでは、こうはいかない。……いや、第三皇子ならやりかねないが、皇妹がただで引き受けるとは思えないし、あのふたりの組み合わせ自体が、怖い。

「となると、博沙かな……博沙では、なにを？　魔界の蓋を探しに行くのか？」

「はい。くわえて、ファルバーンの母親と、もう一回、面談をと」

皇女はすっかり忘れていたらしい。なんの話だ、という顔で眼をしばたたき、それから、ああ、と声をあげた。

「アルハンの元王妃か。しかし、気がふれているのだろう？　会う必要があるのか？」

「預言者のことが、ありますので」

犠牲の神を探し、剣に封じて、魔界の蓋を閉じるために使う――その計画を諦めるという決断は、預言者への後ろめたさと、わかちがたく結びつく。

ならば、せめて彼女が残したほかのものを、活用したい。たとえば、アルハンの王妃に託されたはずの、言葉であるとか。

「預言者が、その女性に伝言を託している可能性が、ほんとうに、あるのか？」

「可能性の有無で申しますれば、ある、とお答えできます」

皇女は顔をしかめ、少し考えてから告げた。

「ファルバーンからも、話は聞いたが……それに、なにか意味があると思うか？」

「預言者が、伝言などという迂遠な方法をとる理由を、考えていたのです」

「たしかに奇妙な話だな。しかし、預言者とは、そういうものであろう」

「そういうものであるにしても、なんらかの背景があるはずです。もちろん、あの人物の思い込みというか、勘違いだという可能性もありますが――」

それでも、なんらかの情報を、預言者が伝えようとしていたなら。ヤエトには、それを無視することなどできはしない。

彼女の時間は、限られていた。無駄なことなど、ほとんどする暇がなかっただろう。なすべきことは山積していたし、彼女の代わりをつとめられる者など、誰もいなかった。

「気がふれていたから、選ばれたのかもしれません」

「どういう意味だ」

「荒唐無稽な内容を口走っても、誰も、気にも留めないでしょう。まともにとりあうことなど、時間の無駄だと思うでしょう。それを、狙っていたという可能性はあります」

「そなたに直接伝えた方が、ずっと効率がよいだろうに」

「伝えづらい内容だったのか、あるいは、確信が持てなかったのかもしれませんね」

皇女は苦笑した。

「預言者なのに？」

「預言者だからです。ターンの神は未来を知る者で、盛んに人の世に介入しますが、だからといって、万能というわけでもありません。預言者も、自身の死より先の未来は視ることができないのです。神の預言という形でなら、多少はその限界も突破できるようですが、今度はその内容が、預言者本人に、はっきりとは伝わらないようです」

「ふむ……伝達官が、臨のときに、自分がなにを伝えているのか自覚できないようなものか」

「そうかもしれません。伝達官の場合は、なにか感情とか、雰囲気のようなものは感じることがあるようです。預言者もまた、そういった曖昧なものを受け取るのでしょうし、そこから気づいたことがあって、わたしに伝えようと考えたのかもしれません」

「それでもやはり、直接伝えた方がよいだろうに」

どこまでも、皇女は皇女だな、とヤエトは思った。

皇女が預言者として生まれていたら、どんな人生を歩んだことだろう。ヤエトに向かって、いつか自分を恨むことになるとか、そういったほのめかしを告げるだろうか？

――しないだろうな……。

皇女なら、真正面からいってのけるだろう。次になにが起きるか、そして、ヤエトにどうしてほしいのか。反発されようが、知ったことではないと胸を張り、未来を受け入れるか否かはそなたの自由だ、とでも宣言するのではないか。

想像の中の皇女が、どうだ、畏（おそ）れ入ったか、という顔で、こちらを見下ろしている。もちろん、ヤエトを見下ろすために、高いところに立っているのだ。

現実の皇女も――正確には、臨の状態で皇女を受け入れた伝達官も、椅子に座ったヤエトを見下ろす形である。座れと命じられたのには、ヤエトを休ませる以外に、偉そうに見下ろせるからという理由もあるのかもしれない。一挙両得である。

「ともあれ、なにがしかの助けとなる情報が、あの者に託されている可能性は、拭いきれません。おそらく、余人にその内容を告げることはないでしょうから、わたしが話を聞きに行くしかないでしょう。代理ではつとまらぬ仕事かと存じます」

「なるほどな……。よし、わかった。そなたは北嶺で、最低でも三日、休め」

「三日ですか？」

「最低でも、三日、だ」

一語ずつ区切るように、くり返してから、皇女はヤエトを見て顔をしかめた。

「本来ならば、十日くらいは休ませたいところだ」

「ご命令とあらば……」

「いや、無理だな」

あっさり、否定された。

「不服従の罪を、そこで犯そうとは考えも及びませんが」

「そなたがゆっくりするつもりで、十日もひとつところで過ごしてみろ。気づけば、雑用まみれで死にかけているに違いない」

嫌過ぎる予測をたてられてしまった。

「三日なら、そうはなるまいと？」

ふむ、と皇女は口を引き結んで、それから、頭をふった。

「そなた自身に、休もうという気概がたりぬのだ」

「……休むのに気概が必要なのですか」

ならば、心をこめて隠居所を準備していることを評価してもらいたいところだが、皇女は肩をすくめて答えた。

「絶対に休むと決めておかねば、休めぬであろう？　そなたには、それができておらぬ。まぁ、北嶺だから三日だ。《黒狼公》領であれば、一晩休んだら出立せよ、というところだな。あの代官は、自分が楽をしようとし過ぎる」

これだから駄目なのだ、といわんばかりだ。代官の評価もひどい。

「あれで、仕事のできる男ですので……」

「あれで、仕事ができない男だったら、なぜ代官の地位にいるのかわからぬな」

代官が聞いたら、あの善人面で、なんということを……と身をよじりそうだ。残念ながら、皇女の心証がよくなることはないだろうが。

「申し伝えておきましょう」

鷹揚にうなずく皇女に、ところで、とヤエトは言葉をつづけた。

「都の方は、どうなっているのでしょう。七の君追討の軍は……まだ、終わっていないのですか」

「一の兄上は、どうも、終わらせるおつもりがないのではないかな」

投げやりな返答だ。おそらく、皇女は飽きているのだろう。

「それでは、いつ北嶺にお帰りいただけるかは、まだ――」

「皆目、見当がつかぬ。先日など、皆で双六でもしましょうか、と叔母上が仰せになったわ」

もちろん、第一皇子はそれを完全に無視したのだろうが、場の空気を考えるだに、恐ろしい。

見事な細工の駒でなぁ、と皇女はつぶやいた。

「ほんとうに、持ち込まれたのですか？」

「卓上に並べられたぞ。そのまま遊んだ方が、時間の使いかたとしては有意義だったかもしれぬ」

口調から感じるところでは、かなり本気の感想だ。

「序盤に稼いで全員を敵にまわさないよう、お気をおつけください」

「心得ておる。……わたしより、二の兄上が、そろそろ痺れを切らせてしまわれるのでは、と案じておる。あれで辛抱強いかただから、そのような素振りをお見せになることはないのだが」

――あれで、だ。

即決即断即行動の第二皇子である。心中では、実りのない追討軍の打ち合わせなど放り出したいことだろうが、それでは第一皇子に付け入る隙を与えるだけだ、ということも理解しているのだろう。ただでさえ、兵を増やし過ぎだの、軍備をしっかりし過ぎだのと、難癖をつけられているのだ。謀叛の意ありという疑惑を払うためには、慎重な対処が必要だ。それがわかっているから、第二皇子は耐えているのだろう。

「三の君は、どうなさっておいでですか」

「あのかたは、楽しんでいる……と、思う。皆が不愉快そうなのが、楽しいのだ」

それはどういう根拠で、と訊いてもよいものか、ヤエトは迷った。

迷っている内に、皇女がため息をついて、話を変えた。

「あまりに暇なので、次代の帝位をわたしにいただけないか、という話をしそうになった」

さらりと、皇女はとんでもないことを口にした。

「……しそうになった、のですか」

——落ち着け、しそうになったということは、していないということだ。

ヤエトの心臓は爆発しそうだったが、皇女は不服げに口を尖らせた。

「もう少し、おどろいてくれてもよかろう」

「おどろいております」

「そうは見えぬが」

「大丈夫です、今にも倒れそうなほどの衝撃に襲われました」

「……それは大丈夫ではないだろう、逆に」

「少しはこの臣を気遣っていただければ、と思うばかりです」

「倒れてしまえばよい。ジェイサルドあたりが寝台に運んでくれて、三日間、熟睡できるのではないか？　そなたがしっかり休む方法は、ほかにないように思うぞ」

やはり、発想が乱暴である。皇女も、かなり疲れているようだ。

「わたしなどのことよりも……姫は、しっかりお休みになっておいでなのですか？」

「それはもう。たくさん休んでおかないと、会合で寝てしまうのでな」

仕草や表情からも、皇女がいかにうんざりしているかが伝わって来る。ここまで皮肉っぽい皇女は、今まで見たことがない。

「お察しします」

「ともあれ、都のことはまかせておくがよい。わたしは存分に退屈しつつ、体力を温存しておくことにする。そなたも、さっさと寝てしまえ。三日休んだら、博沙へ行け。よいな、必ず休め」

「御意に存じます」

「きちんと休んでいるかどうか、ジェイサルドに確認するからな。たのむぞ、ジェイサルド」

「御意」

部屋の片隅から答があって、いたのか、とヤエトは思った。

——まぁ、いるだろうな。

北方にだけは、ジェイサルドは入ることができない。かなりやきもきしていたことだろう。せっかくなのだから、休暇とでも思ってくれればよいのだが……そうはならなかっただろう。むしろ、なんとか北方に入り込めないかと、無駄な努力をくり返していても、おかしくはない。

実際、ヤエトが北方に行くたびに、あれこれ工夫して試しているらしい。今回も、なにかやってみたに違いない。なんら報告は受けていないし、おそらく成功はしなかっただろうが。

皇女が、小さく息を吐いた。ため息というほどには深くないが、あまり楽しそうではない。

「そろそろ支度をせねばならぬな。やれやれだ」

「支度、とは？」

「女部屋の晩餐会に招かれているのだ。噂を聞いたり、流したり、一の兄上が招集なさる会合よりも、ずっと頭を使うし、有意義な気がしてきた」

「それは大変ですね。ご準備も」

ヤエトが視ている皇女の姿は、彼の記憶が曖昧に作りあげているものか、それとも実際の皇女の姿を反映しているのか——深く考えたことはなかったが、後者なのだとしたら、皇女はいつも通りの男装である。晩餐会とやらに出席するなら、支度に時間がかかるだろう。

だが、皇女は笑った。

「それがな、叔母上にご助言賜ったのだ。凜々しい恰好をしている方が、人気が出るであろう、と」

「人気、ですか？」

「女部屋で人気をとるのは、意外と大変なのだ。しかし、これは当たりだぞ、ヤエト。困るくらい、もてる」

皇女は楽しげである。さっきまでとの落差が凄い。

「女性に……ですか？」

「もちろんだ。女部屋に男がいたら、ちょん切られるぞ」

なにを、とはいわれなかったが、ヤエトは顔が引きつるのを感じた。背筋がさぁっと寒くなる。

「姫、はしたのうございます」

「はしたないものをぶら下げている者どもに、たまに、絶望するゆえな。許せ」

「……申しわけございません」

皇女は手をふった。この話題はもう終わり、という意味だろう。

「皆、不安なのだろうな」

真面目な表情でつぶやくと、皇女は大きく息を吐き、よし、と声をあげた。

「切り上げるぞ。そなたとなら、いくらでも話せてしまう」

「光栄に存じます」

「そのうち、顔をあわせて、ゆっくりと語り合いたいものだ……ああそうだ、二の兄上が、伝達官に伝言をしたたと仰せであったな。休む前に、そちらも聞いておいてくれ」

「心得ました」

「ヤエト……よく戻った」

にこりと笑って、皇女の気配は消えた。

——最後にそれか。

これだから、竜種は困る。よく戻ったという、なにげない言葉ひとつで、なぜ、こんなに心が動かされるのだろう。

——もうひとりの方は、伝言だけで済みそうだから、さっさと終わらせよう。

臨の状態の伝達官の相手をするのは、それなりに疲れるのだ。伝達官本人の疲労度とは、比べるべくもないが。

皇女が去ったあと、伝達官は少しよろめき、大きく息を吐いた。汗がひと筋、こめかみから頬へと伝う。思わず立ち上がったが、距離を詰めるのは、躊躇われた。

この伝達官は、人とふれあうのが好きではないように感じている。具合が悪いときは、なおさらだろう。余計に気分を悪くさせそうだ。

「お疲れのようですね。部屋まで送らせましょう」

「……お気になさらず」

皇女の伝達官は、俯いたまま、卓に手をついた。声も、ふるえている。

——これは、まずいのではないか？

「ジェイサルド、伝達官殿をお部屋にお送りせよ。ナオ殿に看ていただかねば」

「ただちに」

「どうか……放っておいてください」

伝達官の訴えを無視して、ジェイサルドはその身体を抱え上げた。躊躇もなにもない。伝達官に文句をいわせる暇はもちろんのこと、おどろかせる余裕すら与えなかった。

「失礼つかまつります。殿は、暫しお待ちください」

勝手にうろついて階段から転がり落ちたりするな、という意味だと理解して、ヤエトはうなずいた。

「腹ごしらえでもしながら、待っています」

包み焼きが盛られた皿を示すと、ジェイサルドは疾風のように部屋から出て行った。

――部下にまかせず、ジェイサルド本人が行った……ということは、まずいな。

かなり、症状がよくないと見ているのではないか。移動が負担なのは、ヤエトだけではない。伝達官にも疲労は溜まる。

溜まった疲労の逃しかたを、彼女は知っているのだろうか。

暫し考えてみたが、あの伝達官は、いつも、ただじっとしているだけだ。そういう意味では、ウィーシャに似ている。

ぼんやりしていると、扉の外から声をかけられた。

「殿、伝達官殿がおいでです」

思わず、えっ、と声が出てしまったが、じきに気がついた。

第二皇子の伝達官だ。

「お通ししなさい」

少し声を張り上げると、すぐに扉が開いた。

長身の伝達官は、大股に歩み入ると、ヤエトから少し距離をとって、一礼した。

「まずは、ご無事のご帰還を、お喜び申し上げます」

「ご丁寧に、ありがとうございます」

「我が主君はもちろん、わたし自身も、尚書卿のお帰りをお待ちしておりました」

そういって顔を上げると、伝達官は真面目な表情を崩し、笑みを見せた。

――爽やかだ。

先ほど倒れかけた皇女の伝達官とは、根本的に、違う種類の生き物のようだ。いや、それはもちろん、個性というものがあるのは当然なのだが、どうしても、伝達官というくくりで見ようとしてしまうから、当惑させられる。

「伝達官殿は――」

「はい？」

言葉を失ったヤエトに、伝達官はいぶかしげな表情を向けた。

――なぜ、伝達官になったのですか、など。

意図せず声になりかけた疑念を、ヤエトは飲み込んだ。そんな立ち入った話を聞いて、どうするというのだ。

貴族の血を引きながら、なんらかの事情でその地位を捨て、神殿に身を寄せる者たちがいる。かれらは、才能があれば伝達官となり、なければ神官として神殿に仕える。なんらかの事情とは、跡目争いであったり、金銭的な問題であったり……なんにせよ、迂闊(うかつ)にふれるべきではないものだ。

「いつ、北嶺に？」

「ほんの二日ほど前のことです。鳥を回していただくのに、多少、時間がかかりましたので」

つまり、移動上の問題さえなければ、もっと早くここに来るはずだった、ということだ。

それどころか、伝達官は、ごく当たり前のことであるかのように、告げた。

「尚書卿が行かれた北方の地まで行くはずでしたが、それはこちらの留守居役のかたが、頑として許してくださらなかったのです」

エイギルへの同情を禁じ得ない。皆が都に行っているときに、北嶺に留め置かれるだけでも、気の毒なのに。そこへ突如、第二皇子の伝達官という、非常に依頼を断りづらい身分の人物があらわれ、北方へ行きたいと放言するのだ。

「それは、わたしであっても、お断りするしかないですね」

「あまり仲うるわしい関係ではない、とは聞きました。ですが、そこまで危険な場所なのでしたら、ことさらに、わたしをお連れになるべきでしょう。いつでも連絡がとれるように」

「人数が多くなると、先方に警戒されますので」

デュラルクも、さぞ困るだろう。警護せねばならない人数が、増えるのだから。

——そんな事情など知ったことか、とでも流されそうだな。

この、天然自然に相手が従って当然と考えている感じは、皇女やルーギンから受ける印象に近い。

貴族生まれの貴族育ち、ヤエトには理解が難しい人種である。

「……まぁ、お座りください」

ヤエトが椅子を勧めるのを待っていたのだろう、伝達官はふたたび一礼して、さっと腰掛けた。

「ありがとうございます」

ついでに食べ物も勧めようとして、ヤエトは少し迷った。運ばれたときは焼きたてだった包み焼きは、もうすっかり冷えてしまっている。これは冷めても美味だからよいとして、飲み物も、もう湯気もたたなくなっていた。

「なにか、運ばせましょう」

「おかまいなく。あまりお時間をいただかずに済ますよう、主君より申しつかっております」

あの主君にして、この部下あり、といったところか。かれらの要望に沿うには、万事早め早めに対応するよう、心がけていくしかない。

「そうですか。では、いきなりですが……二の君からのご伝言とは、いったい？」

「大した内容ではありません。皇女殿下のことです」

——いきなり、それか。

しかも、大した内容ではないのか！

「我があるじの問題であれば、大した内容にしか、なり得ないとも申せますが」

「それは失礼を」

皇女なら、どこも、微塵も、失礼だと思っていなさそうな顔をしおって！　と憤慨しそうである。

「それで、その大したことがない内容とは、なんでしょう。お聞かせ願えますか」

「ひょっとすると、今になって三の君が、皇女殿下のご機嫌を取り結ぼうとしているかも、という話です」

ぽかりと開きそうになった口を、あわてて閉じた。ついでに一回、目も閉じてみる。

――まさか。

「三の君がそのようなことをお考えになられたとして、皇女殿下がそれを受け入れられるとは、思えません」

「ですので、大したことがない、と申し上げました。と同時に、尚書卿にそれをお知らせしておくべきではあろう、と」

たしかに、今さら第三皇子がすり寄って来たとして、皇女が迂闊に――。

――迂闊に、受け入れる可能性も、皆無ではないかもしれない。

そこを考えてみて、ヤエトはぞっとした。第三皇子は、皇女とは人としてのつくりが違う。精神のありかた、魂のかたちが違うのだ。

彼にとって、自分以外の人間はすべて、ただの道具なのではないか、と思う。

道具であるから、独自の考えを持つことは、許されない。利用価値があれば使い、なければ捨てる。

そこまで傍若無人(ぼうじゃくぶじん)でいながら、人の心をあやつる技術は持ち合わせている。相手がなにを、どう感じているかは理解するのに、それを尊重しない。

そして、そのことを、皇女はわかっていないだろう。

第三皇子に陥れられたこと、殺されかけたことは、たぶん、わかっている。だが、それがなぜかという点に関しては、皇女は理解していないだろう。

人を人とも思わぬ兄とは、皇女は違うのだ。

「……以前は、兄妹仲睦まじくていらっしゃった、と伺っています」

伝達官は、それには答えなかった。おそらく、いかなる意見を表明しても、無礼にあたるとでも考えたのだろう。

答える代わりに、彼は、話題を変えた。

「それから、これは別件となりますが、昨日、皇宮に魔物が出現しました」

「……それは、わたしが都にいたとき以来のことですか？　それとも、もっと頻繁に？」

「尚書卿がご存じの襲撃を含め、これが二回目となりますので、頻度はそこまででもありません。ですが、皇宮の警備はどうなっているのか、という話になり、互いが疑心暗鬼に陥って、雰囲気はよくありません。そのあたりのことも、お伝えせよと」

「かたじけない。助かります」

皇女は、ヤエトを疲れさせまいとしたのかもしれない。だが、いろいろと、知っているべきことを教えてもらえないのは、困る。

「では、たしかにお伝えしました」

立ち上がりかけた伝達官を、ヤエトは目線で制した。

「こちらからも、伝言をお願いしたいことがございます」

「なんでしょう？」

「三日後、博沙国に伺おうと思っております。地下牢の囚人に会って、意味のある話を引き出せるか、確認したいのです。いつでも面会してよいとは、お言葉を賜っておりますが、一応、ご許可をいただきたく」

「ああ、なるほど。心得ました。お伝えしておきます」

「かさねがさね、ありがとうございます」

伝達官は、笑顔を見せた。

「礼など、とんでもない。それでは失礼します」

今度こそ席を立つと、伝達官はきびきびとした足取りで扉へ向かい、そこでくるりとふり返って一礼した。

――騎士だなぁ。

伝達官というより、騎士だといわれた方が、しっくり来る。あの人物は、それなりの年齢までは、貴族の家で育ったのではないだろうか。今は伝達官であるにしても。

暫し、彼は伝達官の過去について、憶測を巡らせた。

人の運命は、どこに導かれるかわからないものだな、と思う。それは、自分自身についても、いえることだ。沙漠の向こうに新しい国が建ち、そこで皇女の副官としてはたらくことになるなど、若い頃には想像もつかなかった。

想像の向こう側へ歩み去ってしまいがちな現実ではあるが、それなりの精度で予測し、対策を立てねばならぬだろう。

冷えた包み焼きにかぶりつき、ヤエトは、今後について考えはじめた。

5

ナオの処方の効果か、ヤエトは熱も出さず、生まれ変わったようにすっきりと目覚めた。

北嶺の空気は、わりと自分にあうのかもしれない、と思う。いささか寒過ぎるのと、階段ばかりで移動が億劫なのが困りものだが、それをおぎなって余りあるのが、鳥の存在だ。

いつでも、鳥がいる。七日たつ前に返さねばと考える必要がない。

——楽園ではないか！

圧倒的な幸福感と、やわらかな羽毛に包まれて、ヤエトは厩舎にいた。

ジェイサルドは前庭で待っている。北方のように侵入不可能でこそないが、事実上、立ち入りを禁じられているからだ。その状態に甘んじる程度には、厩舎の中の鳥たちと、厩舎長を、信頼してくれているのだろう。

「元気いっぱいだな」

と、厩舎長が評したのは、雛たちのことだ。ヤエトを挟んで、実に楽しそうだ。挟まれているヤエトも楽しいが、もう少し加減を覚えさせないといけない気はしている。

「大きくなりましたね」

何度もその背に乗せてもらっておいて、大きくなったもないものだが、どうしても、小さかった頃を思いだし、比べてしまうのだ。

だが、厩舎長はそれを笑わなかった。ヤエトがなぜ、大きくなったと口走っているのかが、よくわかっているのだろう。おそらく彼は、すべての鳥に対して同じことを感じているのではないか。

よく大きくなったな、よくここまで育ってくれたな、と。

「そりゃあな。儂（わし）が育ててるんだから」

「皆、健康そうです」

「ああ、運動もたりてるし、病の流行もない。万事順調だ。鳥の方はな」

「……鳥の方は？」

ヤエトが問い返すと、厩舎長は笑った。

「人の方は、問題山積だな。儂も、重いものを持てんようになったしなぁ。すぐ腰に来る」

「それは……難儀なことですね。起きていても、大丈夫なのですか」

この老人のことだから、大丈夫でなくても起き上がりそうだ、と考えていると、厩舎長は笑いをおさめて答えた。

「儂はともかく、長老がな」

「お加減がよくないとは、聞きました」

議場の隅で居眠りをしていると思っていたら、意外に事態を把握していて、かつてはヤエトを励ましてくれたこともある老人だ。

昨冬、体調を崩してから老け込んでしまい、すっかり寝付いているらしい。

ヤエトが北嶺相の座をしりぞいて以降、当面だけでもと尚書官のまとめ役を引き受けてもらったのだが、実務を進めることもままならず、内政担当だったはずのセルクが人質として北方へ行っていることもあって、結局はイスヤームがその代理をつとめている。そして、イスヤームがやるべき外交は、セルクの補佐のはずだったグランダクが……と、なし崩しで仕事を分けているのが現状だ。

「いよいよ悪い。あれがいなくなると、抑えがきかんことも、あるかもしれんなぁ」

「抑え、ですか」

「聞いたぞ。鳥が飛べなくなるかもしれん、という噂」

どうなんだ、といいたげな表情で見られている。

――来るべきものが来たな。

「教えてもらえますか、あなたの耳に、どのようにその噂が届いたか。内容もですし、誰が、どういう感情をこめて伝えているのかも。後者は、支障があるなら、ぼかしていただいてもかまいません」

うーん、と厩舎長は腕組みをした。

「魔物に力をつけさせないために、不思議の力をなくす、すると鳥たちも飛べなくなる……と、そんな内容だ。誰が噂しているかは、べつに秘密でもなんでもない。ほぼ全員だからな」

で？　と、老人はヤエトを見た。

なにもいわないが、それで、そちらは教えてくれるのか、本当のところを？――と、問われているのだろう。言葉にされなくても、もちろん、伝わる。

情報を出し惜しみすべき場面ではないことも。

「正確なところをいえば、よくわからないのです」

「不甲斐ない答だな」

ヤエトが不甲斐ないなら、厩舎長は容赦がない。

「大雑把にいえば、今の話であっている、とは思います。魔物に力をつけさせないため、ではなく、そもそも魔物の流入を防ぐため、ですが」

「そこはどうでもいいだろう」

「どうでもよくはありません。できれば、魔界から魔物が来る経路を塞いでしまいたいのです。そうせねば魔物の大群が押し寄せて、地上を席巻するからです。魔界の蓋が開いてしまえば、どれだけの被害が出るかはわかりません。ですから、なんとかせねばならないのですが……この世の不思議のみなもとは、魔界にある、という説が有力なので」

「魔界の蓋とやらを閉じると、鳥も飛べなくなるかもしれない、と」

「……そういう予測が、成立するとは思います。ですが、その予測通りになるかどうかは、そのときになってみないと、なんとも」

「なるほどなぁ」

厩舎長はうなずいて、視線を厩舎の中に彷徨わせた。ヤエトも彼の視線を追い、そして気づいた。

鳥たちも、こちらを注視している、ということに。

ダエタクとセギはヤエトを挟んだまま動かない。すぐ後ろに控えているはずのシロバが、ふん、と鼻を鳴らしたのが聞こえた。意外と鼻息が荒いのだ。いろいろな意味で。

「飛べなくなる可能性は、五分五分くらいかと思います」

「なんで五分なんだ？」

「それは……鳥の飛翔の力のみなもとが、魔界にあるかどうかが、疑問だからです」

鳥の翼に力を与えたのは、ツェートーだ。ツェートーは北嶺に眠る神であり、ライモンドが糾弾するように、天に逆らって大地に縫い留められた竜である、というのが事実ならば。

――それは、母神の堕天より早い時期のことかもしれない。

母神の堕天以前から存在する神は、すなわち、力の源を魔界にたよらないのではないか、と推測できる。母神という存在の大きさから考えて、まったく影響を受けないことはないだろう。神々は、相互に作用する巨大な力だとヤエトは認識している。

だが、ツェートーは独つ神だ。

母神の堕天以降の神は、かならず対になっている。たとえば、ヤエトが恩寵（おんちょう）の力を賜ったオルムストと、ウィナエが奉じていたターンのように。

ツェートーの力に、そうした対極の何かが存在することは、想定しづらい。

すなわち、ツェートーは魔界からの力の流れに左右されづらい、独自の力を持つと想定される。

――剣に力をこめられる神、という観点では、ツェートーは選を漏れるのだが……。

土地に縛られる神は、使えない。その条件があったから、ツェートーはヤエトの意識になかった。

だが、剣に使えるかという基準を撤廃して、いろいろなことを考え直す必要がある。

「よくわからんな」

「わたしにも、ちゃんとわかっているかどうかは……。北嶺の神が魔界の影響を受けないのであれば、魔界の蓋を閉じたとしても、鳥は飛翔の力を失わないで済むかもしれないと思っているだけです」

そもそも、魔界の蓋を閉じることができるかの方が、現状、深刻な問題なのだが……そこは、鳥馬鹿の北嶺人に同意を求めてはいけないところだろう。

鳥より重要なことがあるといっても、説明するだけ無駄だろうから。

――うまい説明が必要だ。

黙っているだけでは、駄目なのだ。過度な期待を与えて騙すことはしたくないが、魔界の蓋を閉じても翼を失うことにはならない可能性が高い、という話はするべきだ。

――すでに、遅いかもしれない。

不利な話を直接でなく聞かされることは、相手への信頼感を削ぐ効果がある。いいたくないから黙っていたのではないか、という疑念を生じさせるからだ。

鳥が翼を失うかも、という噂が駆け巡っているのは、非常によろしくない。今さら否定しても、騙す気か、と思われるだけに終わりかねない。

――なんとかして皇女を北嶺に戻らせ、皆に姿を見せてもらわねば。

あの声で、真摯に語ってもらう必要がある。一時帰国でもよい。なんなら、日帰りでもかまわない。伝達官では駄目なのだ。皇女がみずから来て、きちんと伝えることが肝要だ。遅きに失した感はあるが、それでも――。

「帝国は、鳥の翼を奪って、北嶺の力を削ぐ気なのだ……という噂もある」

厩舎長の声に、ヤエトは我に返った。

――帝国が、北嶺の力を削ぐ？

北嶺は、すでに帝国の一部なのだ。離反したのなんのという問題を起こしているわけでもない。北嶺の力を削ぐことは、すなわち、帝国の弱体化に通じるだけだ。

そんな噂が飛び交っているということは、北嶺人は、未だに自分たちが帝国の民になったことを実感していない、ということだ。

とくに戦闘もなく併呑（へいどん）されたからこそ、北嶺は、帝国への帰属意識が薄い。反発も妙に少ないが、要は、わかっていないのだ。竜種である皇女が直接統治するようになってから、既に、年単位で時間が経過している。それでも、未だにそんなことを、と思うと、身体から力が抜けてしまう。

――どうすればいいんだ。

どうもしたくない。もう疲れた。休ませろ……と、心の中が騒がしい。

「大丈夫かね。顔色がよくない」

「ちょっと、外の風に当たりたくなりました。シロバに鞍をつけてもらえませんか」

「ああ、いいとも。……こら、おまえらは留守番だ、静かにしてろ」

雛たちに突つかれながら、厩舎長は装具を取りに行った。

ヤエトはその雛たちの首に腕を回し、羽毛に顔をうずめた。鳥たちの体温を感じる。

「……あり得ない」

鳥から翼を取り上げるなんて。そんなこと、誰も望んでいない。

戻って来た厩舎長に、ヤエトは告げた。

「セルクは、ちょっと前に戻るだけだろう、といっていました」

「ふむ？」

「たとえ飛べなくなったって、鳥が魔物に殺されてしまうより、ずっといい、と」

厩舎長は笑った。

「そりゃそうだ！　さすがセルクだな、わかっとる」

「皆がそう思えるわけではないでしょうが……わたしは都で、力ある魔物の姿を見ました。それが大河を支配し、思うがままに船を覆し、人を飲み込むのを」

背筋が冷たくなる記憶を、ヤエトはそっと意識の外に押し戻した。

シロバの端綱を厩舎長の手から受け取ると、彼は歩きだした。

――あんなものが次々と出てきたら……。帝国だ北嶺だと争っている場合ではないのに。

前庭で待っていたジェイサルドが、シロバとヤエトを見て、さっと膝をついた。ジェイサルドの手を踏み台にするのは、今でも抵抗があるが、そうすれば、シロバを座らせずに済む。座る方はともかく、ヤエトを乗せて立ち上がる方は、シロバの脚にかなりの負担となるだろう。

そこで、ヤエトはありがたくジェイサルドの手を踏んで、シロバの背によじ登った。

「遠乗りをして来ます。いや、遠乗りというほど遠くはないので、近乗りかな……」

そんな言葉はないだろうと思いながら、ヤエトはそう口にした。

「シロバにまかせるといい」

厩舎長の声に、ふり返った。鳥の上から見下ろす老人は、なんだか、前より小さく見えた。

――長老だけじゃない。

皆、年老いていく。いつまでも、元気でいてくれるわけではない。

そんな当然のことを、不意に、突き付けられた。わかっているつもりでも、忘れてしまう。

――人は皆、死んでいく。

生まれた瞬間から、死へ向かって歩んでいる。それがどんな死になるのかは、誰にもわからない。どう生きるのかを、ある程度、選べるだけだ。

今、思いだしても、どうせまた忘れる。死を考えたままでは、生きていけないからだ。

忘却とは、精神を健全にたもつための機能だ。

「そうします。……シロバ、ジェイサルドが追いつけるように、地面を歩いて行こうか」

ジェイサルドを同行させた方がよいだろう。北方に行っていたあいだに、ヤエトの警護ができないという不満でいっぱいになっていたはずだ。思う存分、護衛してもらおう。

厩舎から門へ向かって進むあいだ、人影はない。

「北嶺の力を削ぐために、帝国が、鳥の翼を奪おうとしている……という噂があるらしいな」

「誰が流しているかを、お調べします」

――ということは、ジェイサルドの耳には届いていないのか。

知っていれば、ヤエトの命令を待つまでもなく、調査済みのはずだ。当然ではあるが、北嶺人のあいだでだけ、噂されているということだ。

「寝ている場合じゃなかったな」

ジェイサルドは、なにも答えなかった。否定的な雰囲気ではある。

言葉をつづけてみることにした。

「遠乗りなどしている場合でもなさそうだ」

やはり、ジェイサルドは無言だ。

なんだか面白くなってきて、ヤエトは、もうひと押ししてみた。

「このまま、どこか遠くへ行きたくなる」

「お供します」

間髪入れずに答えられてしまった。

「そうだな……我々ふたりでは、ツェートーを目覚めさせることはできそうもないが、とりあえずは、旧城趾にでも行こう」

あそこなら人気もないし、のんびりできるだろう。

——のんびり、か。

そんなことをしていて、よいのだろうか。

しかし、休んでいる場合ではないとしても、では、なにをすればよいのか。

——どうしても、内側には入れない。

エイギルの言葉が、思いだされる。余所者は余所者と、無自覚に、そして容赦なく差別するのが北嶺人だ、と彼は語った。

見た目の特徴が近い帝国貴族ですら、余所者扱いをまぬがれ得ないのだ。あきらかに異人種のヤエトでは、かれらの心に踏み込むことなど、無理だろう。

しかも、エイギルの評によれば、北嶺人は、ヤエトの前では良い子ぶっている、というではないか。品のない噂話が回ってくるのを待つのは、北嶺の春を待つより根気が必要そうだ。

しかたない、とヤエトは思った。

――エイギルにも、いろいろと訊いてみなければ。

エイギルだけではない。なりゆきで内政の最高責任者になってしまっている、イスヤームとも、話さねばならない。もちろん、長老の見舞いにも行く必要があるし、ナオに看てもらっているのかも確認すべきだ。レイランド公子との面談にも、時間をとりたい。

ああ、とヤエトは頭を抱えた。

――休まらないぞ。

おかしい。なにをすればよいのか、と思った時点では、心の底から途方に暮れていたはずなのに。少し気を入れて考えたら、やらねばならないことだらけではないか。

「たしかに、十日もいたら逆に倒れるな……」

「まことに」

すかさずジェイサルドに同意され、ヤエトは笑いたい気分になった。

誰が見ても、自分は働き過ぎらしい。だが、これでも間に合っていない――なにやら有能な人物だという誤解も広まっているようだが、自分は少しも有能などではない。むしろ、無能だ。やることなすこと、考えること、すべてが遅いし、不十分だ。

「少しだけ、飛んでいいか？」

今度は、やや返事が遅れた。

「どうぞご随意に。シロバ、たのんだぞ」

シロバが、くわっと嘴を開いた。声は出さない。シロバとジェイサルドのあいだには、ヤエトを巡り、停戦協定というか協力関係というか、なにかの合意があるようだ。

「では、先に行っている――いや、そちらが先に着くのかな」

「不審な動きがないか、後方を確認してから参ります。できれば先行もしたいところです」

それはさすがに無理なのではないか。いや、それともできるのか？

――深く考えるまい。

「……後刻、また」

シロバの脚が地を蹴り、わずかな助走と羽撃きの力で、ふわりと空に舞い上がった。

風を受けて、ヤエトは顔を上げる。空が、シロバと彼を出迎えてくれた。

――鳥は、どうやって飛ぶのか。

北嶺の巨鳥は、魔法の力で飛んでいる。あるいは、神が与えた恩寵の力で、と言い換えてもよい。

ライモンドならば、竜の力と呼ぶのだろう。

この力の源泉が、魔界にあるなら――女神の穢れた心臓からあふれつづける力と繫がっているなら、魔界の蓋を閉じることで、鳥も力を失うだろう。そのとき、セルクのように、いえるだろうか。

ちょっと前に戻るだけだ、なにも困らない、と。

――無理そうだな。

自分に正直であろうとすると、結論は、そうなる。

旧城趾まで、はじめは、飛ばずに行くつもりだった。飛べなくなったときのことを、考えてみようとしたのだ。考えて――そして、ごく短時間で、無理だと感じた。

考えたくない。今はまだ飛べるのだから、飛びたい、と。

――今は、まだ。

この先どうなるにせよ、今は素直に、飛べることを喜んでいたい。

――こんなことになるなら、はじめから飛べないままでいればよかったと、思いたくない。

それは最低最悪の考えだ。そんなものは自分を哀れむだけで、なんの役にも立たない。わかっていても、思考はそちらへ彷徨いがちだ。

はじめから飛べなければ。地走りのままだったら、今の北嶺はどうなっていただろう？

――北方の襲撃で、もっと痛手を負っていただろうな。

戦死者も出ただろうし、鳥も、もっと殺されていたかもしれない。

移動手段に鳥を使う場面も、近距離に限られたはずだ。やれ北方だ、都だ、《黒狼公》領だ、博沙国だと移動できるのは、鳥の翼のおかげである。それ以前に、北嶺が国となり、皇女が王となり、ヤエトが貴族になることも、なかったのではないか。

「おまえたちが飛べなくなったら、わたしも少しはなまけられるのかな」

つぶやいてみると、なんだか笑いたい気分になってきた。

なにもかも、些細なことではないか。

いずれシロバの翼が、地上を駆けるときに平衡をとる役にしか立たなくなるとしても。それでも今は、風を切って空を舞うことができる。

——今は飛べる。その事実だけを、喜べ。享受しろ。

空は、途方もなく青い。おのれの輪郭が薄れて大気と化し、世界に流れ出て行くような錯覚に襲われるほど。

すべてがひとしく価値があり、同時になんの価値もない。

——世界はただ、世界だ。

鳥の背にあり、空を飛んでいる限り、ヤエトは世界をまるごと、そのままの姿で受け入れることができるような気がしていた。錯覚かもしれない。けれど、そう感じるのだ。

魔界の蓋を閉じても、鳥の翼が失われないとしたら——そうなればよいが、実際、やってみるまで確言はできない。そして、魔界の蓋を閉じないことには、話は始まらないのだ。

いや、始まらないどころの騒ぎではない。世界が、終わりかねない。少なくとも、人の世は。

――魔界の蓋を閉じられなかったら、どうなる？

その考えを、ヤエトは暫し、さまざまな角度から眺めてみた。魔力が世界に横溢（おういつ）し、鳥たちも翼を失わずに済むのは、間違いない。

それぞれの神の恩寵が力を増せば、北嶺に限らず、人は魔物と戦いながら生き延びることは可能なのではないか？

しかし、その未来は、かつて幻視した絶望に辿り着く。

遠い過去、北嶺の民が自在に鳥をあやつり、傭兵をいとなんでいた時代。おそらく、騎乗や戦闘の技術は今より高かっただろう。それでも、時の王は、みずから竜に化身して、南方の軍と相対した。

このままでは守りきれぬと判断したからに違いない。

王が竜に化身することは、当時の北嶺の崩壊を意味していた――と、思われる。だからこそ、ヤエトが幻視したように、北嶺の城を守っていた者は絶望にとらわれ、呪師の手におちたのだ。

北方の氷姫も、同様の犠牲を払った。領土を凍結させ、侵略者に穢されることを回避したものの、人も妖魔も立ち入れない、死の大地としてしまった。

どちらも、呪的な力の戦い、それぞれの独立を賭けたものだっただろう。いうなれば、人の戦（いくさ）ではない。それでも、人を含む、すべての命あるものが巻き込まれる。

――呪的な力では負けることを善しとするとして、人の力だけで生きていく方策は……？

魔界の蓋を閉じることに失敗した場合、魔物たちと戦うことになる。

前回は、人が契約を結び、その契約に違反するような行為はできなかった魔物たちと戦ったわけだが、今回は、その契約のつづきの部分、見返りだけを求めて魔物がやって来るはずだ。

——人が相手なら、いろいろと、やりようもあっただろうが……。

当時と比べて差異があるとすれば、一帯をおさめているのが南方ではなく帝国であることだ。

帝国は、戦闘経験が豊富な国だ。人材は揃っているし、軍備もある。

第一皇子が、相変わらずの慎重ぶりを発揮し過ぎたとしても、ほかの皇子たちが、なんとかする。なんなら、皇帝が軍を率いるかもしれない。

従わないものは、従わせる。帝国とは、そういう国だ。

だから、魔物とも戦うだろう。絶望的な戦況になったとしても、最後まで。

もちろん、皇女も戦う。そして、皇女の手持ちの札といえば、北嶺の翼ある騎士団だ。

——その北嶺が、どう動くかが問題だ。

領民とは友好的な関係を築いているものの、統治者としての実績はまだ数年。上辺は穏やかであっても、所詮は征服者に過ぎない。意に染まないことを命じれば、反発を受けるのは必至だろう。

厩舎長が教えてくれたような噂が流れているなら、間違いない。必ず、離反が起きる。

鳥が翼を失うのは皇女のせいではない。魔界から魔物があふれ出すことの原因にも、皇女はなにも関係していない。皇女どころか、真帝国には、なんら責任がないのだ。

かれらが沙漠のこちら側に建国したときには、事態は一周まわって仮の解決に辿り着き、忘れ去られていたほどだ。二周目が始まったのも、帝国の責任ではない。ただ、時間が経過しただけだ。

それでも、個人にはどうしようもないものに関する印象は、支配者に背負わされる運命にある。天変地異や時代の趨勢、果ては一個人の運不運まで。

魔界の蓋が開いて魔物があふれて来ても、鳥が翼を失っても、反感は、皇女に集まる。

――まずいな。

民の注意を逸らせればよいが、問題が鳥にかかわるとあっては、まず無理だ。対策するなら、不満の矛先を、ほかに向けるといった手法だろう。

すでに遅いかもしれない。考えるべきことが山盛りあったとはいえ、思い至るのが、遅過ぎた。

そもそも、鳥が翼を失うかもしれないという問題を、まともに受け止めるのが遅かった。魔界の蓋とやらを閉じる方法ばかり考えて、その結果に目を向けていなかった。

「人は、都合の悪い現実からは、目をそむけるものだな……」

鳥たちは、どうなのだろう。

心で、ヤエトは問うた――シロバ、おまえはどうだ。鳥と心が通じあわずとも、わかりきっている問いだった。翼を失いたい鳥などいないだろう。

誰にいわれるまでもない、そんなことは知っている。

ヤエトは眼を閉じ、あの光景を思いだした。はじめて、鳥たちが空に舞い上がった、あの日のことを。熱で朦朧（もうろう）とした視界を、きらめく翼が羽撃いて通り過ぎた、あの日。

どう表現すればよいのだろう。

鳥が飛んだ、ただそれだけのことだ。

それに、胸をうたれた。魂が、ふるえるような心地がした。

ヤエトだけではない、鳥馬鹿の北嶺人に限った話でもない——誰だって、見れば心奪われる。

なにものにも縛られない自由と、それを裏付ける力を、人はそこに見るのかもしれない。翼を持たぬ存在にとって、空とは一種の異界である。本来なら属することのできない、その異界へと人を運んでくれるのが、鳥の翼だ。

失えない、とヤエトは思った。

——北嶺の統治が順調だったのは、皇女が鳥に翼を、飛翔の力を復活させたからだ。

それが失われることは、皇女にとって致命的な要素となるだろう。

そう、目をそむけている場合ではない。翼を失わずに済む方法がないか、もっと真剣に模索すべきだ。まだ、考えたりないのだ。

考えるんだ、とヤエトは自分に命じた。

——諦めることを、自分に許すな。考えつづけろ。

より望ましい解が、きっと、どこかにある。ヤエトはシロバの羽毛に手をすべらせた。

「みつけるさ、かならず。おまえも手伝ってくれ」

シロバは答えなかったし、ヤエトには鳥の心を読むすべなどなかったが、それでも、なにかが通じたとは感じていた。それが身勝手な勘違いであっても、かまわない。

ただ、信じるだけだ。

ほどなく、眼下に旧城趾が見えて来た。

北嶺人が寄り付かない場所なので、ヤエトが一人になりたいときに訪れる場所になっている。

さすがにジェイサルドの姿はないようなので、瓦礫（がれき）の少ない場所を選んで降りた……つもりが、なぜか、出迎えられた。

「お早いお着きで」

——自分の方が早いだろうに。

口にはしなかったのに、なぜか伝わってしまったらしい。

「シロバに、少し遠回りしてくれるようにたのんでおいたのです」

「えっ？」

心の内を読ませるように、なにか工夫をしたのだろう……というのが妥当な推測だが、あまり受け入れたくない。そういう技術が確立される云々という問題とは別の点で——つまり、ジェイサルドとシロバが手を組むという感じが、こう。

——追いつめられているというか……。

「わかってくれれば助かると思ったのですが、どうやら、うまくいきましたな」

過信はせず、伝われば幸運だと考えるよう心がけますが、今後も連繋していければ心強いですな、とジェイサルドが言葉を続けるのを聞き流しながら、ヤエトは身体を傾け、シロバの眼を覗いた。

琥珀(こはく)の眸に、ヤエトの顔が映っている。非常に情けない表情だ。

「そうですか」

とにかく、まず降りよう……と、ヤエトは脚を上げてシロバの首をまたぎ、あまり颯爽(さっそう)とした動きではないにせよ、無事に地面に降り立った。降りる方は、シロバに屈んでもらったり、誰かの助けを借りたりしなくても、なんとかなる。

こちらをふり向いたシロバの首のあたりに手をのばし、羽毛の奥、あたたかい地肌にふれた。そのまま頬へ、嘴の付け根へと、掻いてやる。シロバは心地よさげに眼をほそめた。

シロバは悪くない。ジェイサルドも、悪くない。なのになぜだろう、この、なすすべもなく包囲されている感じは。

「このあたりに危険がないことは、確認してくれたのですね？」

「はい」

「では、少し距離を置いてもらえますか。つまり、人の気配を感じず、考えごとをしたいのです」

「心得ました。お邪魔になるようなことは、いたしません」

「シロバも、自由にしていればいい」

自由、という言葉をヤエトはよく口にする。自分にかまってくれようとする者には、特に頻繁に。

ひょっとすると、それは相手のためではなく、自分のための言葉なのだろうか、と思う。放っておいてくれ、という言葉を丁重に翻訳すると、そうなるだけなのかもしれない。

足下に気をつけながら、ヤエトは歩きはじめた。

——どうすればよい。

考えることを諦めないといっても、諦めなければ願いがかなう、というわけでもないのは、ヤエトも知っている。強い希い(ねがい)は、人の行動を支えるだけだ。行動自体を一新してくれるわけではないし、ましてや結果を約束してくれるものでもない。

——もうずっと、考えてばかりだ。

それが仕事とはいえ、正解に辿り着いた気がしないまま、延々と考えるのは、かなりの苦行だ。

ゆっくり休め、と頭の中で皇女が命じた。

——休んでいては、間に合わなくなる。

ヤエトは崩れた石柱に腰掛け、両膝の上に肘をついて、顎(あご)を支えた。深々と、ため息をつく。

城を出たときは快晴だった空に、今は雲が増えた。天候が変わるのかもしれない——そんなことを、頭の片隅でぼんやりと考える。

最後にここに来たのは、いつだったか。おそらく、皇女がツェートーを呼び出したときだ。

——はじめて来たのは？

城からさほど遠くないとはいえ、徒歩で来るのはひと仕事だ。着任早々、ぶっ倒れていたヤエトに、そんな難事業に手をつける余裕はなかった。だから、たしかシロバに乗って来たはずだし、それなら、厩舎長がシロバに乗ることを許してくれてから、ということになる。

強く印象に残っているのは、皇女を探して旧城趾に辿り着いたときのことだ。

暗い道。時を遡り、おぼろに浮かぶ皇女の姿を追った。自覚的に過去視の恩寵を使い、それが成功するなどということも、今では当然になった。

だが、あのときはまだ、挑戦だった。あらゆる意味で、自殺行為だった。

――それなのに、追っていた。

皇女のなにかが、ヤエトを駆り立てた。どうしても、助けてやりたかった。とんだ上から目線だと思う。自分は何様なのか、と。

それでも、そこに嘘はなかった。皇女を、皇女という檻から救いたかったのだ。

いや――はじめは違った。無責任にも、皇女の面倒をセルクに丸投げして、自分は知らぬふりをした。その償いをしたかったのだ。そうすべきだと反省して、ヤエトは城を出たのだ。

自責の念から、出発した。自分にできることがある、と気がついて。遅まきながら、いや遅いからこそ、自分にしかできないことがあったのだ。そして、皇女を発見して、ここで語り合った。

そのときだ。皇女を助けてやりたいと感じたのは。

不意に、目の前がふわりと黄金の光に包まれた。

――恩寵？

意図せず発動するなど、最近は滅多にないことだったから、ヤエトは暫し戸惑い、そして、眼をしばたたいた。

そこにいるのは、皇女だった。

あのときの皇女ではない、ごく最近の姿だと思う——当時ほどの幼さはない。鳥の首に腕をまわし、羽毛に顔を埋めている。

だから、表情は見えない。声が、聞こえた。

——ここに来れば、ヤエトに会える気がするのは、なぜかな。

皇女の鳥が、嘴をかすかに鳴らした。毛づくろいでもするかのように、皇女の髪を一房、ついばんでは落としている。

——あのときみたいに、いってほしいのかな。

鳥に顔を押し当てたまま、皇女は言葉をつづける。

——逃げてもよい、と。

ゆっくりと、皇女が顔を上げた。ヤエトには、斜め後ろからの輪郭しか見えない。それが、かがやいて見えるのは、なぜだろう。涙のせいではないか?

——わたしは、逃げたいのかな。

ふたたび、皇女は鳥に抱きついた。そんなことをしていると、やはり昔の、出会った頃の幼い少女なのではないか、と思いたくなる。

風が、皇女と鳥の姿を洗い流していく。

――情けないな。

そのつぶやきを最後に、幻視の光景は消えた。

気がつけば、ヤエトは立ち上がっていた。

皇女にふれようとしていたのだ。慰めの言葉を、かけようとしていた。

だが、なにをいうことがあるだろう？

ヤエトは呆然と、自分の手を見下ろした。中途半端に前に差し伸べていた手が、ゆっくりと、下がっていく。

「……あのときのように、いえるだろうか」

おのれに問うてみた。

彼は、なんと告げただろうか。逃げだしたいのだ、と本音を口にした皇女に。

逃げたいならば、逃げ延びてみればよい、と。情けなくなどない、と。

今もまだ、いえるかもしれない。あのときと同じように。妻合せるための手駒としか考えられていない立場を嫌い、逃れる手段を探していた皇女に、彼は告げたはずだ。

逃げるとは、後ろを向いて退散するだけの行為にはおさまらない、と。それでも――もし逃げたいなら、逃げればよいのではないか、とも。

だが、皇女は逃げない。そんなことは、わかりきっている。

――言葉で心が軽くなるなら、いくらでも、同じことをいってやりたい。

そこまで考えて、ヤエトは苦笑した。

違うのだ。

皇女に必要なのは、慰めではない。ヤエトが告げるべきは、かつてと同じ言葉などではないのだ。

爪がてのひらに食い込む感触で、自分が拳を握りしめていると気がついた。なにが、悔しいのだろう。わからない、でも、なにかが悔しい。

――慰めるために、副官となったわけではない。

そもそも、みずから望んだわけでもないが、なってしまったものはしかたがない。俸禄のぶんは成果を出さねばならぬ、以前はそんな考えでいた。だが、貴族位を得、名目ばかりの副官ではなく、皇女自身に望まれて翼臣と呼ばれる、今。どこまでやれば、ヤエトは認められるだろう。

世間が認めるかを考えているのではない。自分が、自分を許せるかどうか、だ。

よくやった、と。望まれるだけのはたらきは、果たした、と。

暫し瞑目の後、ヤエトはジェイサルドを呼んだ。

「城へ戻る」

6

「寿命を迎えようとしている命を、永らえさせるすべは、ありませんよ」

なぜか、枕元にはナオがいる。いや、なぜかもなにもない、ヤエトが倒れて、そこが北嶺なら、ナオが呼ばれるのは必然だ。

ナオは、ヤエトに会うと嫌な顔をする。たぶん、嫌われているのだ。

それでも、彼女は全力を尽くしてくれる。治療者であるという矜持は、ナオを支える柱のようなものだ。だから、ヤエトに限らない。相手が誰であっても、ナオは惜しみなくその技術を使う。

それが、死を間近に控えた老人であっても。

「若い頃は『成長』と呼ぶものですが。生まれたときに与えられた持ち時間を使い切る、その期限が迫ってくると、『寿命を迎える』と言葉を変えるのです」

「持ち時間、ですか」

「どんな治療でも、救うことはできません。それは怪我でも病でもない、ただの運命ですから」

倒れたとき、ヤエトはちょうど、長老を見舞おうとしていた。人の見舞いに行って倒れるのだから、迷惑千万というか、非常識きわまりないというか。ナオの機嫌が悪くても、おかしくはない。

これで話は終わりだとでもいうように、ナオは口を引き結び、ヤエトの額の汗を拭った。

背中がぞくぞくするし、頭は痛むし、衣服にふれている皮膚が不快感を催すし、とにかく具合が悪い。だから寝ていればよいのだし、ナオもそう思っているだろうが、まだ、訊きたいことがある。

「長老の持ち時間は、あと、どれくらいなのです」

「そのときが来るまで、わかりません」

「彼がいなくなると、困ります。王が都からお戻りになれない今、北嶺の民の不安を抑えるためには、あのかたに生きていていただかねば」

ナオは、聞こえよがしにため息をついた。それで、回答に替えたつもりなのだろう。

「どんなものにも、終わりは来るのです。諦めて受け入れる以外、選択肢がないこともあります」

今日のナオは、学者の風情だ。真面目な顔で、含蓄に富んだことを告げる。

だが、素直に受け入れて終わりというわけにもいかない。

「ほんとうに、困るのです。なんとかなりませんか」

「……熱がおありですね、尚書卿」

発熱したからナオが面倒を見に来たのだし、なにを当然のことを……と思っていたら、不愉快そうな顔で、諭された。

「熱で朦朧となさっているから、そんなことを口になさるのです。わかりますか。これに限りません。なにかよい思いつきを得たと思われたとしても、それは錯覚なのですよ。今のあなたは、そういう状態でいらっしゃいます。わたしも、まともにとりあったりは、いたしません」

「いや……」

「まともにお相手しない、と申しました。熱に浮かされた病人の妄想は、聞き流して、忘れてさしあげるのが、最高の親切なのです。ですから、尚書卿はもう口を閉じて、目も閉じて、おやすみになってください。それだけが、今のあなたがおできになる、賢明な行為です」

――容赦がない。

いつも思うが、ナオはヤエトに厳しい。泣きたくなる。いや泣かないが。

「あと、どれくらいなのです」

ナオは答えなかった。これで答えたら、偽物のナオであろう。それはわかる。

それでも、ヤエトは伝えねばならないと思った。熱のせいだろうがなんだろうが、どうでもよい。

とにかく、伝えておかねばならない。

「皇女殿下のご不在中に、そんなことには……」

ナオは黙って立ち上がった。ジェイサルドを呼び寄せて、なにか耳打ちしている。絶対に起き上がらせるなとか、そういう話だろう。

ちっとも伝わった気がしない。完全に、聞き流されている。ヤエトは必死に声をあげた。

「ナオ殿、どうか。お困りになるのは、姫様です」

ジェイサルドとの話が終わったらしく、ナオはヤエトの方に屈み込んだ。

「呆れたかたですね。いつも王としかお呼びにならないかたのことを、姫様とお呼びすれば、わたしの心にも届くとでもお考えですか？　そんな小細工を思いつくだけの余力があったら、身体を治す方に、お使いなさい。姫様がお困りになるというなら、あなたが倒れてはたらけなくなっても、それはもう、ひどくお困りになるのですよ」

身体をまっすぐに起こすと、彼女は肩掛けを直し、ヤエトを睥睨して宣言した。

「病弱だのといわれて、長生きをしようというお気もちに欠けていらっしゃるのは、存じております。ですが、ほんとうに命の持ち時間を使い切ろうとしている人を見ても、まだ、そんなお考えでいらっしゃるのですか？」

音程も、音量も、声の温度も、すべてが低い。

ナオが遠い。誰かの声が聞こえる……誰だろう、伝達官だろうか？　おそらく、ヤエトの容態を案じた皇女が、見てくるように命じたのだろう。

大丈夫なのですか、という問いに、ナオが答えている。いつもの通りです、と。

いつもの通りだ。ヤエトは生きている。今回も、生き延びるだろう。いつかは死ぬだろうが、まだ大丈夫だ。ただの過労だ。

「持ち時間を……使い切るにしても、人は終わらない。育てたものは残る……残るはずなんだ」

「結構なことです。でしたら、ご安心ではありませんか」

「育てる意識をもって生きていれば、なにかは残る……残された人の中に、教えは、生きつづける」

ヤエトが口走っているのは、そうであってほしい、という願望のようなものだ。

「ええ、そうですね」

ナオの声が、少しだけやさしくなってきた。おそらく、錯乱状態にあると認められたのだろう。そんな対応は、いらない。不本意だ。

答えようにも、開いた口から出るのは熱い吐息ばかりで、意味のある言葉には、ならなかった。

くるりと向きを変えると、ナオはヤエトの視界から立ち去った。

遠からず死ぬといわれながら、延々と生き延びているのは事実である。だが、逆にいえば、それだけ縮んでいるとも感じているのだ。

おまえの人生はもう幕切れだ、という展開が、いつ来てもおかしくないと感じている。

熱を出したり倒れたりするたびに、今度も大丈夫だろうと思う気もちと、もう駄目だという気もちが自分の中で争う。身体がきついだけではない、心も疲れる。葛藤の中で思うのは、楽になりたい、ただそれだけだ。

死んでしまえたら、その方が――という傾向を、ナオには見透かされているのだろう。

そして、皇女第一のナオの価値観からすれば、皇女の役に立たずに死ぬなどけしからん、さっさと立ち上がってはたらけ、立ち上がれないならまず治せ、話はそれからだ！　と、なる。

ジェイサルドが近寄って来て、告げた。

「イスヤーム殿が、お越しになっています」

「通してくれ」

無言で受け入れてくれるジェイサルドが、ありがたい。

ナオが退室していてよかった。治ってからでは遅いこと、というのがあるのだ――ナオには同意してもらえないだろうが。

イスヤームは、大股に寝台に近寄って来た。空気が動くから、よくわかる。先ほどまで部屋にいたナオや、気配すら消してしまうジェイサルドとは、まったく違う。

北嶺人らしい、とでも評すべきだろうか。

「尚書卿にまで倒れられると、困る」

それが、イスヤームの第一声だった。自分の都合か、と思うが、それをいえば、誰も彼も自分の都合しか考えていない。ヤエトだってそうだ。

「ナオ殿のお見立てによれば、わたしはまだ、すぐに死ぬというわけでもなさそうですので……」

「そういう、いかにも不幸を呼びそうな発言はやめていただきたい」

久しぶりに見るイスヤームは、少し、瘦せたように感じられた。輪郭が、尖っている。熱があるときに見たものの印象を信じてはいけませんよ、とナオなら一蹴するだろうか。

イスヤームの健康が気になるのも、ヤエトの都合である。こんなにも、多くの人の健康を願いたくなるとは。皇女の副官とは、とても平和的な仕事であるように思えてくる。

——イスヤームの体調については、皇女にたのんでおくか……。

ヤエトがナオに気遣ってもらうよう依頼しても、先に自分の健康をなんとかしてください、と返されて、終わりだ。皇女からいってもらえば、それはない。

「長老のお加減は、どうですか」

「今日は、粥を少し、召し上がられた。といっても、匙(さじ)で口に運んで、なんとか飲み込んでもらったのが、四回か五回程度だそうだ」

「そうですか……明日は増えるといいですね」

「願望の話をしてよければ、そうだな」

なんでこう、容赦のない人物ばかりがヤエトの枕辺に立つのだろう。辛い。泣きたい。熱のせいで眼がうるんでいるので、必要とあらば、泣くふりくらいは容易にできそうだ。

だが、ヤエトが泣いてみせても、イスヤームの心には響きそうもない。

「人質交換の立ち会いを、貴殿にお願いしたいのです。それ以外の、不測の事態にもそなえねばなりませんから……尚書官のまとめ役は、当面、イスヤーム殿におまかせすることになると思います」

「今やっていることと、なにも変わらんだろう」

「セルク殿が、じきに戻って来る予定ですので……」

「そうなるといいな」

イスヤームは、あまり希望を持っていないようだ。

「なりますよ」

「まぁ、セルクが戻って、グランダクが北嶺に居着いてくれたら、ずいぶん楽にはなるはずだ」

「では……王には、そのようにお伝えしておきます。王が都からお戻りになったら、正式に辞令を発していただきましょう」

「辞令を出されては、セルクに譲るのが面倒だ。セルクが戻って来るなら、このままでよかろう」

「えっ？　いや、しかし……」

——当たり前のように、尚書官の長という地位をセルクに譲るつもりだとは。

もともと、イスヤームとセルクは反目しあっていたはずだ。それに、セルクが人質として連れ去られて以降、イスヤームはかなり頑張っているのだ。なのに、セルクが帰国したら、では責任者の地位はセルクへ……というのは、不愉快なことではないのか。

しかし、それを婉曲に確認する力が、今のヤエトにはない。

ふだんから、遠回しに尋ねるのは不得手だが、今はとくに無理だ。言葉を選びかねていると、イスヤームが、さっきもいったが、と言葉をつづけた。

「セルクが戻って来て、グランダクもふらつくのをやめてくれたら、内政はあいつらに任せればいいだろう。今度は俺が外に出る番だ」

なんだか意外なことをいわれた気がして、ヤエトはイスヤームの顔をまじまじとみつめた。

「……外に出たいのですか？」

「もともと、そういう話だったはずだ。外交を担当する、と」

「それは、そうですが」

「では、当初の計画通りにしていただきたい。それから、辞令などよりも、必要なことがある」

「なんでしょう？」

「伝達官を、ここに置いてもらいたい」

ヤエトは眼をしばたたいた。

――そうか。

北嶺が国となり、皇女が王となった時点では、皇帝の命により、竜種はそれぞれの領地に留まることと、という決まりがあった。

つまり、伝達官を自領に置く必要性も、低かった。本人がそこにいるからだ。

だが、都に引き留められる時間が長い今、自領との連絡には、伝達官の存在が欠かせない。北嶺は辺地ながら、鳥による高速の移動が可能なため、それなりの速度で情報を伝えることができる。

しかし、不在がここまで長引くなら、伝達官の常時駐留は、ぜひとも考えるべきだ。公式に使える伝達官の数を増やしてもらうか、ヤエトにつけている伝達官を北嶺に留めることになろうか。

「わかりました。王に申し上げます。……ほかに、吃緊に対処すべき問題は、ありませんか？」

「あったとしても、病人の助けは借りん。さっさと治ってくれ、いろいろ頼みたいことがある」

「……いや、まぁ努力はしますが」

「全力で頼む。では、失礼する」

引き留める暇もない。一方的に、いいたいことだけいって、去ってしまった。

「……なんだったんだ」

「ご用件がお済みでないようなら、呼び戻して参りますが？」

「いや……」

一応、済んだといえば、済んでいる。長老の回復が見込めそうもない今、とりあえず、一時的にでも北嶺の尚書官の長となってもらう、ということを伝えたかっただけだ。皇女に報告して追認をもらう予定だが、本人の意志を確認しておきたかった。

――しかし、そうか。伝達官か……。

新しい伝達官の採用を申請するより、ヤエトにつけている伝達官を北嶺に置く方が簡単だが、どうせ揉めるに決まっているから、気が重い。

――移動のときに、伝達官を置いて行けばどうかな。

頭の片隅に、ナオの顔がぼんやりと浮かんだ。上から見下ろしていた、あの顔だ。

――熱に浮かされた病人の妄想が、実用に値するとでも?

我ながら、なかなか口調と表情の再現度が高い。しかし、その幻影はすぐに消えた。

どうしようもない。熱があるものはある。文句があるなら、まず、この熱を下げてほしい。おとなしく寝ていろ、などという迂遠な方法ではなく。今、すぐにだ。

「エイギル殿も、お待ちです」

「ああ、通してくれ」

今度は、イスヤームのときほど空気が動かなかった。なぜだろう、とヤエトは思う。

――案内されてから、寝台の横に来るまでにかかる時間は、そう変わらない気がするが。

室内をかき回すかのような、イスヤームの来訪とは、まったく違う。エイギルが来るのだと知っていて、意識を向けていたのでなければ、いつの間にか枕辺に立たれていても、気がつかないだろう。

エイギルがこんなに静かなのは、病人の部屋を訪うという意識があるからだろうか。それとも、いつでも同じように静かなのだろうか。

不意に、赤い手のことを思いだした――沙漠に隠れ住んでいた民の、保護を決めたときのことだ。

ひとり反抗した男を、エイギルは躊躇なく斬った。

炎の手と呼ばれたその男の最期を、ヤエトは見守っていた。剣を防ぐように掲げた手は、赤い手袋に包まれていた。それはすぐに、おのれの血に染まることになった。

エイギルの剣に宿った夕日の色、それを塗り直した血の色……圧倒的な、赤の記憶だ。

人当たりがよいので、つい、彼が歴戦の帝国騎士であることを忘れてしまうが、エイギルは戦士だ。

この静かさは、おそらく、エイギルがすぐれた武人であることの証左だろう。

――全員が救われることは、かなわない。

預言者の声が、耳によみがえる。あの頃はまだ、得体の知れない存在だった彼女の言葉。

――そう決まっていたのです。

現実はそういうものだ。それくらいは、ヤエトも知っている。諦めてもいる。

それでもなお、望んでしまう。救える限りを救いたい、と。

預言者が、ふわりと笑みを見せた。ヤエトの記憶のどこかに眠っていた、そんな表情だ。

――救い主様……。

「失礼いたします」

エイギルに声をかけられて、ヤエトは我に返った。意識が記憶の底に沈んでいたようだ。

「忙しいだろうに、呼びたててしまって、すみません」

「いや、とんでもない。いつなりと」

エイギルはそう答えたが、本来、彼はヤエトの指揮下にはない。

北嶺相だった頃ならともかく、今のヤエトは皇女個人の副官であるに過ぎず、北嶺の政治組織からは、はずれた存在なのだ。

北嶺人たちの人事のみならず、ヤエトの立ち位置も、なんとなく雰囲気で通している部分が多い。いずれ、なんとかせねばならないが……今やることでもなかろう。

——いずれ、そのうち、まぁいいか。

なし崩し三連活用が、現在も進行中である。

「今、イスヤーム殿にも話したのですが、尚書官の長は当面、彼にまかせたいと考えています」

「じきにセルクが戻って来ると伺いましたが、セルクではなく、イスヤームを？」

おや、とヤエトは思った。

エイギルは武人だ。武人というものは、上から命令があれば、疑義を挟まず従うものだ。ルーギンが、さんざん説明してくれた。

いいから、さっさと、わかりやすい命令をくれ、と。

だから、エイギルがこんな風に質問するのは、妙なことなのだ。

ヤエトの言葉が、熱に浮かされた病人の戯言(ざれごと)に過ぎないかどうかを確認したいのか、それとも、ほかに理由があるからか。

「そのセルクの人質交換に立ち会うのに、それなりの地位にある責任者が必要でしょう。もしや、イスヤーム殿は適任ではない……と、思われますか？」

「わたしの考えではありません。仕事はきちんとやってくれるでしょう。ただ、どうも最近、彼は孤立しているように感じます」

「孤立？」

「北嶺人の中で、です。先年の戦で、すぐに兵を出すことを渋った、という悪い印象がつきまとっているようで……」

「まだその話を引きずっているのですか」

あれは、誰がどうやっても、なんともならない局面だった。皇女が正気を失ったとして拘束され、朝議は混迷をきわめた。第三皇子の仕組んだことだ。伝達官を通じて、彼は北嶺をあやつった。

今にして思う――伝達官を通じての人心操作に、あれだけの実効があったなら、第三皇子は、北嶺を思うがままに動かせただろう。だが、彼は、動かさなかった。むしろ、北嶺の中枢の機能を失わせ、その混乱を眺めることを、愉しんでいたのではないか。

予測がつかない災厄である。しかも、あやつられている現場では、対処のしようもない。イスヤームが悪かったのではない。もちろん、ほかの誰でもない。

——それでも、悪者は必要になるか……。

誰かが悪かった、と糾弾することで、楽になる。そうとは気づかず、自分の罪を軽減しようとしてしまうのだ。

「引きずっている、というよりは、蒸し返している者がいるように感じています」

「陥れよう、ということですか」

「憶測に過ぎないのですが……そういう感じがするのです」

ヤエトは口を引き結んだ。

北嶺への滞在は切れ切れで、時間も短い。今のヤエトの知見では、エイギルの意見を肯定も否定もできない。だが、エイギルが感じるというなら、それは信じるに値する。

——外へ出たいというのも、イスヤーム自身が北嶺に居づらさを感じているからでは？

そう考えれば、筋は通る。

「そうですね、ご懸念は、王にもお伝えしておきます。その上で、よりよいと思われる対応を、考えていただきましょう」

ヤエトにできるのは、献言だけだ。それ以上を望めば、僭越(せんえつ)である。

実際に決めるのは、皇女——その認識を失うのは、奸臣(かんしん)への第一歩だろう。陥れてやろうとか、権力を握ろうとか、そういう自覚的な悪行とは、別種の問題があるのだ。

どちらかといえば、ヤエトはそちらの罠に気をつけるべきだ。

それから、とヤエトは言葉をつづけた。

「伝達官を北嶺に置いてほしい、とイスヤーム殿にいわれましたが、どう思われますか」

「そうしていただけるなら助かります」

「では、今の伝達官殿を北嶺に置いて行けるよう、王にお伺いをたててみましょう」

「ですが、尚書卿のおそばにも、伝達官は必要でしょう」

「北方の訪問には、伝達官を同行しませんでしたが、なんとかなりましたし……。とにかく、申し上げてみましょう」

「その、申し上げるのにも、伝達官が必要ではないですか？」

エイギルは、子どもにいって聞かせるような口調である。

――自覚はないが、今のわたしは、ずいぶん病人くさいのだろうな。

つまり、役に立たない妄想はせずに寝ていろ、とは地位の問題で口にできないから、遠回しにいろいろ示唆されているようだ。

情けない。

「情けないです」

思ったことが、そのまま口をついて出た。ヤエトもおどろいたが、エイギルの方が、もっとびっくりしたらしい。えっ、と声をあげ、視線を泳がせた。その眼差しが落ち着いた先には、おそらくジェイサルドがいるのだろう。

どうせ、尚書卿は大丈夫なのですか、というのを目配せで尋ねているに違いない。もちろん、駄目に決まっています、という返事があるだろう。

目を閉じると、目蓋の裏にナオの顔が浮かんだ。思いっきり上から、ですからお休みになるようにと申し上げましたでしょう、という視線を投げられている映像だ。くっきり浮かび過ぎて、怖い。

「三人は多いと思うのです」

「……はい？」

皇女の伝達官、第二皇子の伝達官。そして、ここにはいないが、非公式なものも含めれば、皇妹の伝達官としてはたらけるスーリヤの存在がある。

隙あらばどこにでも出現する皇帝の伝達官、ナグウィンも、勘定した方がよいかもしれない。そうすると、四人である。

いくらなんでも、ヤエトのまわりをうろつく伝達官が多過ぎる。

「もう休みます」

「そうなさってください」

あきらかにほっとした風に、エイギルが答えた。

休むと決めたとたんに気がゆるんだのか、やや遠くに控えていた頭痛が、自分の出番とばかりに戻って来た。

今回の頭痛は、頭の内側から頭蓋をがんがんと叩かれているような印象である。内側から、というのが困る。逃げ出しようがないではないか。

――まずい、どんどん使い物にならなくなってきた……。

ナオに薬を処方され、あまりはたらかずに休んでいたはずなのに、これである。

「あと、ひとつだけ……」

「なんでしょう」

「鳥が翼を失うかもしれない、という話は、広まっていますか？　それへの反応は？」

ふたつになったが、エイギルはおとなしく答えてくれた。

「広まっている、と思います。尚書卿が、なんとかしてくれる、というオチがついていますね」

――それはオチが必要な話なのか？

まぁいい、とヤエトは思った。いや、よくないが、仕方がない。

「わかりました。ありがとう」

行っていいですよ、と口にするのと、手をふるのと、どちらが楽かを天秤にかけていると、ジェイサルドの声が聞こえた。

「殿は、お休みになられます。ご退室を」

エイギルは、出て行くときも静かだった。

――広まっている、か。

痛む頭を手の甲で押さえながら、ヤエトはぼんやりと考えた。

――では、エイギルの耳には届いていないのだ。

厩舎長が教えてくれたような話は、帝国貴族である彼の耳には入らない。所詮、余所者に過ぎないからだ。

それは、問題が根深く、深刻であることを意味しているように、ヤエトには思えた。

第
五
章

1

「わたしの顔を見て、嫌そうにするの、やめてほしいわ」

開口一番、皇妹はそう告げた。

「まさか、そのような」

皇妹を相手に、そんな態度をとれるわけがないではないか。恐ろしい。

「仕様のない男ね」

畳んだ扇子でヤエトの手をはたくと、皇妹は、蔑むような眼差しをくれた。これはこれで、彼女の崇拝者であったならば、注目されたとか、扇子がどこにふれたとか、そういった歪(ゆが)んだ幸せに身悶えるところであろうが、ヤエトには、無理だ。

──ああ、そういうことか。

つまり、崇拝者ではないことを隠そうとしない、という点を糾弾されているのかもしれない。

それならわかるが、だからといって、にわか崇拝者になるのもどうなのか。

美しいとは思う。今も、澄んだ空を背景に立つその姿は、一幅の絵のようである。編んでまとめた白金の髪がほつれて風になびいているのを、白い指がとらえて撫でつける、そのなんでもない仕草がもう、鑑賞に値する。

ただし、この美しい姿をとった生き物の中身は、理解不能の混沌である。それを知っていても崇拝できるほど、ヤエトは大人物ではない。そういうのは、勇者ルーギンにまかせたいと思う。

ヤエトはふたたび頭を下げ、思いついた中から、最大限に無難な返事を口にした。

「急なお越しで、おもてなしの準備もありませんが、お許しください」

皇妹が北嶺に来るという報せは、直前に、もたらされた。第二皇子の伝達官が、失礼ながら火急の用件が、と訪ねて来たときには、皇妹はもう北嶺の近くにいた。近くなって、楽に届くから、第二皇子の伝達官に接触した、ということだったらしい。

こちらの都合も考えてほしいものだ。

ヤエトは熱が下がったばかりで、ジェイサルドが用意したという、味に不安しか覚えない粥を供されて、なんとか食べずに済ませる方法はないかと思案しているところであった。

皇妹のおかげで、その方法を獲得したわけだが、はたして、苦くて酸っぱいと予測される粥を食べるのと、皇妹の相手をするのと……どちらが楽といえるだろうか。

そのことに気がついたのは、中庭に鳥が舞い降りたとき――いや、皇妹が地面に足を着け、一歩、ヤエトの方に踏み出したときだろうか。

時すでに遅し。どちらにするかを選べる時機は、逸していた。

巡察に出ていてエイギルは留守だが、居残っていた騎士たちを何名かと、皇女が北嶺に残している女官たちを整列させ、出迎えの体裁をととのえることはできた。

ようこそお越しくださいました、と丁重に挨拶をするあいだに、鳥は厩舎に連れ去られた。都に戻せる代えの鳥がいるか、厩舎長と皇女のあいだで意見調整をせねばならない。伝達官に、取り次いでもらわねば……と考えていたところに、投げかけられたのが、先刻の第一声である。

「お気になさらないで、尚書卿。それより、鳥を使わせてくれたことにお礼をいいたいわ。厩舎長に会わせていただける?」

北嶺人を摑むには、まず鳥から。この城においては、厩舎長から――さすが皇妹、わかっている。

ヤエトがうなずくと、ジェイサルドが部下を走らせた。

たびたび思うことだが、今のヤエトは、公職を退いた隠居である。誰かに命令できる立場にはない。なのに、北嶺にいる者は、なんの疑念も抱かずヤエトに仕えてくれる。

それはつまり、誰も彼を隠居と認識していない、ということでもある。

――さっさと、本格的に隠居したい。

今の状態は、名ばかりの偽隠居であろう。もっと、どこからどう見ても本格的で、文句のつけようがない隠居を目指さねばならない。

そのためには、世の中が彼を必要としない状態を現出せしめねばならない。

ヤエトが皇妹の相手をする――のは、元《黒狼公》として当然の役回りである以上、諦めるとして、目指すべきは、皇妹が彼を訪れるような状況を減らすことだろう。そのためには、皇妹や、皇妹に命令をくだし得る立場にいる真上皇帝に、ヤエトに興味を抱かないようにしてもらう必要がある。

これは、なかなか難しいかもしれない。なによりまず、皇女との繋がりが切れない限り、無理だ。

「ご案内いたしましょう」

はたかれた手を、あらためて、さしだす。今度は、扇子であしらわれずに済んだ。

皇妹の白い指を飾る指輪は、簡素なものがひとつきりだ。手をとる側としては、凶器のような意匠でなくて、ありがたい。最近、そういう過剰に尖った装飾が流行しており、危険なのだ。

貴婦人の手をとる日が来ることなど、想像したこともなかったが、今や国一番の貴婦人の手をとったり、とろうとしてはたかれたりしている。まったく、人生とは予測がつかないものだ。

「わたしね、この土地は、嫌いじゃないの」

不意に、皇妹はそんなことをいった。

「嫌いじゃないから、お越しになったのですか？」

空いている方の手で、皇妹は器用に扇子をあやつり、口元を隠した。

「隠居や未亡人でないと、身軽に動けないでしょう？　いうなれば、公務で動けない人の代わりよ、代わり」

皇妹はヤエトの顔に顔を寄せ、意味ありげな笑みを見せた。といっても、扇で口を隠しているから、笑顔なのかどうかは判断しづらい。

だが、すぐに彼女は、やれやれといった感じに身を引いた。

「あなたって、面白くないわね」

「面白みの少ない人間でして……」

皇妹に興味を持たれないという目標達成への、第一歩である。

ヤエトの返しに、皇妹は、ため息をついた。

「自覚のない変人って、恐ろしいわよね」

自分が変人であるという自覚はある。誤解しないでいただきたい、といいたいところだったが、墓穴を掘ることになりそうだ。そこで、ヤエトは話題を変えることにした。

「それより、急なお越しの理由をお教え願いたいのですが」

「代わりなのよ、尚書卿。本来は、かわいい姪が来るべきところだけれど、あの子は都を出るわけにはいかないでしょう。だから、わたしが来たの」

そこでまた、皇妹は大きく息を吐いた。飽き飽きした、という顔だ。

もちろんねぇ、と、彼女は少し間延びした口調でつけたした。

「わたしも、会合とやらに出席した方がよいことはわかっているのよ。でも、わたしも、姪も、出席しなくてもなんとも思われないに違いないのよね、一の君には。むしろ、せいせいしたと思われるでしょう。それでも、姪は出席しつづけねばならない。わたしはいいの、ただの未亡人だから」

「そういうものですか」

「そういうものよ」

「本来は、皇女殿下がお見えになるべき用件というのは、いったい？」

皇妹は眉を上げ、ヤエトに目線をくれた。あざやかな紫の眸からは、彼女がなにを考えているのかは読みとれない。

「ひとつは、わたしでは代われないの。切ないわね」

それだけいって、皇妹はヤエトの手をはなし、前に進み出た。厩舎の前に着いたのだ。

ヤエトは少し後ずさった。皇妹の輪郭が、光を帯びはじめたからだ。

厩舎長は、ごく控えめにいって、皇妹の信奉者である。なぜならば、鳥たちが皇妹を気に入っているからだ。そして、鳥たちが皇妹を気に入っている原因は、彼女の竜気の強さにある。

北嶺に到着後、皇妹は竜気を抑えていた。おそらく、ヤエトの体調を慮ってであろう。彼女は、ヤエトが竜気にあてられやすい、ということを把握している。

そして、鳥たちが彼女の竜気を好いていることも、理解している。

当然、厩舎に来れば、竜気を全開にする――ヤエトの体調より、鳥の好意だ。さすが皇妹である。

容赦がないし、その判断は正しい。

北嶺に影響力を及ぼすには、まず鳥から、なのだから。

「鳥たちが健康で幸福な状態にあるのが、とても嬉しいわ。北嶺に来る機会が滅多にないのが残念よ。今日、あなたの仕事ぶりを直接目にすることができたことを、わたしは誇りに思うわ」

たとえ相手が皇妹であっても、厩舎長は、跪いたりはしない。

それでも、彼にしては表情が緩んでいるのは事実だ。まばゆいものを見るような顔で皇妹を見上げ、実に幸せそうだ。

「お元気そうですな」

口ぶりは、いつもとさほど変わらない。だが、あきらかに違う。なにかが違う。

厩舎長のこんな顔を見ながら、皇妹の後ろに控え、真面目くさった表情を維持するのも、それなりに苦行ではある。

厩舎から出て来たタルキンが、こちらは慣れた風に跪拝（きはい）した。

「忙しそうね。わたしを乗せてくれた鳥は、なにか、美味しいものをもらったのかしら？」

「すぐに食べさせると、よくないようですので……長距離を飛ばせたときは、まず休ませるようにしています。ですが、もちろん、あとで好物をやる予定です」

すらすらと答えて、タルキンは顔を上げた。このへんは、北嶺人ならではの無礼さだ。面を上げてもよい、と許可を得たわけでもないのに。

もちろん、皇妹はそれを咎（とが）めたりはせず、鷹揚に微笑んだ。

「ありがとう。それを聞いて、安心したわ」

「なにか、文句でも申しておりましたか」

「ええ、これから食事をもらう時間だったのに、引っ張りだされたとね」

「……それは、嘘というか、あいつの願望でしょう。食いしん坊なんです」

「あら、そうだったの？」

皇妹の、いかにも楽しげな笑い声が、あたりに響く。

ふと見ると、厩舎長の表情は、ずいぶん落ち着いたものになっていた。タルキンに場を持って行かれて、冷静になったのかもしれない。

「とてもいい子だったから、褒めあげてね。厩舎長も、いつもありがとう」

皇妹の視線が厩舎長に戻っても、それは変わらなかった。

「うちの鳥は、皆、いい奴だ」

愛想もなにもない。

「ええ、信頼しているわ。今回も、とても助かりました。忙しいところを、邪魔してしまったわね。それでは、また」

厩舎長の反応を見て、もう潮時だと踏んだらしい。再度頭を垂れたタルキンには視線を戻さず、皇妹は、くるりとふり向いた。

ヤエトを見ると、彼女は笑顔で告げた。

「もう若くないわね。疲れてしまったわ……」

「お部屋にご案内しましょう」

「ご親切にありがとう、尚書卿。でも、休むために来たわけではないの。のんびりできればよいのだけれど、それは無理ね……。会わせてほしい人がいるのよ」

「誰でしょう?」

「ここの、長老よ」

なるほど、とヤエトは思った。

さすが皇妹だ……いや、これは皇女の依頼なのかもしれない。

どうしても都を出ることができない皇女に代わって、病床の長老を見舞う。そのために、皇妹は北嶺を訪れたのではないか。

誰かに代理をたのむとしたら、皇妹以上の適任者はいないだろう。

皇妹は北嶺への訪問歴があるし、天性の外交官でもある。正式な地位や役職がなくとも、彼女にはずば抜けた資質と豊富な経験があった。しかも、北嶺は、帝国における位階を気にする風潮が希薄である。見も知らない偉そうな男より、皇妹の方が、ずっと好ましく受け入れられるだろう。

ヤエト自身も、自分が倒れてまさに本末転倒になってしまった見舞いを、やり直したかったところだ。非常に好都合である。

長老の部屋は、議場からさほど遠くない。体調が悪くなってからも、暫くは朝議に出席していたそうで、そのときに、部屋を変えたという話だった。

——北嶺の先行きを憂う気もちは、強いだろうな……。

そもそも、帝国の傘下にくだることに反対していたのだ、とは本人の口から聞かされたことがある。

今になって叛旗をひるがえす気はない、とも。はじめなら負けなかった、今はもう駄目だ——客観的に国力を比較し、状況の分析をすることもできる人物だったのだ。

その彼が、北嶺からいなくなる。ナオの見立て通りならば、長老は、もう長くない。

今さらながら、ヤエトは強い危機感を覚えた。

彼に代わる人材が、どうしても必要だ。

――ちょうど帰国がかなうことだし、セルクがその役を担ってくれるとよいのだが……。

そうなればよい、というよりは、そうなってくれねば困る、という方が正確だろう。

セルクが落ち着くまで、イスヤームにまかせるつもりだったが、それは無理なのかもしれない。視野も広く、冷静な判断ができる男だと思う。ただし、残念ながら人望がないようだ。それでは困る。

やはり、セルクに期待するしかないが、帰国までに、まだ暫くかかる。

皇女も不在であるし、よく考えてみると、北嶺は、かなりまずい。しかも、手の打ちようがない。

ヤエトが悩んでいるあいだ、皇妹も無言だった。城内は、重苦しい雰囲気に包まれている。

――もう、弔いが始まっているかのようだ。

長老は、まだ生きているのに。

それだけ皆が長老をたよりにしているのだろう。ヤエトが見舞いに行って倒れるという不調法をやらかしたときも、長老の部屋とその周りは、人でいっぱいだった。

今日もそうだろうと予測した通り、そのあたりには、多くの北嶺人がたむろしていた。皇妹とヤエトが到着したときも、かれらは場所を空けはしたものの、遠くへ行くことはなかった。

先導のジェイサルドが扉を開くと、皇妹は、部屋の周りの人々に一礼してから、入室した。竜種がこんなところで頭を下げるなど、ヤエトには想像もつかなかったから、おどろかされた。

――当地の常識や、この場の空気を、読んでいるのだろうな。

北嶺人は、礼儀にうるさくない。帝国式の作法を知らないのは当然として、もともと、そういう風土であり、文化なのだ。

文化の衝突は、手強い問題たり得るが、それを、皇妹は察することができる。おそらく、彼女にとっては呼吸をするように自然なことなのだろう。雰囲気を受け止め、消化し、自分なりの色をつけて、即座に行動に反映する。

そうやって、彼女は生き抜いたのだろう――沙漠のこちら側ではもちろん、沙漠越えも、そしてその前の、西の帝国で暮らしていた時期をも。

部屋に入ると、皇妹は室内の人々を見渡した。今度は頭を下げることはなかったが、北嶺人たちは、彼女が寝台に近寄れるように場所を空けた。

ヤエトが見舞ったときどうだったかは、あまり記憶にない。倒れる前から具合が悪く、倒れないことで精一杯だったのだ。我ながら、ひど過ぎる。

だから病人は寝ているべきなのです、というナオの幻影をふり払いながら、ヤエトも少し進み、皇妹のすぐ後ろに立った。

長老は、誰のことをも見ていなかった。

熱があると聞いていたが、苦しそうではない。意識が混濁している様子もなく、ただ、ぼうっと天井を眺めている……そんな風に見えた。

暫し、皇妹は黙って彼を見下ろしていたが、やがて寝台のかたわらに膝をつき、目の高さを病人に合わせた。

これまた仰天すべき動きだが、皇妹が、それが適切だと考えるなら、間違いないだろう。

「あなたにお伝えすることがあって、参りました」

病人にかけた、それが最初の言葉だった。

長老は、動かなかった。顔の向きも変えなければ、視線をくれることもない。まばたきすら、しなかった。

――もう、聞こえていないのではないか。

目も、見えていないのかもしれない。

ヤエトの懸念を他所に、皇妹は長老に語りかけつづけた。真摯な口調で。

「あなたは、十分になさいました。あなたが育てたお若いかたがたが、この国を、しっかり支えてくれるでしょう。わたしの姪である北嶺王も、もちろん、その中のひとりとして数えてください。今日、ここに来ることはかないませんでしたが、あの子の心は、わたしが持って参りました。北嶺を愛する心を、わたしは伝えに来たのです。あなたに。そして、皆に」

皇妹の声はやさしかったが、告げていることは、厳しかった。

――安心して死ね、という意味だ。

そのとき、長老の顔が動いた。彼は、皇妹を見た。はっきりと。

ひび割れたくちびるが、わずかに動いて、息を吐いた。ああ、という曖昧な音につづいて、長老は声を発した。

「……わかって、おりますとも」

そのまま、彼は目を閉じた。

眠ってしまったのかと思いかけたそのとき、ふたたび、彼は口を開いた。

「儂は」

たった、ひとこと。

それきり、長老はもう口も、目も開かなかった。

長いあいだ、皇妹は寝台のかたわらに膝をついていたが、やがて、諦めたように立ち上がった。

「お疲れなのでしょう……わたしはこれで失礼します」

室内にいた北嶺人たちに目礼をし、皇妹は長い衣の裾をさばいて、退室した。

ヤエトも当然、それにつづく。

室内でもそうだが、廊下で様子を窺(うかが)っていた者たちも、声をかけてくることはなかった。

――なんだか、紗幕の向こうにいるようだ。

同じ場所にいるのに、隔たりを感じる。人の輪に入れない、あの感じ。仲間ではない、という雰囲気が、充満している。

　たとえ今、皇妹に付き随う人の列をはずれ、声をかけたとしても。言葉では応じてくれたとしても。

それでも、ヤエトがあの紗幕の向こう側に入れることは、ないのだろう。

　人気のないあたりまで進んだところで、皇妹が口を開いた。

「喉が渇いたわね。お茶をいただきたいわ」

「お部屋へご案内します」

「今度こそ？」

　皇妹は、いたずらっぽく微笑んだ。

「今度こそです」

「でも、すぐに休めるわけでもないのだけれど」

　皇妹は、ため息をついた。彼女がこんな風にしているのは、わりと珍しい気がする。疲れている、というのは嘘ではないのだろう。

「どうか、休んでください」

「まだ用件が残っているのよ。伝達官を、呼んでいただけるかしら？」

「どちらのでしょう？」

「わからないなら、両方でいいわ」

　話をするのも面倒そうだ。

――つまり、どちらを呼ぶべきか、わかるはずなのだろうが……。

しかし、確信もなく、一方だけを呼ぶわけにもいかない。ヤエトはジェイサルドに視線をやり、老騎士がうなずくのを確認した。手配はまかせた、というわけだ。

「わかりました。ともあれ、お部屋へ」

皇妹がどれくらい滞在する気かわからないので、とりあえず、皇女の部屋を使えるように準備している。高貴な女性にふさわしいしつらえの部屋となると、ほかに選択肢がないのだ。

つまり、延々と階段を上ることになるわけで、そのことに、まずジェイサルドが気づいた。

「殿、あとは儂がお引き受けしますので、お部屋でお休みになってください」

「いや、そういうわけには」

伝達官を呼ぶということは、皇妹が北嶺に来た用件は、まだ終わっていないということだ――そこまで考えて、おや、とヤエトは思った。

伝達官なら、皇妹は、人を使う必要などないではないか。直接、呼びつければよい。

体裁をととのえるためではないだろう。ここは北嶺だ。誰も、そんなことを気にはしない。

すると、皇妹自身が疲れているのか、あるいは――。

「皇女殿下の伝達官に、異変でも？」

ヤエトが問うと、皇妹は微笑んで答えた。

「尚書卿は、もうお休みになって。でないとわたし、あなたの騎士に殺されかねないわ」

「ですが――」

「伝達官の調子を見るだけ。なにがどうなったかは、ちゃんと報告するわ。あなた、病み上がりなんでしょう。今すぐ寝台に戻ってちょうだい。でないと次はあなたの枕辺に立って、同じことをやらなきゃならなくなるじゃないの――尚書卿は十分になさいました、ってね。そんなの疲れるし、一日に一回だって多過ぎるわ。それを、二回もやらせようというの？」

ジェイサルド、と皇妹が手をのべると、老騎士がその手をとった。そして、告げた。

「殿をお部屋にお送りせよ」

端的な命令に応じて、騎士たちがヤエトの両脇に立った。まるで罪人扱いである。罪状は、寝台を脱出したこと、だろうか。

歩きはじめる気になれず、その場に立ち尽くしている彼に、ジェイサルドが声をかけた。聞き間違いようがないほど、一語ずつ丁寧に。

「お休みになる前に、お食事を」

――なるほど、そっちか。

余罪があったようだ。いや、食事の方が主だろうか。

結局、逃げおおせることができないなら、皇妹の来訪など聞き流してしまった方が楽になったか、と考えてみたが、どうせ呼び出されることになっただろう。

人生の選択肢は、かくも少ない。

2

皇妹は、その日のうちに都に戻って行った。

「動けないわけではないから来たけれど、あまり都を空けてもいられないの。わかるでしょう？」

そういって、ほつれた髪を、編み目に押し込んでいる。

貴婦人の身繕いは、本来、人前ですべきことではないらしい。ジェイサルドは見ないふりをしているが、ヤエトは不躾（ぶしつけ）に眺めていた。礼儀を重んじるならば、見ない方がよい……ということに気がつくまでに、えらく時間がかかってしまったからだ。

——まぁ一応、家族のようなものだしな。

《黒狼公》という家名は、かれらを結びつける絆だ。再婚の申し出を断ったといういきさつがあるからには、もっと、いたたまれない雰囲気であってもよいはずなのだが、なぜか、それ以前よりも気安い間柄になってしまったのが現状だ。

せっかく押し込んだ髪が、指輪にひっかかってまた出て来てしまい、ああもう、と皇妹はつぶやいた。彼女のそんな姿を見られる人間は、帝国広しといえども、そう多くはいるまい。

「都に戻らねばならないのは、魔物を抑えておくためですか？」

「そうね、それもあるし、それだけではなくて……いろいろと剣呑（けんのん）で、困ってしまう」

ほんとうは、と彼女はうなじのあたりを撫でつけながら続けた。

「あなたも連れて戻るつもりだったけれど、今日一日は休ませろ……と、皆がいうし。諦めるわ」

「都で、なにか危急の案件でも？」

「危急というほどではないけれど、急がないわけでもないの。すぐにでも連れ出したいくらいよ。ただ、尚書卿はお休みになる必要があるでしょう。だから、諦めるわ。それより、約束した報告の件だけれど……あの伝達官は、駄目ね」

「駄目、とは」

皇妹は手をおろし、ヤエトを見た。

「壊れかかっているわ」

「……意味が、わかりません」

ジェイサルドが、さりげなく椅子を持って来たが、皇妹は腰掛けなかった。ここでそんなに時間をとるわけにはいかない、という意思表示だろう。

「尚書卿にわかりやすくいうと、体力が保たない、みたいなものね。たとえばだけど、わたしたちが一緒に移動したとき、わたしは平気でも、あなたは倒れそうだった……なんていうことが、よくあったわね？　それは体力が違うから、そうでしょう？」

「はぁ……たしかに」

いきなり、情けも容赦もない例を持ち出された。皇妹は、本質的に厳しいのだとは思う。それにしても、厳し過ぎるのではないだろうか。

「あなたを貶すつもりではないのよ。でも、それが現実。人は、同じものを持って生まれて来るわけではないわ。恩寵の力を持っているか、持っていないかだって、大きな差よ。その力がどれくらいの強さなのか――そして、それをどう育てるかでも、また差が出てくるの。ここまでが、前提」

「はい」

皇妹は、にっこりした。

「素質があまりなくて、よく訓練した場合。素質はあるけれど、訓練があまりなされていない場合。どちらも、ある時期においては、実際に使える能力は近いものになるの。努力って、重要だと思うわ。ただ、訓練で実力以上に伸ばしてしまった力は、恒常的に使ってよいものではないの」

「それは、体力が保たないから、ですか？」

「そう。一緒に走りだしたとして、体力のある者とない者とでは、同じ速度で走れる時間に差があるのはわかる？　無理に速度を維持しようとすれば、倒れてしまうわ。わかっていただけて？」

その言葉の意味が理解できるまで、妙に時間がかかった。

――皇女の伝達官は、素質以上の力を使いつづけた、ということか。

おそらく、自分は理解したくなかったのだろう。わかりました、と答えたくない事実が、世の中にはある。認めたくない現実というやつだ。

頑張って、頑張って……挙げ句、破滅を予告されるなど、辛過ぎる。

「皇女殿下の伝達官は、どうなるのですか？」

「交替させないと、いけないと思うわ」

　きわめて現実的な返答だ。

「交替すれば、助かるのですか？」

「それは本人次第ね」

　皇妹は、ヤエトを見てはいなかった。おそらく、彼女は今、脳裏に浮かぶ伝達官の姿を見ているのだろう。北嶺にいる、あの伝達官に限らず――これまでの人生で出会った、数多の伝達官たちの姿を。

「助けてあげてください」

　遠くへ向かっていた視線が、ヤエトに戻った。

「情が移った？」

「たてつづけに伝達官を失うことは、皇女殿下のご負担となるでしょう」

　第三皇子の邸で、今の伝達官の前任者が命を落として後、皇女は後任の受け入れに難色を示していた。伝達官の死が辛いのだろうとヤエトは理解し、たしかにそれも間違いではないだろうが、本質はもっと深いところにあるのだということに、今、ようやく思い至った。

　伝達官を使うとは、その存在自体を懸けた忠誠を受け入れることなのだ。

「ああ、そうねぇ……でも、わたしたちにできることは、ないも同然なのよ」

「どういう意味でしょうか」

「伝達官から仕事を奪うと、かれらの多くは、生きる目的を失ってしまうわ。仕えていた竜種との繋がりを断つことで、心に穴が空いてしまうのね。陳腐な比喩(ひゆ)だけど、それがわかりやすいし、実情に近いと思うわ。穴が空くのよ、尚書卿。大きな穴よ。といって、このまま伝達官として仕えつづけるのは無理よ。壊れてしまう」

壊れてしまうのよ、と。同じ言葉を、彼女はくり返した。

「それは、伝達官としての能力が失われてしまう、という意味ではないのですね？」

確認するようにヤエトが問うと、皇妹は、うなずいた。

「能力自体は、失われるわけではないと思うわ。素質相応には、残るでしょう。ただ、望むようには使えなくなるわ。だって、なにかを望むということが、わからなくなるから」

「わからなく——」

「なるの。限界まで力を使うと、自分を失ってしまうのよ。伝達官になるというのは、特定の竜種の鋳型になることだけど、その型が壊れてしまうということはね、もう、自分自身が壊れるのと同じなの。大きな穴というのは、鋳型の中を満たすものがなにもなくなること。壊れるというのは、鋳型自体が崩壊すること。どちらにせよ、ふつうの生活を送ることはできなくなるわ」

ヤエトは呆然とした。

——そんな犠牲を踏まえねばならないのか。

長いあいだ、伝達官は彼にとって遠いものだった。存在は知っていても、直接会ったりはしない、別世界の住人だったから。それでも、近年は常に身近にいたのだから、もう少し、かれらのことを知る努力をすべきだった。たとえ、本人たちが語りたがらなくても。

知らなければ対策もできないし、察するにも限界がある。

「皆、そのことは知っているのですか」

「伝達官は、知っているわね。その覚悟がなければ、つとまらないし。竜種は、知るようになるわ」

「では、皇女殿下もご存じなのですね」

「あの子は伝達官を身近に置きたがらないでしょう？」

――知っているのだ。

はじめに会ったときから、ウィーシャの扱いがぞんざいだとは思っていた。単に、皇帝の見張りととらえ、鬱陶しく感じているのだろうと考えていた。

――知らなかったのは、わたしだけだ。

伝達官の存在に慣れてしまった今になって、ようやく知ることになった。遅過ぎる。

皇妹は、顎に手をあてて、少し考えるようにしてから告げた。

「壊れかたにも、いろいろあるのだけれど……あの伝達官は、身体症状がかなり出ているし、問題がそのまま身体に反映されているようだわ。限界に達したら、命を落とすかもしれないわね」

その言葉には、どんな感情もこめられてはいなかった。

数多の死を知っているのだろう、とヤエトは思った。皇妹は、知っている――ひどく多くのことを、知り過ぎている。

「避ける手だてはないのですか」

「まず、伝達官を辞めること。これは、本人の同意がなくても可能よ。次に、なにか生き甲斐をみつけること。こちらは、わたしたちがどうこうできる問題ではないわ。手助けさえ望まれないことが、ほとんどよ」

——それも、経験があるのだろう……。

皇妹は、少し困ったような表情で、ヤエトを見下ろしていた。

伝達官を、救いたくないわけではないのだ。彼女だって、救えるものなら救いたいだろう。これまでの経験から、それが不可能に近い望みであることを、知っているだけだ。

「そうじゃない」

「え？」

「そうではなくて、はじめから、無理な力の使いかたをしないように……素質によって、選別することはできないのですか！」

押し殺したつもりでも、叫ぶような口調になってしまった。

広大な帝国を支えるのは、伝達官だ。かれらを含めて構築した連絡網があってこそ、竜種は情報戦で優位に立てる。

その伝達官が、こうも使い捨てにされているなど、ひどい話ではないか。そもそも、なんらかの対策を講じているのだろうか？　慣例だからと見過ごされているだけではないのか？

だが、皇妹は静かに首をふった。左右に。

「それはたぶん、できないわ。それに、できたとしても、どうなのかしら……今以上に、素質を重視した選抜がおこなわれれば、手がたりなくなるのはもちろん……それ以外の部分でも、齟齬が生じると思うわ」

「壊れてしまうより、よいでしょう」

「壊れてもかまわないから、なりたい、という者もいるのよ。正式な伝達官は、その覚悟を問われてからなるものだわ。どんな事情が背景にあるかは、それぞれ違うでしょう。実際、そのときになってみたら、覚悟が揺らぐこともあるかもしれない。でもね、かれらは皆、はじめから決めているの」

「ですが……ですが、こんな」

「かれらの覚悟を、馬鹿にしないであげて」

皇妹の声は、やさしかった。痛々しいほど、透き通った響きを帯びていた。

――馬鹿にしないで、か。

たしかに、あの伝達官なら、そう受け止めるだろう。自分で選んだ道です、覚悟はできています、放っておいてください……さまざまな受け答えを想像したが、その中に、同情してくれてありがとう、という選択肢はなかった。

ヤエトがなにをいっても、ありがた迷惑です、という顔をするに違いなかった。

「……呼吸法を、教わったのです」

ああ、と皇妹は声を漏らした。

「きっと、教えるのがうまかったでしょう？　自分自身が、考えて、理解して、努力して。そうやって、力をつけたのだろうから。直感でなんでもできてしまう、素質のかたまりのような人よりも、教えるのには向いていていたはずよ」

皇女の伝達官は、忍耐があり、つねに冷静だった。今ではそれと意識することもなく使っている呼吸法をはじめ、恩寵の力を使うための技術や理論など、すべては彼女から教わったものだ。

皇妹の白い指が、ヤエトの手にふれた。

「どんなにごまかしても、わたしたちは、消せないわ。伝達官を、犠牲にしているという事実をね。でも、皇家の人間だって同じようなものよ。血族同士で殺しあったりして、これを犠牲といわず、なんといえばいいのかしら。そうした犠牲なくして、国というものがなりたつかどうか、わたしは疑問に思っているわ」

「これは、必要なことだと？」

「必要というよりは、必然かしら。誰だって、そうやって命を支払っているのではなくて？　例外はないの。わたしたちは、命を支払っているのよ。生きるって、そういうことではないかしら」

「よく……わかりません」

「じゃあ、これだけは、わたしに同意してくれない？　世界のすべてを救うなんてできない、どこかに必ず、不幸はある。けれど、わたしたちが守れる幸せも、必ずある、って」

皇妹は、ヤエトの上に屈み込み、彼の額にそっとくちづけを落とした。

呆然とする彼の手を、一瞬だけ強く握ると、彼女は告げた。

「あまり考え込み過ぎないように、おまじないよ。伝達官のことは、姪に話しておくわ。あなたの仕事はね、体力を温存すること。今日はきちんと休んでね。そうしたら、明日は移動できるでしょうし、あなたはここにいない方がいいわ」

皇妹は身を起こし、彼に背を向けた。会話は終わり、ということだ。

わかっていても、ヤエトは問わずにはいられなかった。

「それは、伝達官を見届けない方がよいという意味ですか？」

肩越しに、ちら、とヤエトへ視線を投げ、皇妹は答えた。

「あなたはさっさと北嶺を出た方がよい、という意味よ。わたし、操作しようとはしたの——」

「操作？」

「——でも、壁ができていて、無理だったわ。では、ごきげんよう、尚書卿」

向き直ると、皇妹は出て行った。

途方に暮れて、ヤエトは額に手をあてた。そして、その額に、つい今しがた、皇妹のくちびるがふれたのだということを思いだし、意味もなく動揺した。

考え込み過ぎないためのおまじないとしては、かなり有効なようだ。

「ジェイサルド」

「殿は、お休みくださいませ」

「伝達官殿を――」

いいかけて、ヤエトは迷った。

彼女が話をしたがっているとは、思えなかった。ヤエトとは、と限った話ではなく。誰とも、話したがらないだろう。

弱っていると悟られることすら、不快であるに違いなかった。もし、孤独を持て余し、誰かにすがりたい気分になったとしても、その直後に、自分を不甲斐なく思うだろう。ヤエトの理解が正しければ、彼女はそういう性情の持ち主だ。

こんな事情だからと、急に距離を詰めようとしても、歓迎されないだろう。

そもそも、うまく慰められる気もしないし、有効な解決策を提案して、破滅を回避できるわけでもないのだ。顔を見て、言葉に詰まって……そんな面談、しない方がよいに決まっている。

ごまかしたいのだろうな、とヤエトは思った。

伝達官に、ひどい犠牲を強いていると、不意に気づかされた。そんなこと、自分は知らなかった。どうしようもなかった――そうやって、弁解したいのだ。それだけだ。

どう考えても、伝達官という存在は不自然なものだ。それに気がついていませんでした、などというのは、自分に都合の悪い事実には眼を瞑っていました、という意味でしかない。

伝達官とは、帝国の治世を安定させ、長くつづかせるために必要な存在だ。それは、運命への供物といえるだろう。

だから、呑み込め、と。皇妹の言葉は、そういう意味だ。

罪悪感をごまかすのではなく、割り切って認めるべきなのだ。安い同情は、伝達官という仕事を貶めることにしかならない。

――かれらの覚悟を、馬鹿にしないであげて。

第三皇子の邸で命を落とした伝達官はもちろん、北嶺で自死させられたウィーシャでさえ、おのれの死に残念さはあっても、そこまでの道に――伝達官になったということに、後悔はないだろう。いや、たとえあったとしても、他者に否定される筋合いはないはずだ。

かれらは、伝達官としての使命を全うした。またひとり、それにつづくだけだ。

暫しヤエトは瞑目し、一回、息を吸い直した。開いた口から出たのは、思ったより低い声だった。

「――案じている、と伝えてもらえないか」

「お伝えします」

人を尊重するとは難しいものだ。あらためてそう思いながら、ジェイサルドに尋ねた。

「ここに、置いて行くべきだろうか？　なにか、指示はあったのか？」

「移動中に不調が生じても不都合でしょうし、本人も動きたくないと……。ですので、伝達官殿はこのまま北嶺にて、姫様のご裁可を待たれることになるそうです」

「……それもあって、急ぎ、都へ戻られたのか」

「おそらく」

ヤエトは、皇女の心境を想った。

伝達官はもう使いたくない――その言葉の裏側には、数多の伝達官が使い捨てられていく現状への、苛立ちや不安があったのだろう。

それでも竜種である以上、かならず、伝達官はつけられる。帝国の構造が、そうなっているからだ。

皇女にとっては辛い決断になるだろう。

旧城趾で幻視した皇女の姿を思い浮かべ、ヤエトはやるせない気分になった。

逃げたいのかな、と自問していた。その問いへの答は、つねに、否となるだろう。心の片隅に不安を抱いて、しかし、皇女はけっして逃げたりはしないだろう。

それは伝達官も同じだ。

――ひとりひとり、与えられた戦場で、自分が選んだ武器を手に、戦うだけだ。

勝敗には時の運があるにせよ、最善を尽くしたと思いたい。ヤエトの戦場は、北嶺ではない。伝達官のかたわらでもない。

自分に与えられた使命は、ここにいては、果たせない。

ヤエトはジェイサルドに告げた。

「明日には、博沙に移動する」

「はい」

「多少、体調が悪かろうが、かならず、だ。わたしが自分で動けなければ、運んでくれ」

「……はい」

ヤエトの決意が固いと悟ったのだろう。渋い顔で、ジェイサルドはうなずいた。

3

妙に早く目が覚めた。

室内には、まだ夜がわだかまっている。家具の輪郭はもちろん、壁や床も薄暗く滲んで、まどろみの中に留まっているかに思われた。

——夢をみたのか。

沙漠の夢だった。

夢からこぼれ落ちた銀砂が、まだ、あたりに薄くただよっているように感じた。

眼を閉じても、開いても。ヤエトの意識は、今の自分がいる現実より、夢の方に近かった。

夜の沙漠だ……空は、ひどく明るい。光の密度に、圧倒される。騒がしいと感じるような、燦然たる星空だ。だが、そこに音はない。完全な静寂に浸されている。

その中を、ほっそりとした人影が歩いている。預言者だ。

預言者の姿は、陽炎のように揺れていたが、同時に、この上なく明瞭だった。静謐な、変化のない空間に刻印された、たったひとつの生命。限りなく遠いのに、近い。夢だからこその不合理。けれど、それがいかにも彼女に似合っている。

大きく、ヤエトは息を吐いた。

——また、あの夢か。

預言者の夢をみるのは、初めてではない。

夢がなにかを告げている、と考えたことはなかった。ヤエトには、そういった種類の霊感はないはずだ。恩寵の力は、それ以外のあらゆる不思議の力を排除するのだから、間違いない。

それでも、預言者の夢には、無視することのできない独特な雰囲気があった。

言葉にするのは難しいが、敢えて試みるならば、切迫感、とでもいえばよいか。早くせねば、と。押されるような、引かれるような……どちらにせよ、この場に留まってはいられないと感じる。

——後ろめたく、思っているのだろうか。

自分だけ、のうのうと生き延びている。そんな罪の意識が、ヤエトの中に彼女の幻影を生むのかもしれない。

夢はいつも、ひとつの情景に終始する。

預言者は、ただ、歩いている。その輪郭が銀色に煙っているのは、風が砂を散らしているからだ。長い影が、風紋に沿ってゆらゆらと流れていく。手首には、銀色の腕輪。

それだけだ。

預言者がなにかを語ることはない。夢に音はないし、預言者のくちびるは、かるく息をする程度に開くだけで、言葉を発するような動きは見せない。それどころか、眼差しがヤエトをとらえることすらない。

夢の世界に、ヤエトは存在しないのだ。あくまで、彼は傍観者でしかない。

預言者は歩を進める。どこへ行こうとしているのか、どこから来たのか。なにも、わからない。なにも、伝わらない。完全な孤独と断絶の内で、しかし預言者は、安らいだような表情だ。

繋いだ手が消えていったときの、胸が押し潰されるような気分とともに、目が覚める――今も、寝台に横たわったまま、ヤエトは起き上がることができなかった。

はっきりと、目は覚めてしまっているのに。

「殿、いかがなされました」

ジェイサルドに声をかけられて、ようやく、夢の気配は遠ざかった。

「いえ……昨日、寝過ぎたようですね。まだ早いですが、目が冴えてしまった」

ヤエトは身を起こした。彼をとらえていた沙漠の情景が、すべり落ちていく。さっきまで、あれほどはっきりと感じていた空気が、今はもう、どこにもない。

ごく普通の室内。夜空に繋がっていた天井も、光を失っていた。暗くもなく、明るくもなく。あれほど満ちていた星の光が消えたことに、寂しさを覚えた。

――もとより、存在しないものだ。

寂しいもなにもない、と考えながら、ヤエトは顔を撫でた。

窓の外にも、まだ暗さは残っているが、朝は近い。

「出立も、早めにしたいですね」

「伝達官殿に準備していただかねばなりませんので、すぐとは参りませんが」

「伝達官？　北嶺に留まっていただくという話だったような……」

「いえ、姫様のではなく、二の君の」

そういえば、ふたりいるのだった、とヤエトは思いだした。

「そちらですか。なるほど」

「お伝えして参ります」

ジェイサルドの背を見送りながら、夢に押されたな、と思った。

預言者はなにも告げない。ヤエトの存在にすら、気づかない。もはや、違う世界の住人だ。

だからこそ、早くせねばと気が急くのだ。

――わたしは、わたしにできることをやる。

やらねばならない。この身が、この世に在るあいだに。

ジェイサルドが戻って来たときには、ヤエトは身なりをととのえていた。

老騎士は、わずかに眉を上げて、おどろきを表明した。無理もない。ヤエト自身、こんなに寝起きがよく、移動にやる気を見せる自分は、珍しいだろうと思う。

「伝達官殿は、どちらも起きておいででした」

置いて行くのに、皇女の伝達官にも声をかけたのか——と思ったが、考えてみれば、連絡もなしに出立する方が、おかしいだろう。

それよりも。

——伝達官が、早起き？

人によっては空が明るくなる前から起きるものとはいえ、伝達官は、日常的に早朝から業務にあたる職ではない。ヤエトも、伝達官を引きずって歩く生活を始めて、それなりになる。だから、かれらが早起き大好きという人種ではないことくらい、知っている。

「都から、報せでも？」

「そのようです。《灰熊公（はいくまこう）》の放牧場から——ああ、放牧場というのは、馬の、ですが」

貴族のあいだでは垂涎（すいせん）の的となるのが、《灰熊公》の馬である。《灰熊公》といえば、かなりの変人で社交嫌い……というより、そもそも人嫌いらしく、あまり宮廷で見かけることはない。

権力者なのに、権力闘争にはまったく興味がない人物。それは、無関心をつらぬけるだけの権力を持っている、ということでもある。

「その放牧場に魔物が出たそうで、警備のために兵を回してほしいと」

「……よほどなのだろうか」

皇家に救援を依頼するとは、魔物が尋常でない量なのでは、と案じるヤエトに、ジェイサルドは懐疑的な返事を寄越した。

「いえ、あのかたは、厄介ごとはすべて陛下に丸投げなさればよいとお考えの節がありますので、一概にそうとも申せません。以前、陛下がちらりと口になさっておいででしたが、沙漠越えに同行なさるにあたって、馬のことは心配するな、だが、馬のために必要な助力は全部しろ、という一方的な約束を押し付けられたと」

皇帝に一方的な約束を押し付けるなどということが、可能だとは。

ジェイサルドがいうのだから、事実なのだろう。皇帝がそれを許しているというなら、それだけ、《灰熊公》の存在は特別なものである、ということだ。

――馬だからな……。

帝国貴族にとっての馬は、北嶺人にとっての鳥にあたる。いや、それ以上かもしれない。序列に気を遣う社会である、名の知れた血統の馬を手に入れられるかどうかは、非常に重要な問題であろう。

一説には、《灰熊公》が皇帝に付き随ったからこそ、沙漠越えはあれだけ大規模になった、同行する貴族の数が増えたともいわれているほどだ。してみれば、《灰熊公》も、真帝国建国の功労者である。重んじるのも当然、多少のわがままは許されて然るべきだ。

ただ、それは同時に、貴族の特権の象徴ともなるわけで――。

問題は、現在、兵馬の権を握っているのが第一皇子だ、ということだ。

「まさかとは思いますが、一の君が兵の派遣に乗り気でいらっしゃらない……とか？」

「その、まさかです。都から連絡が来たのが、つい先ほどだったので、殿のお目覚めを待ってご報告する予定だったたと」

こんな朝早くから、伝達官はもちろん、竜種も忙しいことだ。

「わかりました。伝達官殿は——皇女殿下の伝達官殿は、大丈夫なのですか？」

「正気でいらっしゃいます。お身体にも、重大な変調は来しておられないご様子でした」

なんというか、気が滅入るほどわかりやすい返事だ。

「そうですか」

「二の君の伝達官殿のお見立てでは、まだ、暫くは行けるだろうと」

これはこれで、なにがだ、と問い質したくなる。

——遠慮があってもなくても、どちらにせよ気に食わないようだ。

問題があるのは、聞き手のヤエトだ、ということだろう。

彼が気に食わないのは、表現ではないのだ。伝達官が、壊れてしまう、という——その、避けられないらしい、未来が嫌なのだ。認めたくないから、それに関する情報を受け入れがたくなっている。

——馬鹿な話だ。

彼が認めようが認めまいが、なにも変わらないのに。

「わかりました。伝達官殿のお支度が間に合っているようなら、出立しましょう。いや、厩舎の支度の方が問題かな」

「報せて参ります」

「必要ありません。どうせ行くのですから、待つようなら、その場で待てばよいだけです」

ヤエトは扉へ向かった。ジェイサルドが開けてくれるのが当然になっていることに気がついて、なんとなく、嫌なものだなと考えた。

――自分でできることも、人にやらせるようになって。

これも、人の上に立つ、ということの一部なのかもしれないが。

そもそも、人の上に立つ人、という存在は必要なものなのだろうか――ということについて長考しているあいだに、厩舎に着いてしまった。

厩舎長の朝は、早い。それはヤエトも知っているから、あまり遠慮せずに訪れたのだ。

もっとも、厩舎長の方は、ヤエトの出現におどろいたようだ。

「どうかなさったかね？」

「おはようございます。なにか気が急くので、早く発ちたいと思いまして」

厩舎長は、ふむ、と顎をしごいた。

「いいだろう。鳥たちも、今日は落ち着かんようだからな」

まったく、といいながら、厩舎長は伸ばした腰を拳でとんとんと叩いた。

おい、と声をかけられた少年が、あわてて厩舎に飛び込んで行く。その背に、わかってるのか、と厩舎長が声をかけると、えっ、という返事があった。

「シロバだ、シロバ」

「シロバはまだ戻ったばかりで、日限が――」

「そんなことは知っとる。今、落ち着いて飛べるといったらシロバだ。すぐに戻らせれば問題ない」

思いがけない提案だったので、ヤエトは厩舎長に確認した。

「すぐに戻らせる、のですか」

「そうしてくれ。アルサールには、儂から念を押しておこう」

ふたたび、厩舎長は厩舎の中に声をかけた。

「おい、装具は小さいのだぞ。わかってるな？　やれ、どいつもこいつも、無駄に気を立ておって」

こぼしながらふり向いた厩舎長の表情も、かなり険しい。

「新しい助手ですか？」

「そう新しくもないが、まぁ、そうだ。で、同行者は？」

「ジェイサルドと、伝達官殿がおひとり。ああ、それとアルサールも」

「二羽だな。もう一羽はアルサールに選ばせよう」

シロバの端綱を引いて、少年が戻って来た。装具は、まだ手に持ったままだ。

寄越せ、と厩舎長が手を出した。

「儂がやる。お前はもう厨房に行って、飯でも食え」

厩舎長の顔は、ますます険しさを増している。少年は、無言で何度もうなずいて、駆け去った。

——これでは育たないのでは？

自分でやる方が楽なのもわかるが、厩舎長には、後進をもっと育ててもらいたい……と考えるヤエトの前で、老人は手際よくシロバの支度を終えた。

「まずいぞ、まずい」

ぶつぶつと口の中で唱えているが、なにが、と突っ込んでもよいものか、判断がつかない。

迷っているあいだに、伝達官たちが到着した。皇女の伝達官の方は、見送りに来たのだろうが、ひどく顔色が悪い。休んでいた方がよいのではないか、と心配になる。

ヤエトを見守る人々は、つねづね、こういう心境なのかもしれない。

「お役目、お疲れさまです」

かるく頭を下げて挨拶をすると、伝達官は眼をほそめた。

「それは、わたしが申し上げるべきことです」

お疲れさまです、と淡々とした口調でつづけてから、彼女は第二皇子の伝達官の方を見た。彼がうなずいたのを認めて、あらためて、口を開く。

「先ほどもお伝えしましたが、《灰熊公》の所領で問題が起きたとのこと。今はとにかく兵をまとめるべき、という一の君のご主張と、真っ向から対抗することになるでしょう」

嫌な予感がする。いや、予感どころではない。確信である。

「……その真っ向から対抗するというのは、誰が？」

「二の君ではお立場が強過ぎますので、お話し合いの上、我が君が」

待ってください、といいたかった。だが、ここで待ってくださいと口にして、伝達官がそれを皇女に伝えたとしても——待ってくれるはずがない。

皇女はヤエトの言に重きを置いてはいるが、実のところ、自分がやりたいことしかやらない。よほど説得力のある反対意見を伝えられるならばともかく、なぜ皇女が矢面に立つ必要があるのか、といった言葉では、この場合、無視されるだけなのが目に見えている。

矢面には誰かが立たねばなるまいし、ほかの皇子が口火を切るよりは、皇女が先頭に立つ方が、ずっとうまくいくだろう。まず皇女が反対を唱えることで、第二皇子はもちろん、ほかの皇子たちも、同意を示すという形で意見に乗ることができる。

——《灰熊公》からの救援要請を無視するのは、いかにも危険だ……。

ただでさえ、《白羊公(はくようこう)》家の権威失墜から、貴族社会は動揺しているのだ。ここで、四大公家のひとつである《灰熊公》を粗略に扱えば、皇家に仕える意義とはなんだ、という話になりかねない。

つまり、貴族全体から叛(そむ)かれる可能性が生じてしまう。

「……一の君は、貴族の力を奪おうとでもお考えなのでしょうか」

答えたのは、第二皇子の伝達官だった。

「我が君も、それを危惧(きぐ)していらっしゃいます」

第一皇子が望んでいるのは、権力の、完全な掌握……なのかもしれない。

その推測が正しければ、貴族を排して終わる話ではなかろう。弟妹はもとより、ことによると皇帝をも追い落とすつもりなのでは、と想到して、背筋に寒気がはしるのを感じた。

慎重が過ぎて愚鈍かと思いはじめていた第一皇子だが、それも策略だったのではないか。時間が経過することで、張りつめていた気も緩む。あなどる気もちも、募るだろう。

それこそが、第一皇子の狙いなのではないか？

危険だ――とは思うが、それでもやはり、皇女を止める手だてはない。危険は承知、兄上たちの誰にお願いするよりも、自分がやるべきことだ、と皇女は答えるだろう。

なんとも逆説的な話だ、ろくに相手にされない皇女なればこそ、反対できるとは。とりあってもらえればよし、とりあわれずとも、それはそれで都合よく解釈すればよい。勝手にせよ、という風に。

「万が一、一の君がお聞き入れくださらない場合には、我が王は、手勢を率いて《灰熊公》のもとに向かわれるおつもりでしょうね」

ヤエトがつぶやくと、第二皇子の伝達官はうなずいた。

「さすがです。よくおわかりですね。まさに、そのように仰せでした」

当たってほしくない予測ほど、当たるものだ。しかし、これは実現してほしくない。

「兵馬の権をお持ちの一の君が、黙って見送ってくださるとも、思えません」

「女の戦ごっこに目くじらを立てる気ですか、存外兄上もお心が狭くていらっしゃる、と申し上げるおつもりだそうです」

皇女の口真似をしたのは、やはり、第二皇子の伝達官である。それなりに特徴をとらえた口ぶりなのが、妙におかしい。

「……穏便に済めばよいのですが」

思わず本音をこぼしたところへ、殿、と呼ぶ声が聞こえた。

アルサールが、駆けて来る。

「どうしました」

伝達官の前で礼をとるのを省略し、アルサールは、いきなりヤエトに話しかけた。

「急ぎ、出立してくださいと、エイギル殿よりご伝言をいただいて参りました」

出立なら、今、その準備をしているところだ。しかも、予定よりずっと早くにだ。それをさらに急かすなど、朝っぱらから、皆、はたらき過ぎである。

「どういうことです？」

「どうも、議場の方がおかしなことになっているようだ」

答えたのは、なぜか、厩舎長だった。

ヤエトがジェイサルドを見ると、老騎士は、うなずいた。

「確認して参ります」

「やめておけ」

また、厩舎長だ。どうしますか、という顔でジェイサルドがヤエトを見る。

厩舎長が、わからんのか、と吐き捨てるように告げた。

「いや、わからないから様子を見に行かせようと」

「そうじゃない。あんたらが顔を見せても、良いことはない、という意味だ。儂も仔細はわからん。ここで鳥の世話をしとったからな。だが、鳥たちが落ち着かんのは、やつらの心が騒いどるからだ」

ひとつ呼吸してから、厩舎長はアルサールに尋ねた。

「なにかあったろう。そうだな？」

アルサールは、うなずいた。最近、やけに落ち着いて見えることが多いのに、今は動揺がそのまま顔に出ている。

「ダニウが……あの、殿がご存じかわかりませんが……」

厩舎長が、口を挟んだ。

「ダニウなら、ご存じだよ。ウィーシャの従兄だからな」

——どこかで聞いた名だと思ったら。

北嶺の出身であるにもかかわらず、皇女の伝達官をつとめた、ウィーシャ。北嶺を出るとき、厩舎長に鳥を預けた理由が、引き受け手になるだろうダニウの鳥の扱いが荒いから……だったはずだ。

ヤエトはうなずいて、ついでにアルサールに助言した。

「一回、深呼吸しなさい」

「はい……。とにかく、以前からそのダニウは嫌われていて、それで……だと思うのですが」

「憶測は、いい。なにがあった」

「冬の戦で……北方の者が入り込んだとき、手引きしただろうと決めつけられて、その……確認は、していませんが、殺されただろう、と思います。おそらく、死んでいました」

ヤエトは眼をしばたたいた。

「誰がやったのです」

「誰がというわけでは……皆で、囲んで……」

――まずいな。

私刑がおこなわれるとは、人々の心が平常ではない、ということの証左である。理性が消え、雰囲気に呑まれる。個人が、責任を捨ててしまっている。皆が、という形で、主体が肥大化しているのだ。

こうなると、なにが起きるかわからない。

「いずれは、落ち着くだろう」

厩舎長の声は、低い。厩舎のあたりには、騒ぎは届いていないが、それもいつまで保つことか。

エイギルがアルサールを走らせたなら、彼は事態を把握しているはずだ。

「鎮圧に出ているのですか、騎士団が」

「まだ、見守っているだけです。手を出すな、とエイギル殿が命じておいででした。可能な限り、北嶺人に武力を行使するなと、姫様のご命令があったそうで」

皇女はこの事態を予測していたのだろうか。

――まさか。

もっと一般的な話だろう。揉め事があっても、武力で解決すると後々まで響くから、控えろ、とい
われているに違いない。だが、これは簡単におさまる事態ではなさそうだ。

せめてセルクを出迎えるところまで、ヤエトは留まるべきではないか？　そそくさと逃げ出したと
思われても、よい結果には繋がらないだろう。

不意に、皇妹の言葉の意味が摑めた。

――わたし、操作しようとはしたの――。

あれは、人心を、という意味だ。

かつて孤立した冬の北嶺で、皇女不在の議場を支配したのは、伝達官越しの第三皇子だった。皇妹
ほどの力があれば、もっと短時間で、より効果的に場の雰囲気を変えられるだろう。帝国や皇女に好
意的になるよう、人々の心を動かそうとしても、おかしくはない。

それが不可能だった、と。

――でも、壁ができていて、無理だったわ。

竜種の力も万能ではない。人々の真情にそむく考えや感情を、無理押しすることはできないはずだ。

――それはつまり、今の北嶺は、敵地に近い、ということだ。

衝撃を受けてもおかしくないのに、なぜか、そういうものだろうな、という納得が先に立った。

北嶺は、帝国になろうとしなかったし、なれなかったのだ。帝国の傘下にくだったという意識が希薄な土地だった。戦で疲弊した末の降伏でもなんでもないから、逆に、こだわりも実感もない。さほど敵意もなかったが、苦労して維持した平和だという認識もない。

もし、帝国が本気で押し潰しに来たら、どうなるかなど、北嶺の人々は考えない。理解もしない。

――もっとも、叛旗を翻すなら今、だろうな。

皇子たちの権力闘争で、国の中枢は乱れている。皇子が三人も消え、貴族たちの勢力図もかなり変わった。人も減っているし、互いに疑心暗鬼になってもいる。

長老が健在だったなら、それこそ、北嶺国の自主独立を考えていたかもしれない。今なら、負けないことが可能だろうからだ。

皇子たちの誰かと、裏取引をしてもよい。往年の傭兵王国が、復活するだけだ――もちろん、皇女を抜きにして、だ。

どうせ、叛乱が起きたところで、皇女の統治者としての命運は尽きる。女には無理だとさんざんいわれてきたことが、現実になるのだ。相手にもされなくなるだろう。

皇家において、女性の地位は低い。というより、女性に地位を与えるという感覚がないのだ。あの皇妹ですら、自分は影のようなものだとうそぶいたほどだ。公的な立場もなにもない、と。

皇女だとて、ヤエトと出会った頃はまだ、自分の地位に自信など持っていなかった。皇家に有利な縁組みのための駒、それだけの人生という呪縛と、皇女は戦っていたのだ。

北嶺郡太守から北嶺国王となり、ようやく、自分はここだと叫べるところまで来たのだ。

——このままには、しておけない。

ヤエトが残ってどうなるものでもないかもしれないが、では立ち去ってよいものかと考えると、よろしくない、という答しか出てこない。

「出立は、とりやめましょう」

「いや、駄目だ」

またしても、厩舎長だった。

シロバの首をかるく叩きながら、老人はヤエトを睨みつけた。

「あんたが残っても、戦うか、殺されるかになるだけだ」

「そんな——」

「そうなる。まったく……一カ所にまとまると、これがあるからな」

「これ、とは？」

「儂らが普段、離れて暮らしてる理由のひとつだ。儂らはこれを、嵐と呼んでいる。たまぁに、あることだ。大勢でかたまってると、抑えがきかなくなってな。酔っぱらいみたいなもんだと考えれば、わかりやすい。本人たちは、素面のつもりさね。まともに考え、行動してるつもりなんだ。だが、違う。素面じゃないんだよ。集団に、酔ってるんだ。皆が、皆に、皆で……ってな」

ヤエトは眼をしばたたいた。たしかに、北嶺人の暮らしは自由だ。特定の時期以外は、ばらばらである。この城に尚書官として登用された者も、以前は方々に散っていたと聞いた。冬を過ごす村にすら属さず、鳥だけを友にして生きる者もあるという。

――これがある、というのは……。

厩舎長は、言葉をつづけた。

「北方が攻めて来た後、この城に人が増えたろう。あのときも、危なかった。よく爆発しなかったと思う……たぶん、前向きに考えられる材料があったから、だろうな。今は駄目だ。悪い想像ばかりが先走って、それが皆の心を荒らしていく。そして、繋げていくんだ」

鳥と、心が通じる。それは、人同士もまた、鳥を介して心が繋がってしまうということだ。

まさか、と思いながらも、きっとそうだと肯定する自分がいる。

具体的に意を通じさせるかどうかはともかくとして、感情は、ごまかしようがない。伝わってしまう。不安、恐怖、絶望。そうした生存に直結する負の感情は、おそらく、とくに伝わりやすい。

皇女が呪師にとらわれていたとき、当時の伝達官ウィーシャを通じて、第三皇子が容易に場の支配をしたのも、かれらのそうした特質のせいではないのか。

今、かれらの不安は、普段から気に食わないと思われていた男にぶつけられたのだ……。

「どうしようもないのですか。なにか、手だては？」

「いずれは落ち着く。だが、今は駄目だ。早く出て行け。へたをすれば、儂だって殺されかねん。あんたを庇って死にたくはないが、だからといって、目の前で死なれるのも困る」

厩舎長の表情から察するに、彼もまた影響されていないわけではないのだろう、と思う。影響を感じながら、自身を見失わないよう、つとめているのだ。

「どうしても、敵対することになりますか？」

「なるさ。今回の嵐は、鳥たちが翼を失うかも、という不安が直接の原因だろう。尚書卿がそういう話を持って来た、それに対処する役割らしい……って話も、皆、知ってる。だから、危ない。あんたを殺してもなんにもならない、なんて理性はお休み中だ。悪い話を持って来た使者を始末してしまえば、悪い話自体も消えて、なくなったことになる。そう思いたいだろう。絶対に、あんたは無事じゃ済まない。悪いことはいわん、さっさとここから消えてくれ」

残念だが、厩舎長の話には説得力があった。突拍子もない内容でもあったが、それでも、信じられる――それはつまり、厩舎長の助言通りにした方が賢明だろう、ということでもある。

「騎士団の皆は、平静をたもてそうですか。その――北嶺人ではないにせよ、鳥と心を通わせる力があるということは、巻き込まれる危険もあるのでは？」

「あんたらは、仲間で行動するのに慣れてるからな。逆に、耐性があるんじゃないかね、ある程度の歳になっていれば。若いと駄目だ、姫様みたいにこう、かーっとなっちまう。ほれ、発情期のことが、あっただろう？」

「しかし――」

ヤエトが迷っているあいだに、さぁさぁ、と厩舎長は手をふった。

「アルサール、ダエタクとセギに装具を着けろ。あんたがたは、こっちだ。裏口がある」

アルサールが厩舎に飛び込むのを見もせず、厩舎長は歩きだした。

「鳥たちは、どうするのです」

「シロバとダエタク、セギは、それぞれ別の方角へ飛ばせる。当初の予定通りの博沙、《黒狼公》領、それから都、そんなとこだろう。だが、大事な鳥たちを、あんたがたのために怪我させるわけにはいかん。頭に血がのぼった奴らが追って行くだろうが、誰も乗ってなければ追いつかれっこない」

「それでは、殿は」

ジェイサルドが割って入ると、厩舎長は笑った。

「殿様だけじゃない。あんたがた全員、出て行ってもらう。鳥は使わずにな。目くらましにもなるだろうから、いいじゃないか。ほれ、そいつを使え。滑り降りると、谷川沿いに出る」

石壁のあいだにある排水路の脇に膝をつくと、厩舎長はこちらを見上げた。視線が合ったヤエトは、なにか論評せねばならないという義務感にかられ、誰が見てもわかることを告げた。

「どう見ても、我々が通れるような隙間はありませんが」

「石をどけるんだよ。おい、誰かやってくれ、儂がやると腰を痛める」

ジェイサルドが前に出たとき、伝達官が声をあげた。

「わたしは、残ります」

全員の視線が、彼女に集まった——皇女の伝達官は、静か、という言葉を体現したようだった。表情はもちろん、声も、凪いだ水面のようである。なにもかもを呑み込んで、動かない。

「しかし、伝達官殿」

「我が君より、こちらに留まるようにご命令をいただいております。あるじの目として、耳として、わたしはここでなにが起きるか、見届けるのがつとめです。ことによると、あるじの口として、言葉を伝える必要もあるでしょう」

はじめに動いたのは、厩舎長だった。立ち上がりながら、答える。

「——好きになさるといい。さ、急いでくれ。この棒を使ってこじるんだ、そこに溝があるだろう」

次に動いたのは、ジェイサルドだ。厩舎長が示した棒を拾い上げ、いわれたように、溝にあてがって、石を動かしはじめた。ジェイサルドのことだ、ヤエトを無事に逃がすのが最大の任務と心得ているのだろう。それ以外は、自分が立ち入る問題ではない、とわきまえている。

「わたしは、シロバに乗せてもらいます」

「えっ？」

宣言したのは、第二皇子の伝達官だ。ヤエトは想像だにしなかった発言だが、伝達官の方は、すでに問題を考え尽くしたという顔で、話をつづけた。

「あるいは、シロバでなくてもかまいません。雛のどちらかの方が、翼が強くて速く飛べるようなら、そちらで。無人の鳥を飛ばしても、すぐにわかってしまうではないですか。わたしなら、遠目には尚

書卿と見分けがつかないでしょう。背格好は近いですし、頭髪の色は、被り物でもすればごまかせます。追いつかれたら、地面に降りて、相手が落ち着くまで相手をすることも可能ですよ。わたしにできる範囲で、ではありますが」

そういえば、いざというときは影武者に……といわれてはいたが、まさか、本当にそうなるとは。

「しかし、伝達官殿」

さっきも同じ台詞をいった気がする、と思う。どうして皆、こう無茶なのだ。

――だが、正しい。

伝達官の言葉は、どちらも自己犠牲へと流れていく。しかし、それぞれの立場を考えれば、正しくはあるのだ。

第二皇子の伝達官は、ヤエトを無視し、厩舎長に声をかけた。

「鳥は、アルサールに選んでもらっても？」

「……鳥を、守ってくれるな？」

「ええ。わたしにできる限りのことをします。信じてください」

「わかった。あんたの言葉通りだ、無人ではごまかせん。時間稼ぎをたのむ」

「ありがとうございます」

それでは、と一礼して、伝達官は厩舎の方へ戻った。ちょうど、ダエタクとセギを引いて出てきたアルサールに、ことの次第を説明しはじめたようだ。戸惑っているアルサールは、嵐とやらの影響をあまり受けていないのか、少し不安そうなだけで、つねと変わらぬように見える。

ジェイサルドの作業は素早い。もう、石がひとつ、外されていた。

「これは、向こう側から戻せるのか？」

「できなくもないが、時間はかかる。なにか物を置いてごまかしておくから、あんたらは早く逃げろ」

ジェイサルドは渋い顔で、あたりを見回した。たしかに、道具類や、資材のたぐいが転がってはいるが、石を外して空いた穴と、外した石自体を隠すとなると、不自然になりそうだ。

だが、厩舎長は、そこは案じていないようだった。

「儂にまかせておけ。どうせ、こまかいところは気にならなくなってるんだ。そういうものだからな。鳥を飛ばせば皆がそっちを見るだろうし、さっきの小僧が、儂がシロバの準備をしていたという話をするだろう。それ追え、となれば、足下を見る者などおらんよ」

「鳥を通じて情報が漏れる気遣いは？」

「ない。もともと、鳥と儂らは違う生き物だ。意が通じるといっても、よほど努力しなければ、人の理屈は伝わらん。だから、乗り手もなしに鳥だけ飛ばせるのは、できるだけ避けているんだ。ただし、情動は別だ。伝える気がなくても伝わってしまう。だから、嵐が来るんだ」

「アルサールは、大丈夫かね？」

ついでに、という感じでジェイサルドが尋ねると、厩舎長も、かるく応じた。

「あの子の一族はな、少し、儂らとは違うんだ。もともと、見張り役だからな……孤独に強いだけでなく、集団に入っても、呑まれづらい。あいつは大丈夫、いつも通りだ。まずいのは、タルキンだな……若いし、鳥の心が伝わり過ぎるからな」

そういって腰を伸ばすと、厩舎長はアルサールに声をかけた。

「おーい、お前はどうするかね」

一瞬、間を置いてから、アルサールはしっかりとした声音で答えた。

「シロバには伝達官殿に乗ってもらい、わたしはダエタクに乗ります。セギは、わざと単独で先発させて、囮だと思わせてはどうでしょう。あいつは羽根の色がシロバに似てますし。性格がやさしいから、戦闘には向かない。でも、ひたすら逃げるだけなら、乗り手がいなくてもできるはずです」

「そうだな、いい考えだ」

呆然としているヤエトの周囲で、すべてが勝手に進んでいく。

自分が役立たずだと感じることは、珍しくはない。だが、ここまで無力さを覚えることも、滅多にない。今の状況に、なにか関与しているとさえ感じられないのだ。

——実は、これが正しい隠居の姿なのかもしれない。

自分はなにもせずに、周りにまかせる。それでも、いやその方が、案外なにもかもがうまく進むのではないだろうか。

問題は、ヤエト自身の心の持ちようである。間がもたないというか、自分の存在意義への疑念が深まるというか……皆がヤエトを生かしてくれようとしているが、それだけの価値があるのだろうか？

「尚書卿」

そっと呼ばれて、ヤエトは我に返った。

声の主は、皇女の伝達官だった。やはり、顔色は悪い。けれど、眼には光がある。

「お言葉を賜っております——浮き世のことは、まかせよ。そなたは、そなたのなすべきをなせ、と」

絶句しているヤエトに向かい、伝達官は、さらに言葉をつづけた。

「どうか、姫様を信じてさしあげてください。姫様が、尚書卿を信頼しておいでのように」

まさかここで、伝達官の個人的な意見を聞くことになるとは、思わなかった。こんな場面で。

「……わかりました。我らのあるじを信じましょう」

暫し、伝達官は黙ったままヤエトを見ていたが、やがて低い声で告げた。

「尚書卿には、長くお世話になりました」

「いえ……むしろ、わたしの方が。呼吸法を教わってから、恩寵の力とのつきあいが、ずいぶん楽になりました。あなたのおかげです」

すると、伝達官は微笑んだ。こんな表情ができたのか、と、はっとさせられるような笑みだった。

「では、わたしの技術は……お伝えしたものは、あなたの中で生き続けるのですね。ならば、あなたが救うものの一部も、わたしが救ったことになる、と。そう考えて、かまわないでしょうか？」

自分になにが救えるのか、そもそも生き続けるなどという言葉がふさわしいほど長生きができるのか。そんなことを考えながら、ヤエトには、うなずくことしかできなかった。

「もちろんです」

「持ち時間を使い切っても、育てたものは残る……そういうことですね」

つぶやいて、伝達官は笑みを消した。

ヤエトはただ、彼女をみつめることしかできなかった。かける言葉も、なにもない。圧倒されていた、といってもいいだろう。

「……あなたはどうか、生き延びてください」

一礼すると、伝達官は踵(きびす)を返して立ち去った。

こういう表現は嫌だったが、彼女は発見してしまったのだろう——死に場所を。

——なんとかできなかったのか。

実力以上に努力したのが原因で短命になるなど、そんな報われない話、あってほしくなかった。

「殿、準備ができました」

ジェイサルドの声に、ヤエトは顔を上げた。いつの間にか、丸めてしまっていた背筋を伸ばし、腹に力を入れた。

——ほかに、道はないのだ。

もう、行くしかない。

ヤエトは厩舎長の手をとり、両手で握った。

「……どうか、無事で」

「あんたもな」

もはや告げるべき言葉も見当たらず、ヤエトは手に力をこめることしかできなかった。

4

排水路を滑り降りるという体験は、二度とくり返したくない種類のものだった。

良い面から考えよう、とヤエトは思った。

この排水路は、雨水を流すためのものらしい。ここ暫くは晴天がつづいていたようで、申しわけ程度の水と、湿り気を帯びた水垢があるだけだった。おかげで、びしょ濡れになるのは免れる。汚物まみれの下水でもないし、緊急の脱出路としては、上々といえるだろう。

ただし、当然のことではあるが、狭い。人が通るためのものではないから仕方がない、むしろ通れるだけの大きさがあってよかった……とは思うが、狭いものは狭い。

どう考えようと、狭い、暗い、臭い、気もち悪い、などの問題から逃れることはできない。

――それに、痛い。

左手の小指が、妙に存在感を増していた。どうやら、突き指してしまったようだ。

ほかの指も、似たような仕打ちを受けたはずだが、擦り傷程度で済んだのは幸運であった。

小指は、それ以外の指を守るため、犠牲になったのだ、とヤエトは考えてみた。残念ながら、少しも心が慰められないどころか、今の状況でその比喩は、むしろ辛い、ということがわかっただけだ。

我ながら、迂闊である。

ジェイサルドが要所要所で足を突っ張って止めてくれるので、速度が上がり過ぎて大けが……などということもない。突き指のひとつで済むなら、儲け物だ。

いささか湿ったり臭くなったり、着衣の一部が破けたり、そして突き指をしたりという変化を経て、ヤエトたちは城の外へ出た。出口にも大雑把に蓋がされていたが、ジェイサルドのひと蹴りで、簡単に外れたようだった。

厩舎長の言葉通り、排水路は小さな谷川のほとりに通じていた。いずれ、北方との境を流れる川に繋がり、雄大な景観をなすのだろうが、ここではまだ、人が溺（おぼ）れるのも難しそうな流れだ。

衣服を洗いたいところだが、着替えがない。そもそも、そんな風にのんびりできる場面でもない。

ジェイサルドが蓋を戻しているあいだに、ヤエトは坂の上を見上げた。

もう夜は明けているはずだが、かれらがいる場所は、深い影の中だ。岩肌沿いに視線を上げていけば、黒い城壁が見えたが、それもまだ日を受けてはいない。どうやら北側か西側に出たようだ。

「さて、如何いたしましょう」

「まずは、旧城趾へ行こう。皆の思考が単純化されているなら、禁忌とされているあの場所には近づかないはずだ」

「なるほど。では、どうぞ」

ジェイサルドはヤエトに背を向けて片膝をついた。どうやら、おぶされ、という意味らしい。

「それでは、見るからに怪し過ぎるだろう」

「当地にあっては、鳥も連れずに歩いているだけでも、怪しさ満点かと心得ます。どうせ怪しいなら、少しでも速く移動した方が」

残念ながら、反論できない。ふらふらよろよろ歩いていては、時間がかかってしまう。囮がうまく機能したとしても、追手が地上を見下ろして、怪しい人影を発見したら、終わりだ。

「わかった」

「お口を、しっかりと、閉じていてくださいますよう。では、参ります」

ヤエトを背中にしがみつかせて、ジェイサルドは駆け出した。

おどろくほどの速度である。いわれていなければ、わぁ、と声をあげていたかもしれない。そして、岩から岩へ飛んだときの衝撃で、舌を噛んで失神したかもしれない。忠告されていてよかった、とヤエトは想った。

口を閉じていても、揺れが小指に響く。突き指も、なかなか馬鹿にならない。翼がなかった頃の鳥とさほど変わらない速さなのでは、と考えているあいだに、旧城趾に着いた。

「暫し、お待ちを」

ジェイサルドはヤエトを折れた石柱の影に座らせ、すっと姿を消した。偵察だろう。

見上げた空は、清澄そのものだった。

こんなに綺麗な空の下で、権力だとか、民族だとか、そういう概念にとらわれるのが馬鹿らしいとは、誰も思わないのだろうか。

——だが、人は概念の中で生きていく……。

ヤエトだとて、それから逃れられるわけではない。《黒狼公》として果たすべき義務があり、皇女の副官としての責務もある。帝国の民という自覚もあれば、古王国の末裔だという矜持もないわけではなく、北嶺への愛着もまた、少なからず存在している。

貴族がどうとか、国がこうとか、なにも考えなくて済む世界があればよいのだが、少なくとも、今ヤエトが生きている世界は、そうではない。

——どうすべきなのか……。

厩舎長の勢いに押されて、逃げ出してしまったが、北嶺に留まるべきだったという感覚は拭えない。同時に、それが最善手ではなかろう、という気もしている。

逃げる、という行為への罪悪感から、逃げては駄目だったと思っているだけなのだろう。

やれやれ、とヤエトは視線を地面に落とした。

あちこち汚れて、妙な臭いのする服。膝の上に乗せた手は、いかにも途方に暮れたといった風だし、足もそうだ。力なく、投げ出されている。

迷ってばかりの時間は、終わらせねばならない。

残念ながら、ヤエトは人の上に立つべき位置に置かれてしまっている。その期待を裏切ってもよいし、自分には関係がないと割り切ってもよいのだ。

それが、できるならば。

——できない以上は、やるしかないだろう。

扉を開けてもらっても、身代わりを立てて逃がしてもらっても、それを受け止めて、それだけの価値がある人間でございますと胸を張り、やるべきことをやる。そういう道を選んだのだから、歩いて行くしかないのだ。

さて、とヤエトは顔を上げた。とりあえずの避難場所は、ここでいいだろう。

だが、ここに留まるわけにもいかない。嵐とやらが去るのを待つために、城を抜け出したわけではないのだ。

——次に、行かねばならない。

博沙か、せめて《黒狼公》領。できれば博沙がよい。アルハンの元王妃のことが気になる。

確認を終えて戻って来たジェイサルドに、ヤエトは尋ねた。

「以前、我々が出現した場所は、どこだろう。つまり、あの商人と一緒に、金貨を支払って、魔法の力で運ばれたときの話だが……着いたのは、どのあたりだったろう？」

ジェイサルドは眉根を寄せた。

「雪が深うございましたので、確とは……。少々お待ちください」

それでも、なんとなくの心当たりはあるようだ。あちらこちらと見比べてから、ジェイサルドは歩きはじめた。

半信半疑といった感じの足取りは、じきに確かなものとなり、そして……止まった。

「うわっ」

聞こえた声は、ジェイサルドのものではない。

一瞬、まさか追手が、とヤエトは思った。ジェイサルドも、瞬時に剣を抜いている。

応じたのは、実に情けない声である。

「そんな、勘弁してくださいよ。ええっ？」

——まさか？

彼は立ち上がり、ジェイサルドがいる方へ駆け出した……つもりだったが、実際には、おぼつかない足取りで歩いていた。それでも、すぐに相手の姿が見えた。

「ナグウィン！」

南方人の商人は、ジェイサルドから視線を剝がし、口をぱかっと開いてヤエトを見た。それから、頭を左右に何回かふった。見間違いではないかと思ったらしく、眼もしばたたいて、それでもヤエトの姿が消えないので、諦めて現実を認めることにしたようだ。

「いやいや、おかしいでしょう、なぜ、ここに？」

「あなたこそ、なぜ？」

「わかるでしょう、その……小人に飛ばされたんですよ」

ジェイサルドが一歩、脇に避けてくれたので、ヤエトは前に出て、商人の手をとった。

「助かりました。小人を探していたんです。至急、力を借りたくてね。それで、あなたの用件は？

わたしですか？」

「そうですよ！」

半分自棄になったように、商人は叫んだ。そして、ヤエトの手をふりほどいた。

突き指に響いたので、いたた、と声をあげたところ、ジェイサルドの形相が変わった。

――怖い。

この場に幼児がいたら、間違いなく号泣ものである。たぶん漏らす。それなりの年齢になっている者しかいなくてよかったが、大人だって、怖いものは怖い。

「貴様、殿になにをした」

「違うんだ、ジェイサルド、突き指しただけだ」

「殿に突き指をさせるなど」

地の底から響くような声で、突き指について責められる気もちなど、ヤエトは想像したことがなかった。そして今、それを体験している。ジェイサルドはヤエトを責めている気などないだろうが、突き指は、ヤエトが勝手にやらかしたことである。

「うん、いや、だからな、突き指の原因は、さっきの排水路だ。彼じゃない」

「なんと……殿がお怪我をなさっていたとは」

排水路、とナグウィンが叫んだ。

「それでなんだか微妙な臭いが……って、なんで排水路ですか。なにをやらかしたんです」

「脱出せざるを得ない状況に陥ったもので」

ナグウィンは、なにか考えるような目つきになった。

ヤエトとジェイサルドが、なぜ、ここにいるのかについて、憶測を巡らせているのだろう。

同じように、ヤエトも考えはじめていた。

非常に都合がよいとはいえ、商人がここにいるには、理由があるはずだ。小人の力は無料ではない。金貨という対価が要求される以上、ちょっと散歩しに……などという理由ではないだろう。そもそも、ナグウィンがあれを私用に使うとも思えない。

おそらく、皇帝の意向が背後にある。

皇帝が北嶺に用があるなら、相手となる人物の候補の第一は皇女だろうが、その皇女は今は都にいる。ならば、第二の候補が目当てだということになる。十中八九、間違いない。皇帝が商人を遣わしたのは、ヤエトに用があるからだ。

――北嶺が危険な状態にあることは、まだ漏れていないだろうが……。

迂闊なことは、喋らないようにせねばならない。皇帝は皇女を可愛がってはいるが、統治者として認めているわけではないのだ。玩具を与えるように、欲しがった領地を与えただけ。それを取り上げる口実に、使われてはならない。

「脱出ね。それも、鳥なしで、ですか」

さっそく痛いところを突かれた。ナグウィンは、馬鹿ではない。なんらかの形で北嶺人と採めたのだろう、ということくらい、すぐに見当がついてしまう。

隠蔽を画策するより、さらりと流した方がよかろうと考え、ヤエトは困った笑顔をつくってみた。実際、困っている。演技の必要はない。

「そうなのです。それで、小人の力をなんとかして使えないか、と考えていたら、あなたがあらわれた。忽然とね。実に、都合よく」

——それはもう、都合がよ過ぎて怖いくらいに。

その言葉をヤエトは呑み込んだが、商人には伝わったらしい。

「……お気もちは、わかりますよ。こっちも似たような状況ですからね」

「そうなのですか？」

「どうしても、尚書卿をお連れするように、と。ご命令を受けまして。まだ北嶺にいらっしゃるか、確認がとれなかったのですが、とりあえず飛んでみたわけですよ。そうしたら、北嶺にいるどころか、この場所にいらした」

「お互いに、都合がよかったですね」

商人のよく光る眼が、ヤエトを見、ジェイサルドを見る。

「……まぁ、城までお出迎えに行かずに済んだのは、よかったですよ。手間が省けて。ですが、尚書卿がただならぬ臭いをさせてまで、妙な経路で脱出せざるを得なかった事情というのは、……訊きませんけど、ちょっと残念な感じですね」

「訊かないのですか」

思わず尋ねると、商人は当惑したようだ。

「訊いた方がよろしいので？」

「いえ、そういうわけではないですが、興味はないのかな、と」

「興味はありますよ。北嶺の皆さんとも、それなりに、長いつきあいになりますからね。ですが、余計なことに興味を持ち過ぎるのは、身を滅ぼす元ですから」

「なるほど」

さしずめヤエトなどは、何回滅びても滅びたりないと思われていることだろう。いわせてもらえば、余計だとかいう判断自体が余計なのである。世の中には、興味を持つ価値のないものなど、なにもない。だが、商人の意見は違うらしい。

「そういうわけで、どうして召されるのか、という事情についても、ご説明申し上げることはできかねるのです。わたし、余計なことは存じませんので」

ジェイサルドが、口を挟んだ。

「行き先は、都なのか？」

「はい、都でございますよ」

「陛下のお召しである、という証拠は？」

「おお、悪鬼殿。とくとお考えあれ。陛下のご命令でもないのに、そうである、と。たばかったりしたら、どうなると思います？」

「陛下のお耳に入らなければ、問題なかろう」

「……って、その発言が陛下のお耳に入ったら、どうなさるんですか！」

「陛下のお耳に、入れるのか？」

入れられないようにしようか、という意味に聞こえて、ヤエトは思わず割って入った。

「陛下のお耳に入ったら、笑われてしまうでしょう」

ジェイサルドとナグウィンは、なんともいえない顔で、ふたりしてヤエトを見た。

「笑われる……ですか？」

「そうですよ。そんなくだらぬ話で争うなど、そなたらはよほど暇なのだな、と」

ああ、とナグウィンが声を漏らした。

「想像できてしまいました」

「迫力のある笑顔です」

ヤエトが商人の想像を応援すると、想像の中の笑顔に張り合うつもりか、ジェイサルドも口角を上げた。わりと怖い。商人の方は、力ない笑いを浮かべてつぶやいた。

「迫力ね、わかり過ぎるほどわかりました」

「それはよかった。さて、わかったなら、余計ではない話とやらを聞かせていただけませんか。仔細はともかく、陛下がわたしをお召しになる、きっかけとか……なにか、あるでしょう？」

「いや、それがほんとうに、なにもないのです。お連れするように、と命じられただけで」

「金貨と一緒に？」

ナグウィンは、にっこりした。特別手当が支給されているのかもしれない。そもそも、非公式の伝達官とは、どれくらいの収入があるのだろう。

――こういうのは、たしかに余計な興味というものかもしれないが……。

尋ねるのも不躾な気がしたので、ヤエトも笑みを返したが、ナグウィンはもう真顔であった。

「ご同行願えますね？」

「もちろん、陛下のお召しとあれば、お断りすることもできないでしょう」

「まことにその通り。……ただ、条件がございまして」

「条件とは？」

すう、と息を吸ってから、ナグウィンは告げた。

「一名様限りですので、そちらの悪鬼殿の席はございません」

「断る」

即座に応じたのは、ジェイサルドである。

「……ジェイサルド」

ヤエトは咎めようとしたが、老騎士はまったく動じない。

「この男も、この男が連れて行く先も、殿にとって絶対に安全だとは申せません」

ひどいなぁ、とナグウィンは小声でつぶやいたが、だからといって否定もしない。

「あるじを差し置いて、勝手に決めるのは、感心しませんね」

「申しわけありません」

少しも申しわけなくなさそうである。

多少は交渉するところくらい見せないと、ジェイサルドも納得しないだろうと考え、ヤエトは懐を探った。さすがに学習したので、金貨の一枚くらいは常に持っているのだ。

隠居とはいえ《黒狼公》が持ち歩くには、一枚というのは、いかにも少ない気もするが。

「これで、もう一人、運べませんか」

金貨を見せて、商人の表情をうかがった。

「残念ですが」

「たぶん、もう一枚くらい、なんとかなります。それは、小人に支払うのではなく、あなた自身へのものと考えていただいて結構です。ジェイサルド、持っているだろう？」

ヤエトが察するに、味覚に衝撃を与える薬膳の材料や、ナオが処方した薬など、ジェイサルドはいろいろなものを持っているはずだ。その中に、金貨の一枚や二枚も、当然、あるに違いない。

「こちらに」

きらりと黄金が光った。

ヤエトでさえ学習したのだから、ジェイサルドが金貨を持ち歩いていないはずがない。

ごつい指に挟まれた金貨を、商人はまじまじと眺めていたが、やがて、息を吐いた。

「陛下のご命令が、誤解を許さないものなのでね。尚書卿以外をお連れすると、わたしの首が」

すっと手を横に動かし、商人は苦笑した。これもきっと、演技の必要がない表情なのだろう。

「しかたない。ジェイサルド、しまいなさい」

「儂を置き去りにすることができると思われるなど、陛下も……」

なにやら不穏そうな語尾は声にされることなく吐息に消え、ヤエトと商人は顔を見合わせた。互いの笑顔が、若干、引きつっている気がしないでもない。

ともあれ、ヤエトも金貨をしまった。これは、次の機会に活躍してもらおう。

「陛下のお召しとあらば、馳せ参じぬわけには参らぬでしょう」

「お聞き入れくださり、ありがとうございます」

「少し、待っていてもらえますか。ジェイサルドに、よく申し聞かせますので」

「もちろん、お待ちしますとも！」

ジェイサルドは、皇帝に刎ねられるのを待つまでもなく、今、ここで素っ首刎ねてやろうか、という形相で商人を睨んでいる。商人が思わず、首を守るように両手で挟んだほどだ。

老騎士の肩を叩いて、少し離れた場所へと誘導すると、どう思う、とヤエトは訊いた。

「正直なところ、飛んだ先に刺客が待ち構えていて、わたしを始末する……など、ないだろう？」

「あり得ないとは思いません」

「まさか」

笑いとばそうとしたが、ジェイサルドは本気である。

「陛下は殿の御身の安全に、そこまで気を配ってはくださらないでしょう。ではさらば、と立ち去られた後のことまで、面倒をみてくださるとお思いですか？」

それはたしかに、なさそうな気がする。あとは自分でやれ、死んだら残念だったな、くらいの対応であろうことは、容易に想像がついた。

魔物騒ぎや叛乱の残党狩りなどで、都の治安は乱れている。皇宮にも魔物が出現するほどなのだ。それに乗じて、皇帝を始末しようとたくらむ者も、いるだろう。へたをすれば巻き添えを食らう。

――しかし、だ。

危険だから行かない、などという選択肢があるとも思えない。

「ですが、都に行けるのは、好都合です。皇女殿下にもお会いできるし、鳥を貸していただくことも可能かもしれない。わたしの邸にも鳥はいるはずだし、なんらかの事情で姫様にお会いできなければ、そちらで都合もつく。とにかく、ここに潜んでいるわけにもいきません。違いますか？」

「でしたら、儂が殿をお連れします。儂がお供をする限り、殿に危害が及ぶことはありません」

「ジェイサルド……」

たしかに、ヤエトを背負っても速いのは速かったが、鳥には比べられない。だが、ジェイサルドは熱弁をふるった。

「北嶺から討手がかけられ、襲撃されたとしても、必ず殿をお守りします」

この問題に関しては、ジェイサルドは非常に強情である。ヤエトは、ため息をついた。

「よいか、ジェイサルド。遺恨を残し、今後に差し支えるようなことは、駄目だ」

「制圧してしまえばよろしいでしょう」

ひとりでやりましょうか、と続きかねない勢いだったが、ヤエトはそれを止めた。

「亡き《黒狼公》が、そのようなことを許されたと思うか、胸に手をあてて考えなさい。殺生はもとより、敵対行動をとるのも控えてもらおう」

「しかし、殿」

ジェイサルドには、いつも助けられている。それは認めるが、ヤエトの身を守らねばという考えに凝り固まり過ぎるのは、実に困る。だから、ヤエトは頑として譲らなかった。

「これは相談ではありません。命令です。わたしは陛下のお召しに応じます。それを踏まえて、そなたは、最善と思うようにすればよい。ただし、わたしの邪魔をすることは、許しません」

ジェイサルドは胸に手をあて、一礼した。これで、こちらの問題は片付いた。

「お話は終わりましたかな？」

ふたりの様子で見当をつけたらしく、商人が声をかけてきた。苦笑して、ヤエトは答えた。

「ええ。急ぐのですか？」

「よくおわかりで。小人にせっつかれてるんですよ……姿は見せたがらないので、わたしの影のあいだに隠れているようなんですが、こんな開けたところにいるのは嫌だとか文句が多くて、つねられたり、髪をひっぱられたり、いやはやまったく」

「禿になるまでむしられればよいのに」

ジェイサルドが真顔でつぶやいたのは、商人には聞こえなかった……と思いたい。

5

小人の魔法は、唐突だ。

北嶺の澄んだ空と一緒に、ジェイサルドの恨みがましい顔も消え、ただ石積みだけが残った。いや、それは残ったわけではない――移動した先が、石造りの場所だっただけだ。

気がつくと、そこにはいなくて、ここにいる。ライモンドの舟で異界を渡ったときも圧倒されたが、小人のわざには、別種の恐ろしさがあった。

ライモンドの術には、まだ人がましさがある。移行に手順があり、現から異界への変化がわかる。

小人の魔法には、そういったものがない。ある意味、圧倒的な力なのだろう。

移動するのだと身構えていたはずなのに、意識がついて行けない。

あたりは暗く、全容を見ることはできない。どこか遠くに、ぼんやりとした灯りの反射が見える以外は、闇に包まれている。ただ、そこが石に囲まれていることくらいはわかる。

冷たく湿った闇だ。排水路よりずっと広いが、通じるものはある。

「これから御前に出ることになるのですか？」

「すみませんが、わたしは存じ上げないことなので」

ジェイサルドがいなくなったせいか、商人の態度が少し大きくなった。のびのびしている、とでもいえばよいだろうか。

「ここは、どこなのです？」

「陛下のご指定があった場所です。ああ、古い力のある場所のひとつですよ、小人が繋げやすいらしいですから」

なんの説明にもなっていないが、なるほど、とヤエトはうなずいた。

「変な臭いをさせていても大丈夫そうで、安心しました」

「お気になさってたのですか」

「御前に出るのに、みすぼらしいばかりか臭いまでするのは、どうしたものかと案じていましたが、この場所なら大丈夫そうです。はじめから、古びた石や水垢の臭いがしていそうですからね」

皇宮に連れて行かれるのではなく、ここで皇帝に会うのだろう、とヤエトは思った。ヤエトひとりだけを連れて来るように、と厳命されていたなら、行き先自体が秘密の場所である可能性が高い。

つまり、この場所が。

――いや、しかし、なんだかこれは……。

ここまで暗いと、石造りとだけしかわからないが、妙に覚えがあるように感じた。いつか、どこかで見たことがある気がする。

商人は、都だといっていた。

――都の、どこだ？

「わたしはここまでです。あの灯りが見える方へ、進んでください」

「わかりました」

あまり、わかりたくもなかったが……しかたがないので、聞き分けよく歩きはじめた。

相変わらず、突き指が痛い。隙があれば、負傷したぞ負傷負傷、と訴えてくる。突き指風情が、ずいぶんと大げさではないか。

ヤエトは、死の淵を彷徨ったことがある男である。高熱を出した経験も数限りなくあるし、死ぬなと命じられる程度には、頻繁に死にかけている。それなのに、突き指程度の痛みに、こうも翻弄されるとは。

なにか納得がいかないが、痛いものは痛い。

――考えないように、と思うから駄目なのだ。

考えない、という考えかた自体が間違っている。否定するとは、まずその否定の対象を想うことにほかならない。つまり、突き指のことを考えまいとするより、突き指以外になにか考えるべきことを念じる方が、ずっと現実的な対処法だ。

はじめに思いついたのは、先ほども浮かんだばかりの疑念だった。

ここは、どこなのか。

妙に既視感を覚えるのは、気のせいなのか、そうではないのか。

――幻視した、というわけではない……。

淡い光へ向かって慎重に歩を進めつつ、ヤエトは考える。

そう、幻視ではない。基本的に、彼は自分が今いる場所の過去しか視ることができない。幻視したなら、実際に来たこともあるはずなのだ。見覚えがあるというのが勘違いでなければ、この場所を、あるいはよく似たどこかを、訪れたことがあるはずだ。

石造りの地下――博沙の牢獄は、こんなに湿ってはいなかった。アルハンの地下空間は、あまりにも広大過ぎて、今いる場所とは似ても似つかない。

――水の匂いと、古びた石。古い……。

暗さに慣れた眼に、あたりの様子が見えてくる。漠然と、石の壁ととらえていたものは、林立する石柱である。その柱が遠くの光源をぼうと反射しているのは、表面に陶片が貼りつけられているからだ。こまかく砕いた陶片の中には、おそらく金や銀を施されたものもあるだろう。

もし、じゅうぶんに明るければ、壮麗な文様が浮かび上がるはずだ。

これを、ヤエトは見たことがある。間違いない、あのとき、彼はタルキンに連れられて、よろめきながらこの場所に来て、そして――皇女に会ったのだ。

最低限、ここまで歩いて来られるように準備されている灯火は、つねに絶やさないようにしてあるのかもしれない。あの日も、灯りはあった。

魔物が大河をあやつり、海賊王たちの船団が、すべて水に呑まれた日。

よりによって、中州の砦にいた皇女が、その地下室で過ごしていたと知ったときの衝撃は、今でもありありと思いだせる。それでも、誰よりも安全なのだと皇女は笑っていた。ある選択と引き換えではあるが、身の安全は保障されている、と……。

――見ておけ。

皇女の声が、頭の中に響いた。

――答えられぬし、教えられぬのだ。許せ。

そこに安置されていたのは、一振りの剣だった。

ぎらぎらと光る刀身は、あの日と変わらない。

今度こそ、幻視なのではないか。今にも、ここに皇女の姿が浮かび上がり、あのときと同じ言葉を語るのではないか――そう思ったとき、空気がぴんと張りつめた。

――恩寵の力が……！

あわてて、大きく息を吐く。呼吸法が有効なのは、望んで力を使った場合のみに限らない。力が暴走したときも、ほとんど無意識に、ヤエトは気息をととのえる。

そして、思う――伝達官が教えてくれたことの価値は、はかり知れない、と。

幻視の中で、石作りの部屋は明るさを増す。

そこにないはずの灯火がひとつ、ふたつ、と増えただけで、あたりは息苦しさを増した。なにしろ天井が低いのだ。ここが地下であること、位置を考えれば水面下というべき場所でもあることを、否応なく思いだすことになる。

そういえば、前に来たときも、背を伸ばすのがはばかられた。まっすぐ立てるだけの高さはあるのだが、人は、頭上にかなり余裕を感じないと、危機意識のようなものを抱いてしまう。それは誰でも同じだろうが、ヤエトのように無駄に身長が高いと、より危機感が増す。頭をぶつけた経験が、どうしても、多めになってしまうからだ。

圧迫感に身を折りそうになるのを堪えつつ、ヤエトは暴走した力を制御しようとした。

疲れているな、と実感したのは、そのときだ。そもそも、呼吸が乱れている。ただでさえ体調が悪いところに、排水路滑りだの、小人による瞬間移動だのを経ているのだから、無理もない。

体調は悪化しているが、頭は妙に冴えていた。

知覚が明晰（めいせき）になり、なにもかもが見える。聞こえる。匂いも強くなる。曖昧なのは、触感くらいだ。

自分の身体があるという感覚が薄れ、頬にぬるい風が当たる感じも消えている。

焦点が合い過ぎて、どこを見ればよいかわからない。遠くで水がしたたる音が、ゆっくり、はっきりと聞こえた。

注目を集めない術がかかっている、と皇女が説明していた剣は、台座の上で、今は異様なほどの存在感をはなっている。刀身は、真夏の太陽をそのまま鍛えたかに思えるほど、白く、熱い。

そのかがやく刃の向こう、台座の奥に、人影が視えた。

ただ立っているだけなのに、なぜだろう。存在感が、並ではない。

存在感とはなんなのか。

説明することはできなくても、感じるものは、感じる。視線が引き寄せられ、圧倒される。そこに在るというだけで空気を変える、なにか、だ。今そこにいる人物が纏っているものは、冷徹なようでいて熱く、芯は揺らがないのに表面は柔軟。全貌が摑めそうもない、そういう大きさがある。

これが、王者の風格といったものなのだろうか。

彼は、ヤエトの方を見てはいない。だが、ヤエトがそこにいるのは知っている態度であった。さらりと、しかし聞き流すことはできない重さの声で、告げた。

――来たか。

真上皇帝であった。

もちろん、皇帝がいるのは過去だ。いた、と表現すべきだろうか。

かつて北方で、姿を消したナグウィンを探したときのように、皇帝は、その姿と言葉を、時の中に刻んだのだ。後刻、ヤエトに幻視させるつもりで。ヤエトが来たのに気づいたから、来た、と口にしたわけではない。彼を来させる前提で、言葉を発したに過ぎない。

感じる負荷の少なさから見て、経過した時間はさほど長くないだろう。一日たっているかどうか、といったあたりか。

この場に言葉を残してから、ナグウィンに、ヤエトを連れて来るように命じたのだろう。少し時間差があるのは、商人や小人の都合かもしれないし、あるいは、皇帝にも迷いがあったのかもしれない。ほんとうにヤエトに伝えるべきかについて、吟味していたのかもしれなかった。

——重大な秘密について、語ろう。

前置きもなにもなく、皇帝は告げた。視線を下げ、皇帝は息を吸う。ゆるりと下ろしていた手を、少しだけ上げ、さし示した。

かがやく剣を。

——これは、神宝である。帝国の、契約の剣だ。

そう告げられて感じたのは、やはり、という追認じみた落ち着きだけではなかった。

これが本当に、西の帝国に由来する神宝であるなら——追討の軍が発せられる可能性が、高くなる。皇帝が、早い時期から第二皇子に博沙をまかせ、監視と軍備を怠らぬよう命じたのは、過去の亡霊に怯えてのことだという解釈も、不当になる。それは怯懦ではない。ありそうな危機に備えての布石だ。

信じたくなくても、皇帝の告白は止まらない。

——契約の剣に選ばれた者が、一族、すなわち竜種の長となる。それが形式的なものだと考えていた頃もあったが、今は違う。兄が世継ぎとされた頃、剣の選択は形骸化していた。だが、そなたのいう魔界の蓋だの世界の鎹だのというものが緩んで、世に魔力が横溢しはじめたとき、剣の選択は、明瞭なものとなった。

自分が選択されたのだ――とは、皇帝は口にしなかった。が、皇帝の存在と剣との共鳴のようなものが、その事実を明示していた。

神宝の剣に選ばれたのは、目の前にいる、この男なのだと。

――剣の守護者に任ぜられた者は、剣に守られる。わかりやすいかたちでは、それは、統率の力としてあらわれる。竜力が増幅されるわけではない。その点では、我が妹には遠く及ばぬであろうな。

口の端をわずかに持ち上げて、なにやら自嘲めいた言葉だった。

それで、ヤエトは気づかされた。皇帝の内には、皇妹への羨望と劣等感がある、と。

――だが、我が妹は、わたしに従う。子らもまた、そうだ。

認めた上で、それを使う。だから、皇帝は皇帝なのだ。どちらが先なのかは、わからない。剣に選ばれたから、そうなったのか。それとも、そういう人物だから、剣が選んだのか。

確かなのは、皇帝が統率者である、ということだ。その資質があり、実力がある。

――兄は、それを認められなかった。愚かなことだ。

不意に、ヤエトは悟った。西の旧帝国を覆った粛清の嵐の、その原因が、どこにあったのかを。

おそらく、西の皇帝は、剣に認められないまま玉座に就いたのだ。剣がその弟を選んだのは、いつだったのか……、そのあたりは皇帝が語らねばヤエトが知る由もないが、とにかく、剣の選択と現実が食い違ってしまったことは事実だろう。

神の力は人の事情など勘案しない。帝国の頂点に立つ者が兄であろうと、容赦なく、弟を選んだ。兄弟のあいだに、どのような確執があったのかも、ヤエトにはわからない。

ただ、あの粛清が目指していたのは、本来、この男だった……ということだけは、わかる。

——兄は、わたしを除きたかっただろう。だが、それすらも認めることができなかった。あれやこれやと口実をもうけては、一族の末端を害し、部下を排し。つづけていれば、いつかはわたしをも手にかけることができる、と思ってでもいたのだろうか。いや、彼はなにも考えていなかっただろう。

座るべきでもない玉座に座って、狂っていた。

皇帝の声が、少し、低くなった。

——力は人を狂わせる。それは事実だが、兄の場合は、もっと直接的な理由であろうな。竜種の力のすべては、皇帝に集約される。神殿と、伝達官、それに竜種を繋ぐ網の焦点をつとめるのが、皇帝なのだ。だから、剣がそれに適した人物を選び、補助もするのだが、兄にはそれがなかった。剣による守護もなく、そんな力に晒(さら)されつづければ、狂いもしよう。

狂える皇帝。

沙漠の西にいた頃、そんな言葉がささやかれるのを、ヤエトも聞いたことがある。だが、まさか、その狂気の原因が、恩寵の力にあったとは。

――ここ何代かの、竜力が薄れていた世代が培った常識では、対処の方法もなかった。自分が狂いつつあることに気づいたとて、兄にはどうしようもなかったであろう。同情はせぬが、理解はする。今、わたしがそなたに求めているのも、それだ。理解せよ。

皇帝の口調は、淡々としている。重大な秘密を明かす、その言葉通り、ヤエトが知るべきではなさそうな情報が次々と出てくるが、ひどく他人事めいた語り口だ。

感情も、今はとくに伝わって来ない。皇帝が非常に落ち着いている証拠だ。

――兄がどんな手を打っても、剣はわたしを守った。わたしも剣を守らねばならなかった。対価というものだ。兄の狂気に晒されるのを、剣は嫌った。それゆえ、わたしは剣を抱いて遠くへ逃げ延びねばならなかった。兄を殺すより、その方が容易だったのだ。神宝の守護はわたしにあったが、兄は帝国という機構の頂点に立っていた。そして、人々はその仕組みに応じて動くことに慣れていた。無理をすれば倒すこともできただろうが、兄ひとりの命を奪って、それで終わる、という話でもない。兄の粛清よりも、さらに多くの血が流れただろう。

ゆっくり、皇帝は手を動かす。剣にふれないまま、その刃をなぞるように。

――過ぎたことは、過ぎたこととして、今後の話だ。そなたも、もうわかったであろう。

皇帝の言葉が、ヤエトの耳に響く。深く、深く。

――わたしが生きている限り、剣は、次の選択をおこなわない。それゆえ、世継ぎも決められぬ。この男が皇帝となったのは、本人の意志である以上に、神の意向によるものだ、ということだ。

——この剣に、意志はない。説得も、脅迫も、もちろん同情を誘うことも、できはせぬ。選ばれれば従うほかはなく、支配者になるべく支配される……そういう剣だ。

皇帝は、剣を見下ろしている。

その顔に老いを感じ、ヤエトは動揺した。

皇帝は年老い、疲れている。かつてその身に充溢していた、揺るぎない意志と生命力は、徐々に減衰し、もはや圧倒的な力とはいえなくなっているのだ。

印象が変わったと感じたことは、以前もあった。皇帝は弱っているのではないか、と。だが、それは皇子たちの本心を引き出すための演技であり、見せかけであると結論づけていた。

間違っていたのかもしれないし、そうではなく、ただ変化したのかもしれない。あれから、何年かが経過している。

皇帝の手がゆるりと動き、それに応じて剣のかがやきも揺れた。

——この剣は、青鉄でできている。つまり、神との契約に使える剣だ。それも、とびきり強い……

それゆえ、わたしはこの剣を使うことにしたのだ。

皇帝は顔を上げた。その眼に、剣の光が宿っている。

——竜種が結んだ契約とは別の、わたし個人と、力ある存在との契約に。

これ以上、おどろきの追撃を受けたら、心臓が止まる。

契約の剣に、さらに契約を重ねる？　そんなことができるのか。信じがたい。

――それは、当地では闇の御子とか黒の御子とか呼ばれている存在だ。魔界のあるじ、魔王とも呼ばれているようだな。

無意識に、ヤエトは胸を押さえた。

まさかの追撃が来たではないか。皇帝は彼を殺しにかかっている。

魔王と契約？　皇帝が？　帝国の神宝に後乗せで？　……とても受け入れられない。ヤエトのように頭が固くては無理だ。誰かほかの人を探してくださいお願いします、という気分である。

だが、ここにいるのはヤエトだけだし、時を超えた伝言は、あきらかに彼に向けられたものだ。

――その力を借りたおかげで、沙漠越えも、当地での建国も、想像以上にうまくいった。真帝国の経営は軌道に乗ったといってもよかろう。家族仲には、あれの力も及ばなかったようだがな……。

少しは湿っぽい雰囲気になるかと思えば、微塵もそんな風にはならず、皇帝はあっさりと断じた。

――意外に、使えん。

いや、それは。

家族仲について憂慮するなら、皇帝自身がもう少し、なにか手を打てばよかったのでは？

なんともいえない微妙かつ下世話な気分になりながら、ヤエトは皇帝を眺めた。ついさっきまで、自分の意志とは関係なく権力を押し付けられ、悲劇を乗り越えてきた男……という顔だったのが、今はどうだ。ただの駄目親父である。

人生に疲れているように見えるのは大差ないものの、おかげで少しばかり、気が楽になった。これが皇帝の気遣いなのだとしたら、……いや、それはないだろう。皇帝に限って、そんな気の遣いかたをするはずがない。

——ともあれ、今のわたしは魔王なるものと繋がっている。ある意味では、運命を共有する相手だ。魔界の蓋とやらを閉じたならば、わたしの命はそこで尽きるやもしれぬ。命はともかく、運の方は確実に尽きるのではないかな?

皇帝は眉を上げ、なぜか、笑った。面白がっているように。

——国の命運もまた、同じであろうな。わたしの運が、作った国だ。瓦解したとしても、少しもおどろくには値せぬ。

だが、と皇帝は言葉をつづけた。

——我が子らには、それくらいがよかろう。身の程をわきまえ、民を治め、魔物と戦いながら国を守り、あるいは、守りきれずに散りゆくかは知らぬが……。いずれの道を進むにせよ、それぞれが、自身の力で生きることを知るだろう。この先は、我が道にはあらず。子らがみずから拓いてゆくべき未来であろうよ。

一歩、皇帝は歩を進めた。そして、もう一歩。

黄金の巻き毛が揺れる。横たえられた刀身がはなつ光が、白い炎となって皇帝の輪郭をふちどる。

やはり、皇帝と剣は繋がっている。はっきりと、感じられた。

——先々のことは、子らにまかせるとして、今のことだ。すでにいったように、わたしは魔王と契約を結んでいる。その契約は、我が死をもって途切れるものとなっている。逆にいえば、契約が途切れれば、わたしは死ぬのだと理解している。それゆえ、魔界の蓋とやらを閉じれば、死ぬのではないか、と考えているわけだ。ここまでは単純な話、理解することは、たやすかろう。

皇帝の手が、刀身の上をひらひらと通り過ぎる。ふれたいのか、ふれたくないのか。

――わたしは、進んで死にたいと思ってはおらぬ。だが、魔物がこの世を闊歩するのが、望ましくない、ということもわかる。戦いは非常に困難で、消耗させられることになるだろう。解決策に乏しいであろうことも、予測できる。

つまり、と皇帝はつづけた。

――ほかに手段がないようなら、魔界の蓋を閉じよ、と命じるしかない。自死するに等しい命令であっても、それが、わたしのとるべき道だろう。なりゆきとはいえ、ここにこうして国を建て、その長となったのだからな。

皇帝は、半眼になった。陶酔しているようにも見えたし、なにか思い悩んでいるようでもあった。どちらにせよ、珍しい表情だ。

――知っているか、尚書卿？　君主とは、犠牲なのだ。神と人とを繫げる巫覡（ふげき）であり、同時に、人の希いを神に伝えるために捧げられる贄（にえ）でもある。我らの望みをかなえたまえ、とな。だが、できれば犠牲にはなりたくないのが人情だ。それゆえ、そなたには全力で探してもらおう。魔界の蓋を閉じずに、魔物をしりぞける方法を。

一方的に、宣言された。

反論しようにも、相手はこの場にいない。卑怯にもほどがある。

なにごとにおいても手厚い皇帝は、卑怯ぶりも、一段階では終わらなかった。追撃の言葉が、即座に発せられたのだ。

——この剣の一部は、そなたのあるじにも繋がっている。

皇帝は、ヤエトを見ていた。見えるはずがないのに。あたかも、彼がその場に立つはずだと知っていたかのように。

あるいは、誘導されたのかもしれない、とヤエトは考えた。

皇帝の手の動きや視線、そういったもので、この位置に引き寄せられたのではないか。真相はわからないが、とにかく今、ヤエトは皇帝の正面に位置していた。

あざやかな、紫の双眸。色褪せて見える景色の中で、皇帝の眼差しだけが、ひどくはっきりしていた。それは、ヤエトをとらえ、縛りつけるかのようだった。

——我が娘に、魔王との契約の一部を分け与えたのだ。

ヤエトは眼をみはった。

なんだって、と声にしたいが、できない——今の彼にとって、自身の身体はあまりに遠く、過去の景色の方が、よほど近しいものになっていた。

だから、彼はただ、皇帝の顔をじっと見ることしかできなかった。

――あれの名を、魔王に教えたわけではない。わたしの裁量で、分け与えただけだ。それでも、尋常ならざる守護の力がはたらくはず。この剣が本来そなえる、竜種の神宝としての力も、自然と作用する。傍目には、度を超した強運と見えるであろう。当面、どのような脅威に襲われようとも、あれは安全だと思ってよい。

やめろ、とヤエトは思った。

そんな馬鹿なことは、やめろ。

皇女は、皇女の力だけで強くなれる。魔界のあるじの力など、必要ない。皆で、守ってみせる。この先、この国がどれほど荒れ狂おうとも。

すぐにやめろ、という叫び声がのど元まで迫り上がり、しかし、ヤエトはまだ声を発することができないままでいた。

皇帝は、ヤエトを見ている。ずっと。

――たとえ魔界の蓋のことがなくとも、順当に考えれば、わたしは子らより先に死ぬ。そなたなら、わかるであろう。建国王が身罷（みまか）ることは、そのまま、国の終焉（しゅうえん）に繋がりかねない。次代が、もっともあやういのだ。残して行く子らの行く末を、どんなによろしくと頼んでも、臣下からは裏切り者が出る。子らの不和を利用して食いつぶし、みずからが頂点に立とうと目論む者が、かならず。そうなれば、我が娘の立場は、あやうい。

そのとき、と皇帝は告げた。

――これは、あれを守る。皇家の神宝は、連綿と続いてきた我らの時代を支え、揺らぐことのなかった柱だ。この剣は、首長を守る剣だが、魔王との契約でできた繋がりは、おそらく、容易には消えるまい。次に選ばれるのが、我が子たちの誰であれ、それとは別に、この剣はあれを覚える。あれを、守るだろう……あたかも本能であるかのように。意志がないなら、刻めばよいのだ。説得できずとも、問題はあるまい。剣は、あれを覚えた。守るべきものとして。

守るべきものという言葉に、わずかに感情が滲んでいた。その声の響きは、ヤエトの頭をかき回すような力をそなえていた。

いつか、皇女を信じていないのか、と皇帝に問うたことがある――皇帝の答は、愛しているのだ、というものだった。そこに理屈はなく、損得もない。一方的な上に、愚かですらある。

それでも、皇帝が娘を大事に思っているのは、疑う余地のない真実だった。たとえヤエトから愚行と見えるにしても、その基盤にあるのは、紛うかたなき愛情なのだ。

――我が子らの中でも、あれだけが強く守られるようにしたかった。

低い声には、真情がこもっていた……と、いえたかもしれない。

皇帝は、眼を閉じた。自分が発した言葉を、思い返すかのように。

眼差しから自由になったことで、ヤエトをこの場に留める力が緩んだ。同時に、ヤエトの内側から、なにか凄まじい圧が生じた。自分がはじけ飛ぶのではないか、と感じるほどの感情の奔流だ。

それは、声にならない叫びだった。

不意に現身を取り戻したヤエトの耳に、皇帝の声が響いた。まるで耳元でささやかれたかのように、はっきりと聞こえた。

——この剣は、あれを守ることだろう。たとえ、魔界の蓋が閉じるとき、魔王が我が命を持って行くとしても、そなたのあるじが同じ道を辿りはするまい。……この話、そなたに教えたくはなかったが、黙っていることもできぬ。なぜだか、わかるか？

皇帝の姿が歪み、じわりと闇に溶け、最後にその声だけが残った。

——わからぬのだ、わたしにも。

6

気がつくと、ヤエトは荒い息を吐いていた。気息をととのえようと、思い切り吸った空気の違和感に、胸をおさえる。

焦っては、いけない。ゆっくり。吸うためには、まず吐け。

よろめいて手をついた石柱は、わずかに湿り気を帯びている。表面を覆う陶片は、なめらかに、冷たい。

「……気もち悪い」

声にしても、しなくても、気もち悪いものは気もち悪い。

「大丈夫ですか。大丈夫じゃなさそうですけど」

ヤエトの声を聞きつけたのだろう、気がつくと、かたわらにナグウィンがいた。あたりが明るさを増したのは、ナグウィンが角灯を持っているからだ。どこから取り出したのかと不思議に思ったが、商人のことだ、準備よく持ち歩いていたに違いない。ヤエトが過去を視ていたあいだに、火を入れたのだろう。

どれくらいたったのか、とヤエトはあたりを見回した。そんなことをしても、なんの手がかりもなさそうだ。日の高さがわかるわけでもなく、天候すら判然としない。

幻視したのは、非常に近い過去だろう。だから、この疲労と不快感は、単純に、恩寵の力を使ったせいで消耗したから、ではないはずだ。

あの剣の発する気に、あてられたのかもしれない。

帝国の神宝である……早くこの場をはなれねば、とヤエトは壁についた手に力をこめた。

大きく、息を吐く。吸う。湿った空気が不快感を倍増しにしたのは、考えないことにした。なにか、ほかのことを考えねばならない。どうせ、考えるべきことは、たくさんあるのだ。嫌になるほど。

吐いて吸ってをくり返し、息をととのえているあいだ、ナグウィンは黙っていた。饒舌気味の商人を黙らせるほどだから、ヤエトはよほど具合が悪く見えるに違いない。

見えるだけでなく、実際、具合は悪い。せっかく回復傾向にあったのに、また発熱しそうだ。

「……一発、殴らせろ」

思わず、口をついて出たのは、そんな言葉だった。

殴らせろとは、なんと非建設的で、理性の欠片もない反応だろうか。しかし、それがヤエトの、正直な感想である。

——一方的に、自分の事情だけ、ぺらぺらと喋りやがって。

そんなことまで、思っている。

皇帝に対して抱いていた尊敬の念があったとしても、先ほどの話で、すべて消え失せた。

話の内容自体もさることながら、ヤエトへの伝えかたが、最低だ。反論の手段を完全に封殺して、自身の都合だけを押し付ける。

——よほど自信がないのか？

まさか皇帝に対して、そんなことを考える日が来ようとは、予想だにしなかった。だが、今はそう感じている。……もちろん、ヤエトと時間をあわせてこの場所に来るのが困難だとか、絶対に他者の目を排除したかったとか、そういう事情はあるのだろうが。

——たぶん、そちらが主だろうな。

砕け散った理性を取り戻そうとしながら、ヤエトはそう考えた。今の話は、余人に聞かせるわけにはいかなかっただろう。ヤエトにだって、べつに聞かせたかったわけではないはずだ。

ヤエトは眉根を寄せた。

そうだ、なぜ皇帝はこの話を彼に聞かせたのか？

――わからぬのだ、わたしにも。

皇帝自身も、わからないといっている……いや、これは話の末尾の部分についてだろう。皇女は守られる、皇帝が死のうが関係ないという予測を語る意味がない、という話だ。

魔界の蓋をしっかり閉じてしまえば、皇女の身にも危険が及ぶ――ヤエトには、そう思わせておけばよい。その方が、皇帝には得策のはずだ。

皇帝が言及したのは、そのことについてだろう。皇女は安全だと教えてしまった。それはなぜか。

――なぜだか、わかるか？

わからない。本人にわからないものが、ヤエトにわかるはずがない。ふざけるな、と思った。

やっぱり、一発殴りたい。

「あの……」

商人の控えめな声で、ヤエトは我に返った。

「はい」

「わたし、なにか殴られるようなこと、しましたっけ？」

よく見れば、かなり不安そうな表情である。

「あなたを殴りたいわけではないですから、ご安心ください」

「あっ、そうですか」

商人は、ほっとした様子である。思わず、ヤエトは苦笑した。

「もし、わたしに殴られたとしても、大したことにはならないでしょう」

「殴られたら痛いですよ」

真面目な顔で答えられてしまった。

「いや、痛いほどの力で殴れるかもわかりませんし……そもそも、人をどつくのはやめておけ、自分が突き指するだけだから、と忠告されているくらいで」

「お忘れではないと思いますが、突き指は、もう、なさっているような？」

「そうですね。じゃあ、次は骨を折るかな」

皇帝を殴ったりしたら、骨を折るくらいでは済まない気がする。そもそも、殴る前に捕縛されて、相手には届かずに終わるだろう。本気で殴りたいなら、まず、殴ってもよいという許可を得る必要がありそうだ。

——そういう方向から攻めるなら、できそうな気はするが……。

仮に成功して、皇帝を殴れたところで、なんの解決にもならないのが惜しい。

「骨を折るだなんて……やめましょうよ、なんだか洒落になりませんよ。申し上げておきますと、わたしが困っていたのは、殴られることというよりは、殴りたいと思われることの方ですからね」

「なるほど」

皇帝なら、ヤエトが彼を殴りたいと思っていることを知っても、なんら痛痒を感じないだろう。

「まぁ、誰を殴りたいのかについては、うかがわないことにしておきますが」

「知りたくないのですか」

「知りたくないです」

間髪を入れない勢いである。知りたいところを我慢するといった感じではないのか、と思うと興味深い。

「そういわれると、是非、教えたくなりますね」

要は、ヤエトが誰を一発殴りたいと思っているのか、察しがついているのだろう。

「嫌だなぁ。誰にいわれたんですか、その、どうせ突き指するだけ、というのは。お姫様ですか？」

「北嶺将軍の方です」

ああ、とナグウィンは得心がいったような顔をした。

「あのかたですか。なるほど、なるほど。先日、お見かけしましたよ」

相変わらず、いい男でしたなぁ……腹が立ちますよね、と話がつづいた。あきらかに、話題を変えようとしている。

ため息をついて、ヤエトは生唾を呑み込んだ。少しは、具合がよくなってきた気がする。おそらく、気のせいなのだろうが。

「ところで、是非あなたにお願いしたいことが」

「来ると思ってました、心の準備はできていますよ！」

「……皇女殿下にお会いしたいのですが、どちらに行けば？」

今いるのが、中州の砦の地下なのだとしたら、そう遠くはないはずだ。だが、水にへだてられていることも確実である。橋が架かっていたはずだが、第七皇子の叛乱の折り、損害を受けていたはずだ。復旧工事がどれくらい進んでいるのか、あるいは終わっているのか、ヤエトは知らない。

ううん、と商人は唸った。

「申しわけありませんが、この先は、わたしの仕事じゃないんですよ」

つまり、断るための心構えができていた、ということか。

「では、わたしが雇いましょう」

「金貨で、ですか？」

「そうです。どうせあなたもここから出るのですから、とりあえず、同行して――」

商人は、ヤエトの言葉を遮った。

「実はわたし、上から入ったんですよ」

「上、から……とは、どういう意味でしょう」

「はじめから小人の力で飛んで来たわけじゃない、という意味です。北嶺にお迎えにあがる前、まず砦の入口から、ふつうに入りまして……納品のために。この地下倉庫の――」

「倉庫？　ここは、倉庫なんですか」

話を遮るのは、ヤエトの番だ。神宝がおさめられた場所が、地下倉庫とは。

「倉庫なんですよ。ま、軍需物資がほとんどですが、ここに氷室を作って、北嶺の氷を置けるのではないかという、陛下じきじきのお声がかりの計画がね」

氷室を作って氷を置くとなれば、その氷の供給源が必要になる。氷といえば北嶺で、ナグウィンが専売権を握っているのだから、彼が招かれるのは、実に自然な流れだ。

「……なるほど」

「その後、ここから小人の力で北嶺に飛んで、ご一緒している次第で。そういうわけですので、上から出て行かないと、商人が出て来ないぞと騒がれます。しかも、ひとりで来たのは皆が知っていますから、急に連れを増やすわけには参りませんよ」

道理である。だが、道理を引っ込めてもらえれば、無理を通せるかもしれない。

「そこを、なんとか」

「一緒においでになるなら、ご自由にどうぞ。ですが、よろしいのですか？」

問われて、ヤエトは口を引き結んだ。いなかったはずの尚書卿が、忽然と、あらわれる。そして、一刻も早く皇女に会わせてくれと……。

――駄目だ、注目を集め過ぎる。

都の人々にとって、尚書卿は、巨鳥に乗って来るべき存在だ。妙な場所に出現するだけでも悪目立ちするのに、鳥がいなければ、そちらに疑念が向くだろう。北嶺で、なにかあったのか、と。

「手助けしてください、あなたなら、なんとかできるでしょう？　うまい方法をご存じでは？」

「無茶なことを、おっしゃいますね！　なんともなりませんよ」

「あなたしか、たよれる人がいないのです」

「いやいやまさか。そんなはずは、ないでしょう。尚書卿をお助けするためなら、たとえ地の果て水の底、であるに違いない悪鬼殿を筆頭に、お味方ばかりではないですか」

ヤエトはナグウィンの手をとった。商人の視線が泳いでいる。これは押すところだ。

「今、ここにいるのは、あなただけですよ、ナグウィン殿。わたしの味方の筆頭かもしれないジェイサルドを、どうしても置いて来ることになったのは、あなたのせいではありませんか」

「えっ。それは陛下のご命令があったからで」

「そうでしょうとも。わたしだって、陛下のご命令だからこそ、来るつもりもなかった場所まで参りました。味方を、あんな場所に置き去りにしてまで。助けてください。どうしても、皇女殿下にお伝えせねばならないことがあるのです」

ナグウィンは、ため息をついた。

「無理なんですよ、本当に」

「着いて行くのが無理でも、ここから出る手助けくらいはしてくださらないと、あとが大変なことになると思います」

「大変なこと、ですか？」

「ええ。わたしでしたら、まず、遠方に所用を作りますね。そして、店番をまかせる者に、よく言い含めます。悪鬼のような老人が来て、行き先を尋ねたら、お預かりしたものは、これこれの場所に移送したので、そちらを訪ねるようにと。つまり、あなた自身は姿をくらましておいて、ほかに追うべきものを指定してやる。そうしておいた方が、賢明ではないかと思います」

ナグウィンは眼をしばたたいた。

それから、ゆっくりと、長い息を吐いた。

「……わかりました。さっきの金貨、まだお持ちですか？」

「ええ。一枚しかありませんが」

商人は、観念した、という顔である。

「結構です。それを小人にやりましょう。あれは、今日はもう力を使い過ぎて、大仕事はできませんが、すぐ近くへなら飛ばせるでしょう。ただし、わたしはお供できませんし、どこへ飛ぶかも小人の胸先三寸です。わたしには、どうにもできかねます」

「……ひとつ、あなたの意見を聞いてみたいことが」

「なんでしょう？」

「ここまで連れて来させておいて、わたしを放り出せという流れですよね、陛下のご命令を忠実に実行すると」

「……まぁ、そういうことになりますね」

「陛下は、なぜ、そのようなことをお命じになるのでしょう？」

「そりゃあ、尚書卿を試しておいでなのではないですかね」

そういうことなら、商人も試されているのかもしれないな、とヤエトは思った。ヤエトの脱出を手助けするかどうか、するとしたら、どの程度、どういう方法でかを。

もちろん、商人自身もそれは考えているだろう。だから、できればあまり助力をしたくない。皇帝の命令に違反したと解釈されるようなことは、避けたいはずだ。

「今さら、試すもなにもないと思いますけどね……」

「お信じになれないのでしょうね、何者も」

なるほど、とヤエトは思った。

——そういうことか。

すとんと気もちが落ち着いた。理解した、というべきだろうか。

皇帝は、自信がないのではない。他者を信じていないのだ。もちろん、ヤエトも含めて。だから、試す。だから、反論を許さない。時の向こうから伝言するだけで、用はたりると思っているのだ。

——娘のことさえ、信じるとはいわなかったからな……。

自分の考えと判断だけで、世界を動かそうとする。それが、真上皇帝だ。剣が彼を選んだのも、なんとなく納得できる。

「小人には呼びかけておきましたから、あとは金貨を見せびらかして、床に置けば大丈夫です」

それでは、と商人は深々とお辞儀をした。

「行ってしまうのですか？」

「いくらなんでも、長居し過ぎですよ。皆さんお忙しくていらっしゃいますから、納品ついでに倉庫の検分に来た商人のことなど、放っておいてくれます。ひょっとすると、忘れてもいるでしょう。ですが、出入りの記録というものがございます。入ったものが、まだ出てないぞ……とね、遠からず、どなたか確認においでになるでしょうし、それを待つ気はございませんよ」

「なるほど。いろいろ、ありがとうございます」

「いいんです、諦めてますから。わたしは、わたしにできる範囲でなら、いつでも尚書卿をお助けしますよ。それだけ大きな借りがありますからね」

「なにか、ありましたっけ？」

ヤエトの問いに、商人は笑った。

「いろいろとね。わたしが殺されないように尽力してくださったり……たぶんですが、事情が許す限り、あなただって、わたしに助力してくださるでしょう。お互い様です」

「そうありたいですね」

「はい。それでは、お先に失礼します。金貨は、ちゃんと置くんですよ。手に持っていたら、出て来ませんからね」

揺れながら、商人の後ろ姿は遠ざかった。角灯の光とともに、長い影を引きながら。

――お互い様、か。

できれば、そういう関係でありたい。誰が相手でも。親しくなったなら、一方的ではなく、対等になりたいのだ……それは、ひどく難しいことのような気がした。

暫し、暗闇の中で立ち尽くしていたが、ほどなく我に返ったヤエトは懐から金貨を引っ張りだし、そっと床に置いた。

「小人よ、よろしくたのみます」

どこか近く、小人の力が及ぶ場所……それが皇宮の中であればよいが、おそらく違うのだろうな、とヤエトは覚悟を固めていた。

第六章

1

小人の力が唐突であることは、重々承知していた。だが、今回もやはり、心構えがたりなかった。世界が、不意に動いた。

実際にはヤエトが動いているのだろうが、ヤエト自身は、ただ立っているだけだ。どうしても、世界の方が勝手に動いたと感じられる。

あたりの景色が切り替わる様は、本の頁をめくったようにも思えた。読み手として本の外から眺めているならともかく、この場合、本の中にいる側になるわけだ。暗がりから日差しの中へ、閉所から開けた場所へ。変化が大きいせいで、意識がついて行かない。遁走しようとする。

ヤエトは眼をしばたたいた。

明るさに慣れるより先に、鼻が、強い臭気を感じとった。

——魚臭い。

水音が、あたりを包むように響いている。うるさくはないが、絶えることもない。

さては漁港か、あるいは漁船の上か……揺れは感じないから、おそらく船上ということはないと思うが、と考えながら、さらに眼を凝らす。

まるみを帯びた石が転がる河原、流れ去る水、水、水。

大河の向こう、朝靄（もや）の彼方に、尖塔らしく思えるものがぼんやりと見えているが、あまりにも遠い。

つまり、ここは都の対岸であろう。

あたりを見回して、ヤエトは眉根を寄せた。

――骨の城、か。

南方人の言葉で、カッラ・ランダと呼ぶ。カッラは城、ランダが骨を意味するらしい。

親殺しの女王ジャヤヴァーラが、魔物の力を借りて建てたと伝えられる、壮大な構造物だ。保存状態はよくない、という表現では控えめで、劣悪と評すべきだろう。

あちこちに残っている石積みや、複雑怪奇な欠け崩れた彫像の残骸などから、当時の威容が偲（しの）ばれるものの、建物の形などは残っていない。

なるほど、古い力の拠り所になっても不思議はなく、疲れた小人が投げやりに飛ばすには、恰好の場所だ。ただし、小人には都合がよくても、ヤエトには不都合だ。土地勘が、まるでない。

不意に、背後から叫び声がした。

ふり返ると、南方人がヤエトを指さし、なにやら大声で罵っている……ようだ。おそらく、南方語なのだろう。

「すまないが、わたしは君の言葉がわからない」

南方人は、大雑把にいうと、顔が派手だ。

鼻筋はしっかりと通り、眼は大きい。黒い髪に黒い眼とだけいえば、古王国人と特徴は同じなのだが、同じ人種だと勘違いをする者はいないだろう。古王国人は、どちらかといえば地味で、淡々とした顔立ちだが、南方人はその逆で、目鼻立ちがはっきりとしている。

大声をあげている男もその典型で、高い目庇（まびさし）の下、目元にはっきりと影が落ちていた。その影の奥から、さらに真っ黒な眼がぎょろりとこちらを睨んでくる。白目は血走っており、どう見ても興奮していた。薄汚れた身なりをしている……ヤエトも今は、あまり人のことをいえたものではないが、汚れっぷりの年季の入りかたが違う。

着衣の細部にまで観察が及ぶようになったのは、相手がじわじわと近寄って来ているからだ。

男はまた叫んだが、ヤエトになにかを伝えようとしている風ではなかった。

視線はヤエトに据えて動かさないが、言葉が通じなくても困っていない。むしろ、それで当然と感じているようだ。ヤエトから見て、男がいかにも異人種であるように、逆もそうなのだろう。言葉など通じるはずもない、と思われているのだ。

つまり、彼の叫びは、ヤエトと対話するためのものではない。

——仲間に向けたものか。

男から視線をはずし、ヤエトはあたりを見回した。

物陰から、続々と人が姿をあらわしていた。十人、いや二十人ほどか。全員、南方人だ。叫んでいる男同様、ぼろを着ている。

流民だろうか、と思う。

なにげなく浮かんだ言葉だが、流民というのは、いかにも侘(わび)しいし、情けない。それは、国が民を支えきれなかった証左であるからだ。

――いや、同情している場合ではないぞ。

これは、突き指だの骨折だのでは済まないかもしれない、そういう場面だろう。

金貨はもう小人に与えてしまったし、あとは小銭の持ち合わせがある程度。これで見逃してくださいとたのむには、こころもとない懐具合である。

そもそも、人種間の差別や嫌悪に由来する敵意を向けられているなら、万事休すだ。

男たちのひとりが、声をあげた。こちらをさしたその指は、震えている。恐怖でか、それとも怒りでか。あるいは、なんとも分類しがたい興奮で、なのか。

もし言葉が通じたとしても、この場を支配する雰囲気をくつがえすことは、困難だろう。互いに互いを刺激しあって、止まらなくなっている――北嶺と、同じだ。

恩寵の力などなくても、人は容易に同調し、興奮し、規範を失う。そこに出現するのは、極小の社会だ。ものの価値や行為の是非を判断する基準は、その場の雰囲気次第。尻込みは、許されない。

アルサールの声が、耳にこだました。

――おそらく、死んでいました。誰がというわけでは……皆で、囲んで……。

殺されたらしいダニウもまた、これと似た状況にあったのだろう。

はじめに声をあげた男が、ふたたび叫んだ。チェ、とか、ジャ、ヴァル、ヤー、……などといった音が聞き取れたが、それらが、ヤエトの中でなんらかの意味をなすことはなかった。

ヤエトは両手をひろげた。それだけで、人の輪が、ざっと音をたてて広がる。

「誰か、隊商路の言葉を喋れる者は？」

できるだけ、毅然とした態度をたもとうとしたが、成功しているかどうか。

人の輪からは、なんの返答もない。言葉が通じないとしたら、なにができるのか。

——自分にできることは……なんだ？

不意に、背後から肩を摑まれ、くるりと向きを変えさせられたと思えば、胸ぐらを摑まれていた。

引き上げられたまま、ヤエトは相手をみつめた。もちろん相手は南方人だ。長身のヤエトを吊り上げそうな勢いだから、かなり恵まれた体格の持ち主だろう。近過ぎて、表情はわかりづらい。

はじめに声をあげた男は、すぐ近くで、わめきつづけている。察するところ、そうだ、もっとやれ、やってしまえ……といった感じだろう。誰も、まぁまぁと割って入ったりはしない。

男の口調は、さらに熱を帯びる。さっきよりも間近でヤエトを指さしながら、なにか叫んでいる。

「わからないんだ」

激しい口調で詰られているようだが、単語のひとつも聞き取れず、焦りばかりが募る。異界にでも投げ込まれた気分だ。

——小人は、わたしを正しい世界に飛ばしてくれたのだろうか？

距離といわず、時間といわず、どこか妙なところへ放り出したのではないか。まさかそんなと思いながら、恐怖が足をすくませ、背骨が溶けてしまいそうな不安を感じる。

これはなんだ、とヤエトは思った。

――暴力より、言葉が通じぬ方が怖いのか、わたしは。

もちろん、乱暴されるのは嫌だ。痛いし、死ぬかもしれないし。だが、それよりも恐ろしいのは、誤解も正解もなく、ただただ理解不能なまま終わることだ。

もっと、学んでおけばよかった。

北嶺へ左遷されるまで、ずっと都に住んでいたというのに。土地の言葉で挨拶のひとつもできないとは、怠慢の極みではないか。

みじめなほどの無知にうちのめされながら、ヤエトは必死に相手の言葉を聞き取ろうとした。どこかに、知っている単語が入っているかもしれない。ひどく訛っているだけで、隊商路の共通語を混ぜているかもしれない。先入観から恐ろしげに見えるだけで、実は親切な人物なのかもしれない。

「……ヤ、バールジェリシャイ、アムダラール！」

相手の言葉の一カ所が、光って見えた。実際には、聞こえた、と表現すべきだろうが、そのときのヤエトには、見えたのだ。

言葉が、光に。

「アム……」

記憶の底から、子どもが彼に尋ねる。たどたどしく、不安げに。

——殿様に、名前いう？

つづいて、落ち着いた大人の声が、よみがえった。

——どう大事かというと、これは身の潔白を主張する言葉なんだ。

まさに、ひらめいた——これは、孤児院を訪ねたときの記憶だ。

ヤエトは相手の袖を摑み、思いだした言葉を叫んでいた。

「タラール・ジャスリヤ！」

院長が招いた南方人の教師による、特別授業。言葉の通じない田舎に行くことも考えて、と院長は話していた。

身の潔白を証明するための言葉、という実践的な授業内容に、ヤエトは苦いものを感じていた。この子らが孤児院を出て、はたらきはじめたら、いくらでも遭遇する場面に違いない。出自から差別を受けるだろう、確実に役に立つ知識だが、不愉快だ……、と。

自分が、無実を叫ばねばならない側になるとは、想像だにしていなかった。それを傲慢と呼ばずして、なんと呼ぼう。言葉の正確な意味も知らず、ただ記憶していた音だけを今、叫んでいる。

無様だ。

男はなにかいっているが、ヤエトはもう構わなかった。どうせ、知っている南方語はこれだけだ。

「タラール、タラール・ジャスリヤ、……タラール・ジャスリヤ、アム・ヤエト！」

アムにつづけて名を告げるようにと、教師は教えていた。南方人にとって、名を預けるというのは、とても重大な行為だから、と。

ヤエトが叫んだせいか、相手の男も声が大きくなった。と同時に、後ろだの両脇だの、あちこちから人が出て来て、それぞれ勝手に喋りはじめた。ここは北嶺かというほどの騒々しさである。

ヤエトの胸ぐらを摑んだ手ははずれないが、横合いから別の手が出て来た。やめさせようとしているようだ。いや、それとも、自分こそが摑むぞという意思表示なのか？

そのとき、背後から声が聞こえた。

あらたな声は、ヤエトの周囲を囲む人々とは、なにか違う調子を帯びているように聞こえた。理性的というか、要はこの場に呑まれていない感じだ。ふり向きたかったが、それどころか、喉がしまって声をあげるのも困難だ。

それでも、その人物に届くようにと念じつつ、ヤエトは叫んだ。

「タラール・ジャスリヤ！」

新たな声が、どんどん近づいて来る。喋っている言葉は同じく南方語だ。はじめからヤエトを指さしている男もまた、一歩も譲らず、なにかを叫びつづけている。

ヤエトもつづけて無罪を主張したいところだったが、首が苦しい。

「そこの者、少し待て。このラダヤーンが来たからには、安心してよいぞ」

不意に、意味がわかる言葉が耳に飛び込んで来て、逆に混乱した。人の声は、言葉となって意味が伝わるものだ……ということを、わずかのあいだに忘れてしまったらしい。

声が語る言葉は、そこからまた南方語に戻った。不穏な気配が、少しずつ薄れていく。

ヤエトを摑んでいた手から力が抜け、不服そうな舌打ちとともに突き飛ばされた。転ばないで済むようにと、均衡をとろうとしたが、とりきれず、へたりこんだ。突き指した手もついた。痛い。

情けなく下を向いた視界に、靴のつま先が入って来た。手入れの行き届いた靴だ。少しばかり埃(ほこり)がついているのが目立つ程度には、革も金具もきちんと磨かれている。

「帝国の官吏とお見受けするが？」

「ラダヤーン……殿？」

なぜか、相手の名をくり返していた。口にしてようやく、自分はこの名に覚えがあるのだ、と気がついた。

——そうだ、これは……。

「いかにも、我が名はラダヤーン。皇女殿下にお仕えする、誉れある騎士である」

ヤエトは顔を上げた。手入れが行き届いているのが靴だけでないことは、すぐにわかった。軽装ながら、作りの良さそうな甲冑——キーナンにあつらえるために大量の見本を見せられたせいで、以前よりは善し悪しがわかるようになってしまった——そして、尊大な顔。

いかにも上流階級という風情の、南方人。真帝国建国の折り、帝国に友好的だった南方の豪族は、貴族位を賜った。彼もその一族であり、そういった諸事情から皇女の騎士団に配属されたに違いない。

そして、皇女が北嶺郡太守として着任したその日、行列の先導をつとめ、到着するなり、セルクと悶着を起こすことになったのだ。

　このラダヤーンに逆らうとは……とかなんとか、さすがにはっきりとは覚えていないが、そういう台詞を聞きつけたのが、すべてのはじまりだった気がする。

「助かりました、ラダヤーン殿。このような場所で、あなたに会えるとは」

　なんとか立ち上がると、ヤエトは胸に手を当て、軽く頭を下げた。二重の意味で、助かった。

　ラダヤーンの方は、ヤエトが誰だかわからないようだ。おや、こいつは俺を知っているのかな、という顔をして、顎をしごいている。疑念を口にしないのは、いかにも上流の嗜み（たしな）というものだろう。もし、知っているべきことなのだったら、まずいからだ。

「お力になれて、なにより」

　ヤエトにどの程度の敬意を払うべきか判断できない、迷いが滲み出ている口調である。

　あまり友好的とはいいかねる初対面以降、かれらには、接点がなかった。鳥を扱うことができない者は、南麓鎮（なんらくちん）か、あるいは都に在留する部隊か、に分けられたと聞いている。南方に出自を持つラダヤーンは、北嶺には留まり得なかっただろう。

「それにしても、斯様（かよう）な辺地まで、騎士団の護りがあるとは」

「南方語のわかる者は、貧民街の治安維持に尽力せよ、との殿下のご命令があってな。魚食いの追い剝ぎどもを気にしてやるまでもないと思うのだが、そこは殿下のお優しさ、寛大さよ」

「……まこと、北嶺王は、君主の気風をお持ちでいらっしゃいます」

そんな進言をした覚えはないから、ヤエト以外の誰かが具申したか、あるいは皇女が自身で思いついたか——どちらにせよ、素晴らしいではないか。前者であれば、人材が育っているということだ。後者であれば、皇女自身の配慮が行き届いていることに、感服する。

より現実的かつ批判的な目線で見れば、そんな余力があるのか、と問いたい気もするが……そのおかげでこうして助かった以上、文句をつけられる立場でもない。

「まことにな。ところで、その……」

いつ会ったかな、というのを切り出しかねていると察して、ヤエトは微笑んだ。すり切れて、すっかり薄汚れてしまった身なりではあるが、できる限りの威厳をもって——臭いについては、この場では、気にしなくても大丈夫だろう。

「失礼しました。はじめてお会いした当時、わたしは一尚書官でしたが、あなたが皇女殿下の行列を率いて北嶺にいらした日を、忘れたことはありません」

まぁ、嘘はついていない。

そして、あの場にいた古王国人の尚書官といえば、ヤエトひとりであるが、ラダヤーンはそれを思いだすだろうか。いくばくかの興味を抱いて見守っていると、どうやら、気づいたようだ。

「しょっ……しょ……しょっ」

尚書卿、といいたいのだろう。そこまで動揺させるつもりはなかったが、しかたない。

「少々手違いがあって、不本意な状態で、こちらに放り出されました」

「な……何奴が、そのような無礼を！」

本を正せば皇帝だな、と思いながら、ヤエトはにっこりして見せた。もっとも、笑っているつもりでも表情が硬いといわれる方だし、相手が笑顔を笑顔として認識し得たかは不明だが。

「その件については、今は放念してください。それより――」

言葉を切り、ヤエトは考えた。どう表現すれば、いちばんうまく伝わるのか。

できるだけ単純で、わかりやすい方がよい。ルーギンの言葉を借りるなら、無駄に長い説明などするな、命令しろ、ということだ。

「――まず、このような事態に陥らせた者の目をあざむくため、わたしがここにいることは、内密に願います」

「確と心得ました」

「それと、ルーギン殿に面談の機会はありますか？　不自然でなく、ということですが」

「は。それでしたら、今夕にも、このあたりの状況について、報告にあがることになっております」

皇宮へ入って、皇女に会えたら、いろいろ話したいことはある。しかし、それが最善だろうか。

――どうか、姫様を信じてさしあげてください。

伝達官の声が、耳によみがえる。

信じよう、とヤエトは思った。自分がいなくても、皇女は立派にやっていける。

はからずも、この辺地に飛ばされ、ラダヤーンに遭遇したことで、確信した。

国のこと、政治のこと、竜種一族のこと——そういった人の世のことは、皇女にまかせよう。ヤエトは、ヤエトにしかできないことをやろう。

——ほんとうに、できるのかどうかは、あやしいが……。

魔界の蓋は、いつ開くのか。それすら未だにわからないままだし、自分の力を信じかねている状態ではあるが、それでも、ほかに道はないと確信できた。

自分が進むべきは、この方向だ、と。

「今夕……ということは、都へ渡るのですか？」

「はい」

「わたしも同行できるでしょうか」

「無論です。いささかも不都合のないよう、万全を期してお連れいたします」

凄い意気込みなので、いやいや、とヤエトはそれを抑えにかかった。

「わたしのことは、警邏中に保護した一般人という扱いにしていただきたい。そうでないと、いろいろと困る立場の者もいるのです」

また襲われかねないと説明すると、ラダヤーンには逆効果だろう。きっと、このラダヤーンの名に懸けて守ってみせます……と、なってしまう。そういう勇ましい展開にならないよう、情けない舞台裏を想像させる話にすべきなのだ。

「おまかせください。確と、心がけます」

言葉は丁寧だが、表情の方は、なにを酔狂なことを仰せになるやら、という感じだ。

まぁ、酔狂と思われようがなんだろうが、目立たないようにしてもらえればよいのだ、と割り切ることにして、ヤエトは話題を変えた。

「ところで……その、先ほどまでここにいた者たちは、どのような素性の……？」

「彼奴らは公に狼藉をはたらいたのですか？」

今にも捕らえに行きかねない勢いだったので、ヤエトはあわてて否定した。

「いえ、ただ余所者だから怪しまれていただけだと思います」

興奮して忘れていたが、かれらに囲まれたときに、小突かれたりもしていたようで、身体のあちこちが痛い。おっと忘れてもらっては困る、といった感じで、突き指の痛みも自己主張を始めた。

忘れたままでいるべきだった。

「ここは食い詰めの魚食いどもの縄張りです。通行料を取るつもりだったのかもしれませんな」

食い詰めという表現が出るなら、元は、都に住んでいた者たちだったのだろうか。それが、対岸の、呪われた土地とまでいわれる場所に流れて来て……それでも都から遠くはなれることができないのなら、なんらかの愛着と、より現実的な、ここに留まる理由があるのだろう。

「魚といえば……この魚の臭いは、なんです？」

「臭いの元は、ルイルイですね」

「ルイルイ？」

「魚の名です。絞って魚油に加工しているのでしょう」

「なるほど……」

ラダヤーンの説明が大雑把なのは、本人もよく知らないからだろう。

「公がお気になさるようなことではありません」

——自分は気にしたことはない、という意味だろうな。

「ルイルイ……はじめて聞きました。どんな味がするのでしょうね」

ラダヤーンは、とんでもないという顔をした。

「脂臭くて食べられたものじゃないです」

これは実感がこもっていたので、おそらく、食べたことがあるのだろう。

2

迷いに迷った挙げ句、ヤエトは《黒狼公》の邸へ向かった。

迷ったというのは、そうすべきか決めかねた……という意味でもあるし、道に迷ったという意味でもある。

目立ちたくないのは事実だが、要は、北嶺でなにか異変が起きたということが皇宮で話題にならなければよいのだ。常々、あちらへこちらへと忙しなく移動している尚書卿が、都で目撃されるだけなら、とくに問題はない。

博沙へは迅速に移動したいところだし、邸へ行けば鳥がいる。運がよければ、都を目指すという話だった鳥と乗り手の、どれかの組み合わせが辿り着いているかもしれない。

ただし、尚書卿がぼろぼろになって歩いて来た……という噂になるのは、非常によろしくない。

そこで、ラダヤーンのお供という見立てで身なりをととのえ、《黒狼公》邸に行くことになったのだが、ラダヤーンが《黒狼公》邸の場所を知らず、ヤエトが案内しようにも、実はまったくわからないという衝撃の事実が発覚した。たしかこのへんを曲がって……が、すべて間違いだったのだ。

ラダヤーンは、貴人とはそういうもの、と納得している風だったが、ヤエト自身の落胆は激しい。

結局、騎士団の駐屯所に戻って道を訊くことになった。

無事に辿り着いた邸では、騎士団からの連絡という風を装ったのだが、門番にいきなり見破られた。見破っておきながら、門番は気のきいた男で、ああだこうだと騒がずにかれらを通し、即座に家宰を呼んで来た。家宰もまた、察するところがあったのだろう、大殿様のお帰りだなどと騒ぐことなく、ラダヤーンを客室に案内し、ヤエトの方は小部屋に通した。

「アルサール殿が、おいでです」

「話がしたい」

「すぐ、お連れします」

即座に退室しようとした家宰を、ヤエトは呼び止めた。

「同行してくれた騎士は、すぐに皇宮の方へ戻らねばならない。必要なものがないか訊いてみて、できるだけ融通してやるように。替え馬がいるようであれば、それも」

家宰は時間を無駄にせず、すぐにアルサールを連れて来た。そして、自分はラダヤーンの面倒をみに戻って行った。

なにがあったのかとか、時間のかかる質問はしないでくれるあたり、実に助かる。

「アルサール、よく無事で」

「こちらの台詞です。……生意気を申しましてすみません、ですが、ご無事なお姿を拝見できて、ほっとしました」

まだ緊張が残っているらしく、少し顔色はよくないが、それでも落ち着いている方だといっていいだろう。私刑がおこなわれるのを間近に見たことを思えば——それも見知った者同士のあいだで起きた一件であることを考えれば、彼には休んでいてもらいたいくらいだ。

残念ながら、そうもいかない。

「ダエタクの調子はどうですか？」

「元気です。はりきっています……殿がおいでになったことを、教えてくれましたよ」

家宰より早かったかもしれないなどと、ヤエトは軽口を叩きかけた。

だが、アルサールが表情をあらためたので、なにかあるなと身構えた。

「実は……北方の公子をお連れしています」

「レイランド公子を？」

アルサールは、うなずいた。

「出立間際になって、ここに留め置くと危険だから脱出させてくれ、と」

エイギルの部下が連れて来たのだという。

たしかに、友好的に受け入れられていたはずのヤエトでさえ、殺されかねないのであれば、積年の不仲を背負って立つレイランドの身の安全など、保証できるはずもない。しかも、守りきれなかった場合には、深刻な外交問題になるだろう。

「二人も乗せて、よく逃げ延びましたね」

「厩舎長が、時間を稼いでくれたのだと思います。鳥たちも、我々を害する側に立つのは本意ではないですから」

「そうなのか？」

ヤエトが問うと、アルサールは意外そうな顔をした。

「もちろんです。あの……嵐が来てしまうのは、鳥たちが心を繋ぐせいですが、それはこう……経路を作っているだけであって、鳥たちの意志は反映されていないですし、人よりも影響を受けません。つまり……鳥は、鳥ですから」

言葉に困ったらしく、結語はきわめて大雑把である。

「二の君の伝達官は、どうされたか、わかりますか？」

「博沙に向かわれたはずですが、その後、どうなったかは――」

「出立は、同時に？」

「はい。予定通り、セギは先に飛ばせましたが、伝達官殿と我々は、ほぼ同時に」

アルサールとレイランドが逃げ延びたなら、おそらく、第二皇子の伝達官も、無事に目的地へ飛んだだろう。騎乗の技術で劣ったとしても、荷の軽さは圧倒的な差になる。博沙に向かったなら、到着するのは馴染んだ土地だ。第二皇子への連絡も、済んでいるだろう。

――皇女にも、うまく伝わるとよいが。

ラダヤーンはじきにルーギンのもとへ行き、ヤエトが託した言葉を伝えてくれることになっている。書状をしたためて、妙に証拠を残したくもないし、ラダヤーンに仔細を明かすわけにもいかず、ただ自分の無事と、博沙に向かう予定だけを伝える内容だ。それくらいは連絡しないと、北嶺謀叛の報せだけ届いた場合、ヤエトはどこに行ったのだ、ということになってしまう。

まぁ、そのへんはなるようになるとして、目の前の問題だ。ヤエトは額に手をあて、せめて顔と手を拭いたいな、と思った。それと、突き指が非常に痛い。落ち着くと思いだしてしまう。

「公子とお話しする必要があるな」

「お連れしますか？」

「たのみます」

家宰同様、アルサールも時間を無駄にせず、即座に部屋を出ようとして――立ち止まった。

「……ジェイサルド殿は、ご一緒ではないのですか？」

「ああ、事情があって、残ってもらいました」

「まことですか」

「嘘ではありませんよ」

アルサールは頭を下げた。

「申しわけありません。殿のお言葉を疑うような真似を……けっして、そういうつもりではなかったのです。あのかたが、殿をおひとりで行かせることがあるなど、想像ができなかっただけで」

その気もちは、よくわかる。

「もうよい。行きなさい」

再度一礼し、アルサールは退室した。それを待ち受けていたかのように、召使いが来て、失礼いたしますと、あたためた布巾でヤエトの顔を拭いはじめた。求める前に、求めるものが出て来る。家宰の采配なのだとしたら、おそろしい。

ただし、さすがの家宰も突き指には気がつかなかったらしく、治療者は来ない。

「お召し替えを、お持ちしますか？」

「旅装になるようなものがよい」

「かしこまりました」

召使いが出て行くと、今度はアルサールがレイランドを連れて戻って来た。実に忙しく人が出入りする部屋だ、と思う。

「公子、ご無事でお会いできたこと、まずはお喜び申し上げます」

「そちらこそ」

レイランドは、落ち着いたものだった。命が危険だったことを、わかっていないのだろうか？

「ご不自由をおかけするかもしれませんが、当面は、この邸で――」

「そのことだが」

いきなり言葉を遮っておいて、すまぬ、とレイランドは謝った。少し、視線を彷徨わせてから、彼は言葉をつづけた。

「尚書卿は、魔界の蓋を閉じに行くのだろう？　であれば、わたしも同行させてほしい」

仰天の申し出である。レイランドに、なんの得があるのか？

「あなたは人質です」

「心得ている」

「もうじき、お戻りになれるのですよ」

「北嶺の騒ぎがおさまるまでは、どのみち無理だろう」

そこまで考えていなかったことを指摘され、呻(うめ)きたくなった。たしかに、そうだ。体裁をととのえることさえ、できるかどうか。

「だからといって、なぜ？」

「……素直に認めたくはないが、勇をふるって申し上げよう。わたしは、なにごとかを、なしたい」

きっぱりとした口調で、レイランドは告げた。そうしながら、視線をヤエトにあわせた。その眸には、力があった。

それをいえば、声にも力があった。語調も強く、言葉遣いもまた、下手に出ることをやめていた。最後に北嶺で面談したときとは、雲泥の差である。

これまでの彼が、外交のため、おのれの立場を踏まえた立ち居振る舞いをしていたとするなら、今のこれは、国だの家だのという概念に縛られるのをやめた姿だ。だから、レイランド自身が語っている、と感じられる。人質として他国に滞在中の公子ではなく、ひとりの人間として、ここに立っているように思えるのだ。

「なにごとか……ですか」

「そうだ。尚書卿とて、おありなのではないか。なにごとかをなし、世に認められたいと……」

レイランドは、口ごもった。

やや迷ってから、彼は、いいきった。

「いや、慕う人に認められたいと……もし認められずとも、せめて、あのかたのお力になれることを、実感したい。」

――あのかた、というのは皇女のことか。

皇女がここにいたら、どう応じるのだろう、とヤエトは考えた。それから、いや、皇女はここにいないのだから、そんなことは考えるだけ無駄だ、と思い直した。

ここにいるのは、ヤエトだけだ。だから、ヤエトも自分の言葉で答えるしかない。

「それでは、わたしも正直に申します。あなたが同行して、なんの役に立つというのです」

敢えて厳しい言葉を投げたが、これは、レイランド自身が口にしていたことでもある。皇女のそばに行き、彼女の役に立ちたい。だが、自分が行っても邪魔をするだけだ、と。

どうやら、レイランドは考えを変えたようだ。怯むことなく、答えた。

「風が使える」

「……風？」

「ご存じだと思うが、わたしにも《雷霆の使者》に比肩する力がある。妖魔を扱う才能があるのだ。もちろんそれは、北方でもっともよく発揮し得る力だが、必ずしも限定されるものでもない。世には、流転しつづけて留まらぬものがある。水であるとか、風であるとか、そういったものだ」

ヤエトははっとした。

そういえば、レイランドはそんな話をしていたことがある。ルシルの力を使えば、狙った船だけ転覆させることができる、とかなんとか。

ヤエトの表情から感じるものがあったのだろう、レイランドはさらに熱意をこめて語った。

「そなたらの鳥の翼に、つねに追い風を吹かせることもできる。我らがここに、迅速に到着できたのは、わたしがそうしたからだ。それは、そこの者がよくわかっているだろう」

レイランドが、背後に控えているアルサールを示した。視線で問うと、アルサールはうなずいた。

「たしかに、ずっと追い風でした」

「鳥への影響は？」

「この距離を飛んだとは思えないほど、余力を残していて、元気です」

「……すぐ、博沙に飛べるか？」

レイランドの表情が、ぱっと明るくなった。こういうところは若いな、と思う。勇をふるって本音を語ってくれるあたりも含めて、まぶしいではないか。

しかし、アルサールの方は、いかにも不服そうだ。

「飛べますが、さすがに三人乗せるわけには参りません」

「鳥なら、厩舎にいるだろう。もう一羽、使えるかどうか、見当はついているか？」

「それは、もちろん」

「……わかった。では、公子の望みをかなえよう。ただし、一筆書いていただく必要があるな。みずから望んで行かれること、命を懸けることになっても後悔しない決意である、と」

ヤエトの言葉に、レイランドははじめて、身構えない笑顔を見せた。

死んでも文句はいわないと書け、と依頼されたことは、理解しているのか？　もちろん、わかってはいるのだろうが、同時に、わかっていないのだろう。若者とは、自分は死なないと思い込む生き物なのだ。

レイランドは、恭しく一礼した。

「感謝します。風妖が、ア＝ヴルスに伝えてくれるでしょう。虚妄のない事実を」

「それはそれで重要ですが、デュラルク殿に、つけ込まれぬよう――失礼、公子の同意を得てのことだと納得してもらわねば。一筆書いていただく目的は、そこです」

「なるほど。わかりました」

「アルサール、家宰と相談して荷をととのえてくれ。わたしは少し休む」

こと荷造りに関しては、ヤエトはまったく役に立たないという自覚がある。今回は、ジェイサルドの便利道具すら期待できない。そういえば、ナオに渡された薬のたぐいも、すべてジェイサルドが管理していたから、今はひとつも手元にないが、まぁ……なんとかなるだろう。

若者たちが出て行くと、先ほどの召使いが戻って来て、ヤエトの身体を拭き清め、清潔な衣類を着せてくれた。

すぐまた汗と埃にまみれるのだろうが、今度は臭くならないといいな、とヤエトは思い、そのまま寝椅子で少し意識を失ったようだ。

家宰の心配そうな顔が間近にあり、お熱はないようですが、という声が聞こえたが、ヤエトの意識の上では、少し長めの瞬きをした程度の時間しか経っていない。

「準備はできたか？　ラダヤーン殿はどうなされた？」

「騎士様は、団長様にお会いすると仰せになって、もうずいぶん前に発たれました。博沙にお持ちいただく荷物は準備できていますが、殿は、もう少しお休みになられた方が」

「出立する」

断固として主張すると、ヤエトは起き上がった。熱など出している時間はない。自分ではできる限りの威厳をもって歩いたつもりだが、ひょっとすると、傍目にはよろよろしているのかもしれない。

家宰が、すぐ横を着いて来る。

「若様にお伝えすることは、なにか？」

「とくには……わたしは皇女殿下の副官としてのつとめを果たしに行くが、これは《黒狼公》家に課せられた使命というわけではない。それゆえ、なにをなしても、なせずとも、一身上のことにて、家名にはかかわりなしと心得ていてくれればよい、と」

「たしかに承りました」

「そなたにも苦労をかけるが、この邸の皆と、キーナンを、よろしくたのむ」

「菲才の及ぶ限り、尽力いたします」

中庭に出ると、装具を着けた鳥とアルサール、そしてレイランド公子が待っていた。

「殿は、ダエタクにお乗りください。わたしは公子と同乗します。随時、ダエタクに指示しますから、進路はご心配なきよう」

「わかった」

ダエタクの背に、無様によじのぼりながら、ジェイサルドはどうしているかな、と思った。そして、シロバは無事だろうか、と空を見上げ、これから自分もその空へと舞い上がるのだと考えると、なぜか意識が高揚するのを覚えた。

——なぜでも、どうしてでも、かまうものか。

空を飛ぶということは、それほど魅力的なのだ。ただ、それだけだ。

3

博沙へは、異様なほど容易に着いた。レイランドの力が、はっきりと効果を見せたのだ。豪語するだけのことは、あったらしい。ただ風を送るだけでなく鳥の翼をしっかりと乗せるから、少ない力で飛べて、疲れないばかりか速度も上がるのだ……と、やや興奮気味に説明している。

——つまり、飛ぶのは楽しかった、ということだろうな。

地面に降りたかれらを出迎えたのは、第二皇子の伝達官と、いつぞや食事をともにした、博沙相であった。歴史に詳しいところで話が合ったので、覚えている。

「伝達官殿、よくご無事で」

「それはこちらの台詞です、尚書卿」

なにやら、似たような会話をしたばかりのような気がするが、ヤエトは慎み深くうなずいた。背後でアルサールがどんな表情をしているかまでは、わからない。

おや、と伝達官が眉を上げた。

「失礼ながら、ジェイサルド殿は？」

この質問まで同じか、と思うが、無理もない。昨今のジェイサルドは、ヤエトの影のようなものだ。影を落とさず立っている者がいれば、おかしいと思うのが道理だろう。

ルーギンへの伝言には、ジェイサルドとはぐれた話は含めていないので、第二皇子も、当然その伝達官も、ヤエトが単独行になったことを知らない。無事に博沙へ向かったという報せを受ければ、それ以上は確認もしないはずだ。ヤエトあるところにジェイサルドあり――それは当然のことで、疑うべくもないと感じているだろうからだ。

ラダヤーンが気をきかせて報告していれば別だが、こちらは逆に、ジェイサルドがいて当然という見識がない。

「少々障りがあり、北嶺で別れました。追って来ると思いますので、着いたら迎え入れていただけると助かります」

「それは、無論」

伝達官はうなずくと、なにやら兵士に指示を与えはじめた。

場を引き取ったのは、老尚書官である。やわらかな笑顔を一同に向け、暫しご休憩いただきたいところですが、と話を向けた。

「そうも参りませんでしょうな。我が主君より、尚書卿は非常に急いでおられる、お時間がないゆえ、もてなしという名の妨害をせぬよう、きつく申し渡されております」

「そういう妨害なら大歓迎です」

「はは、ではお供のかただけでも、お休みいただきましょう」

ふわふわとした口調なのだが、微塵も時間を無駄にする気がない。さすが第二皇子の留守を預かるだけのことはある。

「とんでもない。ご一緒します」

鳥の世話をしていたはずのアルサールが、勝手に会話に入って来た。

「無礼だぞ」

「……申しわけありません。ですが、お供つかまつります」

ヤエトの叱責にも、まったく悪びれない青年に、博沙相は、まぁまぁ、と曖昧に微笑んだ。

「ジェイサルド殿のご不在を埋めるためには、必要なことかと。……で、そちらのかたは？」

「北方ルス公家の公子、レイランド殿です。ひらたくご説明しても、かまいませんか？」

「どうぞどうぞ」

「紛争後、人質として北嶺にいらっしゃいました。ですが、両国の友好関係も深まったこととて、人質の必要も薄れ、もうじき故国にお戻りになるご予定です。その前に、広く世を見聞なさるためと……このかたも、ある種の恩寵の力をお使いになるので、お力をお貸しいただいている次第です」

「ほう」

どんな力か、とは訊かれない。

尚書卿がそれを説明しない限り、よほど必要がなければ問い質しはしないだろう。貴族の礼儀というものだ。実にありがたい。

「力を濫用なさるようなことは、ありません。お約束いただけますね、レイランド殿？」

ヤエトが話を向けると、公子は力強くうなずいた。

「もちろんだ」

博沙相は、手を合わせた。これでこの話は終わり、ということだが、どこか愛嬌のある所作だ。

「結構、結構。博沙へようこそおいでくださいました、北の公子よ。殺風景な城塞と沙漠ばかりの土地ですが、お珍しくはあるでしょう。よい旅だったと記憶していただけますよう、心よりお祈り申し上げます――こちらのかたも、ご同行なさいますか？」

「できれば。公子をおひとりにするわけにも参りませんし」

これは、本人の意図を確認するまでもなく、ヤエトの都合で決めさせてもらうことにした。

公子の命には、北嶺と北方の国交が懸かっているのだ。いくら友好的な関係にあるといっても、レイランドの警護を博沙に丸投げするわけにはいかない。

「では、ご一緒にどうぞ。実は、例の女性の様子がおかしいのです。二の君から、尚書卿がいらっしゃるというお話をうかがい、ならばすぐにも見ていただこうと」

「様子がおかしい？」

「そうですな。先ほどのお言葉をお借りして、ひらたくご説明することをお許しいただければ――正気に戻られたか、と思うほどです」

――アルハンの元王妃が、正気に？

なかなか衝撃的な出迎えだ。

「それが、継続している……ということですか」

「はい。ただ、穢れを嫌うとかで、我らと言葉をかわすなど言語道断、といった態度。できれば、要点を聞き出してから尚書卿にお伝えする、といった形をとりたかったのですが、本人が、救い主様にしかお話しできぬ、と譲らず……結局、ご足労いただくことになってしまい、恐縮です」

「どうか、お気になさらず」

博沙相は、深く息を吐いた。あの女性の扱いには、苦慮しているらしい。

「なにか重要な鍵を握っている可能性があると伺っておりますし、尚書卿に打診してくださるよう、若様にお願いしたばかりだったのです。ひらたいことこの上なく若様が仰せになるには、勝手に行くようだから、おとなしく待っておれ、と。ご無事のご到着、なによりです」

そういう事情なら、待たれていても無理はない。

――ファルバーンにも、教えてやれるとよいが……。

母親が正気に戻ったというのが事実なら、早く報せたい。だが、それが一時的なものかどうかは、まだ判断しがたいし、喜ばせておいて突き落とすような真似はしたくない。

ヤエトの思考を辿ったわけではないだろうが、そういえば、と博沙相は言葉をつづけた。

「ファルバーン殿も、じきに、こちらにおいでになります」

え、という形に口が開いたが、声にはならなかった。ファルバーンを呼び戻すならば、それなりの理由があるのだろう。

「まさか、水の浄化に問題でも？」

「いえ、水の方は、今のところは問題ないはずです。我々では、見ただけでわかるというわけには参りませんので、そのはず、としか申せませんが。こちらに戻るのは、都でのお披露目は終わったから、だそうです」

「なるほど……」

お披露目が終わったという表現は、曖昧だが、察するに、水源の浄化に必要不可欠な存在として、関係各方面に認知された、ということだろう。叛逆者扱いを受けずに済むのは、本人にとってはもちろん、周囲にとっても、助かる。

しかし、「来る」というが、交通手段はなんなのか。やはり、鳥だろうか。

――鳥だろうなぁ。

ファルバーンは、単独で鳥に騎乗することができない。誰かと、同乗して来ることになるだろう。

――皇女が連れて来たり……。

ちらりとそんなことを考えたが、妄想でしかない、と切り捨てるには一瞬で十分だった。皇妹がいっていたではないか。皇女は、都をはなれることができない、と。ひょっとすると、《灰熊公》の救援へは、みずから兵を率いて向かうことになるかもしれないが、ファルバーンを送って博沙に来るなんてことは、できないだろう。

本人がそう望んだとしても、やはり本人が、それは駄目だと止めるはずだ。

そういえば、都の上空を飛んだとき、皇宮の塔に人影を見た。数多ある尖塔のひとつから、身を乗り出していた——あれは、皇女だったと思う。

鳥が啼いたし、たぶんそうだ。

顔が見えるような距離ではなかったが、それでも、互いを見ることはできた。

——だからなんだ。

見えたからといって、なにも起きないし、変わらない。ただ、少しだけ体温が上がった気がした。あまり体温が上がるのは、困るのだが。

レイランドは気づいただろうか、と思いながら、後ろから来る公子をふり返った。青年は、わずかにためらいを見せた後、大股に距離を詰めて来た。

「失礼ながら、事情を伺っても?」

「ああ……大変複雑なのですが……こちらに、清浄神を崇めていた一族の生き残りが保護されています。考えてみれば……あなたがた北方の民とは相性がよいかもしれませんね。穢れた心臓から流れる血を浄化する力を持っているそうですし」

「穢れた心臓？」

眉根を寄せ、レイランドは考え込むようにしている。有名な話だと思っていたが、違うのだろうか。

「堕天した母神の神話は、北方には伝わっていませんか」

「それは知っている。ただ、竜は堕天により死んだと伝わっているが」

どうやら、北方では竜という言葉が特別の、否定的な意味を持つらしい。そういえば、ライモンドもやたらと竜にこだわっていた。

「竜……なのかはわかりませんが、死してなお、その心臓は穢れた血を流しつづけている、と伝わっているようですよ、沙漠の方では。そういえば、北嶺にも、そういう話は伝わっているのかな？」

面食らったような顔で、アルサールは答えた。

「いえ、存じません」

北嶺の民は、どうも神話には関心がないらしい。そもそも、神という存在のとらえかたが、漠然としている。なにを祀(まつ)っているのかと尋ねても、神様だろ、で済んでしまうほどだ。無頓着なのも、北嶺らしいといえるのだが……と考えながら、ヤエトは話を戻した。

「まぁ、その生き残りの女性が、未来を知る神の預言者からの伝言があるといって、わたしを呼んでいるのだそうです」

「竜の心臓が、まだ血を流していると？」

レイランドの話は、さらにもうひとつ前まで戻っている。

「その血が地下水脈を通じて染み込み、浄化せねば、人を蝕む毒素になる、という話です」

レイランドの表情が変わった。

「あり得ない」

思いがけないほどの、苛烈な反応である。

――いや、極端なのは、今に始まったことではないか……。

白黒はっきりつけたがるのは、北方人の特徴なのかもしれない。氷姫の逸話からして、南方軍を領地に入れたくないあまり、全土を凍結させるという極端さだ。そこまでしなくてもよかったのではないか……というところまで突き抜けてしまうのが、北方らしさなのだろう。

しかし、ここでその「らしさ」を全開にされても困る。

「公子、どうかお静かに」

とりあえず、思ったことをそのまま声にだすのはやめてもらいたい。レイランドには通じたらしく、
失礼、とひとことつぶやいて、口をつぐんだ。

このあたりは、公家同士で社交だ政略だといったやりとりがある、北方らしさだろう。北嶺人なら
――たとえばセルクなら、これを喋ると決めたら最後まで喋りきるに違いない。

案内された先は、以前と同じ地下牢であった。

博沙相が同行するばかりか、伝達官も後から追って来たのは、事態を重く見てのことだろう。

――狂人の戯言以上のものが、あるだろうか。

前回の訪問時を思いだし、ヤエトは懐疑的な気分になった。

彼女はこの現実よりも、神話の中に生きている。人の世ではないところに軸足を置いてしまうと、あのようになるのではないか。あのとき感じたのは、途方もない隔たりだ。すぐそこにいながら、ここにはいない、そういう存在なのだ。

実在しているのに、非在に近い。そんな相手から、なにを聞き出せるというのだろう？

階段を下り、淀んだ空気の中を進む内に、気もちも沈んで来る。

――気もちがなんだ。

自分の気もちについては、考えるだけ無駄であるが、考えないようにするのは難しい。

ほかのことを考えねば……と、思ったまでは、よかった。

はじめに思いついたのが突き指だったのは、失敗だった。念頭にのぼった瞬間から、痛いということしか考えられなくなったから、今度は痛みから気をそらす方法が必要になっただけである。

ともあれ、一行は地下牢に着いた。博沙相がみずから足を運んだというのに、獄吏の反応は淡々としたものである。名と用件を聞いてようやく、牢との境にある扉の錠前に、鍵を差し込んだ。

第二皇子の部下といえば、異様に反応が速い者が多いだけに、この慎重さは珍しく感じられるが、おそらく、その特性を買われての配属だろう。牢番に、早合点は必要ない。

今回も、獄吏はヤエトに記帳を求めた。同行者の名も問われた。前回より厳しいようだ。

「こちらの若君は、北方ルス公家の公子レイランド殿。それと、北嶺からお預かりしている、専任厩務員のアルサールです」

　両名の顔をしげしげと眺めてから、それでは、と獄吏は鍵束を鳴らした。

「ご案内します」

　牢内は、しんとしていた。人の気配が、ほとんどない。ここに囚われているのは、元王妃ひとりなのではないか、と思えるほどだ。

　以前も静かではあったが、なにかが根本的に違う。この雰囲気は、まるで――。

　――まるで、なんだというのだ？

　ヤエトは眉根を寄せた。譬(たと)えようとしたのに、その先が出てこない。

　獄吏が足を止めた扉の上半分は、鉄柵。その隙間から滲み出ているのは、光であった。

　前に訪れたときは、灯火はなかった。明るくすると、本人が嫌がるのだと説明を受けた。確認するときだけ、照らすのだ、と。

　意外さに、ヤエトは獄吏を見た。相手は平静である。この状態に、もう慣れているということだ。

　レイランドが呻いた。

「尚書卿、ここは駄目だ。流れるものがない」

　なんのことかと思ったが、すぐに気がついた。北方をはなれた今、レイランドの力が及ぶのは、土地に縛られぬものに限られる。逆説的な話ではあるが、風や水といった、基本的には世界を流転するものだけが、彼の味方となり得るのだ。

地下牢では、風は滞り、水は淀む。レイランドには、手出しができない。

もとより、レイランドの助力をあてにしているわけではない。ヤエトは鷹揚にうなずいた。

「わかりました。気になさらぬよう」

だが、それで終わりにはできなかった。袖が引かれたのだ。

「妖魔がいない」

「……は？」

ヤエトの当惑が、伝わったのだろう。レイランドは顔をしかめ、ヤエトから視線を逸らすと、ごく低くつぶやいた。

「心して行かれよ」

ヤエトの袖をはなし、公子は後ずさった。いぶかしげにそれを見るアルサールには、最後の言葉は聞こえなかったかもしれない。

――行く、といっても……どこへだ。

この先にあるのは、ただの獄房。記憶が間違っていなければ、さほど広くもないはずだ。

あのとき、彼女は闇の中に座っていて、まともに語り合うこともできなかった。だが、今はどうか。

今日も、元王妃はこちらに背を向けて座っていた。うつむいた背中に流れる髪は、綺麗にととのえられている。華奢な肩の先に、着衣の留め具が光っていた。前後の布を留め具で合わせるだけで、袖はつくらずに、布を流しているのだ。襞のあいだに覗く腕は、雪のように白い。

金属が軋む音がして、彼女を隔てていた鉄柵が、消えた。獄吏が、扉を開いたのだ。

「お連れしました」

ひらりと布がひるがえった。名も知らぬ花の香りが鼻先をかすめ、消える。

思った以上に明るい、光に満ちた獄房の中央で、元王妃は立ち上がっていた。その動きにあわせて髪が流れ、着衣が揺れる。

ゆっくりと、彼女はふり返ろうとしていた。はじめに頬の輪郭が見え、次いで鼻先が、くちびるが覗き、そして——動いた。

「救い主様……」

すっかり忘れていた。そう、彼女の声は、まるで少女のようだった。繊細で、透明で、なにも構えていない。無自覚な甘えと、許されるであろうという信頼を含んだ声音。

少女のようなのは、声だけではなかった。年齢不詳と感じたのは、前に会ったときと同じだが、あのときは、若くは見えないと思った。

今は違う。まったく違う存在として、元王妃はそこに立っていた。

ファルバーンと同じ、あざやかな碧緑の眸が、ヤエトを見ていた——以前は、彼をとらえることのなかった眼だ。今、その双眸は、ヤエトを包み込むようだった。

あの、地下牢全域に響き渡った哄笑(こうしょう)。絶望の闇の中、うずくまり、ふるえる姿。どちらも、今の彼女とは無縁に思えた。簡素な衣装も、その純粋さを引き立てる。

純粋、という言葉に辿り着いたとき、それしかない、とヤエトは思った。

そこにいるのは、ただ年齢不詳の女性というだけではない。老若男女の別など、関係なかった。どこまでも清澄な、この地上にあるのが奇跡といえそうな、そんな存在だ。

だが、彼女はそこにいる。穢れない魂は受肉し、人の女として、そこに立っている。

それは、大いなる矛盾である。その純粋さは、人として生き続けることが困難なほどのものだ。

——だから、彼女は壊れたのだ。

事情は知っている、と思っていた。清浄神の加護を祈るため、王宮で穢れない生活を送っていた王族が、突如、なんの援助もなく市井に放り出されたのだ。生きていくのが困難であろうことは想像にかたくないし、正気を失うのも無理からぬことだろう、と。

それでも、ひとりの子の母として、もっと頑張れなかったのか、とも感じていた。母子の関係が豊かであれば、ファルバーンも、もう少し生きやすかったのではないか、と……そう思っていた。

わかった風に考えているだけで、少しも実態を知らなかった。

目の当たりにした今なら、わかる。みずから狂気の檻に入ることでしか、彼女は自身を守ることができなかったのだ。

彼女は信じている。この純粋さを守ることこそ、アルハンの清浄神に奉仕することなのだ、と。彼女の人生は、神に捧げられている。そのために生まれ、育ち、子をなした。

そのために、狂った。

そして今、正気を取り戻したかに見える、ということは——。

「お待ちしておりました」

その声で、ヤエトは我に返った。

気づいてみれば、周囲には、なにもなかった。

比喩ではない。独房を構成するすべて、粗末な家具から壁や天井はもちろん、床までもが消えた。

元王妃が立っているのは、白い空間である。

ふり向いても、そこには誰もいない——いや、眼を凝らせば博沙相や伝達官、アルサールやレイランドの姿も見えた。だが、かれらは靄の向こうにあるように遠く、しかも完全に静止していた。

「いったい、なにが起きたのです」

自分の声が、意外に落ち着いていることに、ヤエトはおどろいた。心臓の鼓動は、危険なほどの速度だ。今にも卒倒しかねない。

元王妃は、微笑んでいる。胸が痛くなるほど透明な笑みだ。

「わたしの部屋ですの」

「……はい？」

「ずうっと、ここにおりますの」

彼女はあたりを見回した。その動きにつられて、ヤエトも同じようにした。

――なにも、ない。

真っ白だ。

「寂しいですわね」

「白いですね」

なんと返してよいかわからず、ヤエトはそう答えた。一見、彼女はまともに会話ができるように見えるが、それは勘違いだ。でなければ、こんなわけのわからない事態になっていない。

これなら、ライモンドの方が百倍ほど常識人である。

「そうですわね。たとえ白であっても、色は不要なのですけど、透明だったら、みんな見えてしまうでしょう？」

なにがだ、と問いたいところを堪えた。その問いに、意味はない。

見えるというのは、なにもかもだ。

――この白い部屋は、狂気の檻を可視化したものだ。

つまり、今、ヤエトは彼女の心の中にいる――あるいは、そう呼ぶしかない状況に陥っている。そう考えるのが妥当だろう。

この異常な状況に流されるな、というのも無茶な話だが、巻き込まれたら終わりだ。この世の果てまで流されてしまいかねない。

――心に第二皇子を召喚しよう。

そのとき、なぜかひらめいた。自分は第二皇子だと思うことにすればよい、と。

第二皇子なら、無駄なことはしない。すべてを迅速かつ的確に済ませる。即決即断だ。

まず、背景は気にしない。当面の仮定として、彼女の心の中の風景だと考える。それを疑わせるような事象が観察されたら、考え直す。

次に、対面しているこの女性以外に手がかりはないのだから、彼女との対話を成立させるべきだ。心の第二皇子は、なかなかよい仕事をするではないか。今度から、困ったら第二皇子を召喚だ、と思いつつ、ヤエトは口を開いた。

「わたしがあなたに会いに来たのは、預言者からの伝言を聞かせていただくためです」

元王妃は、微笑んでいる。

答がないので、質問を追加してみた。

「預言者とは、しるべの星のことですが。わかりますか？」

「しるべの星は、不動なのです。それはご存じ？」

ヤエトは口を結び、少し考えた。しるべの星とは、方角を知る目安にされる星である。そういう存在だから、ほぼ不動なのは、知っている。

「今、わたしは夜空の星の話をしたいわけではありません。預言者の話をしたいのです」

「同じことですわ。あのかたが、そう呼ばれていたのは、ほかに呼びようがなかったからですもの。わたしに呼び名がないのは、わたしが空だからです。ほら、この寂しい部屋のように」

――なにもない。

笑いと涙は、彼女の中では同義だ――なぜか、そう感じた。それが真実であると、どうしようもなくわかってしまう。

この部屋は彼女の心で、なにもない。純粋さをたもつために、かくも荒漠とした世界が生じてしまった。彼女はその犠牲者であり、同時に支配者だ。

純粋さは、すべてをつらぬき通す。なにもかもを、等しくしてしまう。

――呑まれるな。

呑まれたら、終わりだ。

「しるべの星は、あなたに、なにを伝言したのです？」

「なにも」

「なにも？」

歌うように、彼女は答えた。

「わたしにはね、なにもないのよ」

なぁんにも、と、彼女は言葉をのばした。節をつけて、歌うように。笑みを含んだ声で、しかし寂しげに、くり返した。

なぁんにも。

「わたしを呼んで、なにをなさりたかったのです？」

「やりたいことなんて、わたしには、ないわ。なにもないのだもの」

進まない話を、少し戻してみる。

「あなたにも、名前はあるでしょう」

どうかしらね、と彼女は小首をかしげた。

「あったのかしら……でも、あったからといって、なにか変わるかしら？　名前が必要ないところでこそ、わたしは必要とされるのだから」

「……どういう意味です？」

彼女は微笑んでいる。そこにはどんな感情もなく、同時に激しい慟哭がある。本来ならば感じるはずの絶望を、彼女は棄却してしまっている。それだけが彼女の生きかたで、存在意義なのだと、信じている。

たとえ手をさしのべても、届かない。握り返されることはないだろう。

——話が通じない。

あたかも言葉が通じているかのごとく、会話はつづく。しかし、文法も、言葉の意味も、ずれている。同じ価値観を共有する前提が、そこにはない。なにも伝わらないこれを、会話と呼べるのか？

ヤエトの中の第二皇子が、時間の無駄だ、と断じた。

「あなたの名前は——」

それでも、ヤエト自身の心の底から、その問いが生じた。

抑えがたく、それこそ、どうしようもない力で。

「――どうなったのです？」

彼女の笑みが、深まった。正しい問いを聞いた、という表情だった。

「わたしの名前は、魔物に食べられてしまったの」

その瞬間、不意に、ヤエトは理解した。それまでの曖昧模糊とした、手は届いているのにふれることができないもどかしさが、一気に拭い去られた。

彼女は狂気に逃げ込んだ。

狂気の世界は、現世からは彼女を守ってくれたが、魔界から守ってはくれなかったのだ。その証拠に、彼女は魔物を孕み、それを産み落とした――なぜ、その意味をもっと考えなかったのか。

本質的に、彼女は矛盾のかたまりなのだ。穢れない存在とされるアルハンの王族が、よりによって、魔界から地上へ魔物の橋渡しをすることになったのだ、その防御は崩れていると考えるべきだった。

彼女は、純粋でありながら、不浄なものとなった。

人でありながら、人ならざるものを産んだ。

「あなたは、……」

その先の言葉を、ヤエトは口にすることができなかった。

「魔界の蓋を、どうやって閉じようか。救い主様は、その方法を探しにいらしたのでしょう？　でも、肝心のそれがどこにあるのかも、ご存じなかったようだけれど」

碧緑の眸が、彼を見る。その中に、取り込まれそうだ。深い緑は影を増し、暗くなる。

ほとんど色のないくちびるが、そっと動く。

「わたしよ、救い主様。わたしなの」

魔界と地上を繋ぐもの——それは特定の場所にある、なんらかの構造物などではなかった。

彼女だったのだ。

魔界の蓋とは、ふたつの世界の接点になるものを表現するに過ぎない。そのときどきに、さまざまなものが、魔界の蓋の役割を果たしたのだろう。

今は、彼女なのだ。

現世とのまじわりを断つことで、彼女は概念の世界に足を踏み入れた。そして、門の向こうに隠れた智慧の女神が辿ったように、魔物に捕らえられた。

だが、女神とは違い、彼女は魔物にまるごと食らわれてしまいはしなかった——そんなことをしたら、せっかくの接点が失われてしまう。

魔物は、彼女に孕まれる、という手順を踏んだ。そうして受肉することで、確実に道を拓いた。ふたつの世界を、繋げたのだ。

必然、その繋ぎ目にあたる彼女が、魔界の蓋、ということになるだろう。

彼女の人格が完全に失われれば、世界を隔てるものが消え、魔物が作った通路だけが残る。

なんと信じがたい話だ、と考えながら、ヤエトは彼女を見ていた。つくりものめいた容貌は、微笑を浮かべたままだ。

純白だった世界が、光を失い、闇に染まっていく。

――すくいぬしさま。

すでに意味を失った言葉が、耳元を掠める。

――わたしをすくってくださることは、できませんでしたね。

そこには、期待もなければ諦念もなかった。どんな感情もこめられてはいない。

言葉があるだけだ。

駄目だ、とヤエトは感じた――そこには、感情がなければ。

この世に在りながら、いないも同然の扱いを受けていた彼女が、最後に辿り着くのが、この境地なのか。救われず、認められず、魔物に呑まれて消えゆくときに、怨みも怒りもなく、哀しみも、赦しも、諦めさえもないなど。

感情が失われてしまっているなど、あってはならない、と思った。

だからといって、彼にできることなど、なにもなかった。

――いや、なにかあるはずだ。

彼女を救うことは、無理かもしれない。だが、魔界の蓋として、完全に開いてしまうことを阻止するために、できることは、あるはずだ。

なければならない。

どんなに強く願っても、望みがかなうとは限らないことくらい、ヤエトも知っている。だが、だからといって、願うのをやめればよいのか？

違う。

——願うことだけは……理想を求めることだけは、誰にも否定させない。

だから、その願いだけを抱きしめて、ヤエトは落ちていった。深い、闇の底——魔界の蓋の内側へと。

4

どこまでも落ちていく。

いや、正確には、落ちているのかなんなのか、よくわからない。ただ、拠って立つべき場所も支えもないから、そう感じているだけなのかもしれない。

延々と沈潜するばかりで、なんの変化もなく、自分がこの闇と一体になってしまったのではないか、と思うほどだ。その想念すら、まとまりなく溶け、消えていく。

どれくらい、たっただろう。

「こんなところに人の子がいるとは、おどろいたな」

聞いたことのある声に、ヤエトは我に返った。

はじめに、手を意識した。手を、とられている。落ちていたヤエトの手を、彼が握ったのだ。

その手から肘へ、肩、首、と視線を向け、ヤエトは声の主を知った。

「アストラ……」

見る前から、間違いようもなかった。なにしろ、神をもたぶらかすといわれる美声である。この曖昧模糊とした闇の中でも、凜として、流されない強さもある。こんな声を、忘れはしない。

うん、とアストラは首をかしげた。

「会ったことがあったかな？」

「拝顔の栄に浴したことは、ございます」

「拝顔の栄、ね」

なんだか偉くなった気分がするな、と笑って、アストラはヤエトを引き上げた。

どこから、どうやって、といったことは不明だが、とにかく、引き上げられたと感じた。

「そんな経験があるくらいだから、どうせ、変なことに首を突っ込みがちなのだろう？」

その美しい声で、耳に痛いことをいわれたが、まったく否定できない。

「ご賢察です」

「賢察もなにも、この場にいる時点で、自明過ぎるね」

「……ここは、どこなのです？」

アストラは眼をほそめた。

「鋳だよ」

ひどい有様だね、と彼は言葉をつづけた。

これが、とヤエトは思った。

――これが、世界の鋳？

視界には黒い霧がかかるばかりだ。

「なにも、見えません」

正直に告げると、アストラは肩をすくめた。

「無理もない。ここは人の世ではない。人の眼では見えないだろう。しかしそうか……つまり、蓋が開いてしまったんだな」

指摘されたのは、ごく当たり前のことだ。魔界の蓋は、開いてしまった。

そうさせないために、自分は、なにをしたか？　手を尽くしたつもりでいたが、まったく不十分だったではないか。挙げ句、目の前で開いた。

ヤエトの訪問が、崩壊の鍵となったのかもしれない。魔物は、それを待っていたのかも――。

後悔に押し潰されそうになったヤエトの心に、アストラの声が、飄々とした響きを届けた。

「この時代にも、まだ呪いは生きているんだな」

「呪いとは、南方の……ジャヤヴァーラを産んだ女性の？」

アストラは、短く答えた。

「ヤーラ」

「……はい？」

「彼女の名は、ヤーラという。赤子のときにその資質を見込まれ、草原の巫女の養女となった」

「巫女……ですか」

「草原の民は、もともと、魔物使いのようなものだからね」

おや、とアストラは笑った。ヤエトの表情を読んだらしい。

「初耳かな？　かれらは精とか霊とか呼んでいるけれど、あれは、魔物の魄だ」

「魄……」

「面倒だから説明は省くけど、受肉していない魔物のようなものだよ。草原の民は、無自覚に世界の鏬から手を伸ばして、こっち側の魔物の力を借りるんだ。まったく、手に負えないよ」

だらしなく、口が開いてしまった。もちろん、おどろきのあまり、である。

まず、草原の民が、魔物使いと呼ばれ得るわざを使うことに、おどろいた。草原とは、北嶺に隣接する地域のことだろう。第四、第五皇子の乱にかかわったことを理由に、自治権を剝奪されており、最近はすっかり念頭にのぼることも少なくなっていたが、そんなところに、そんな文化があったとは。

「自分を守護する精を選んで、契約をするんだ……それが積み重なって、鏬が痛むんだけどね」

「恩寵の力であれば、どれも同じなのではないのですか？」

「そういう意味では同じだね。でも、草原の民は神を介さないから、経路が直接繫がるんだ。つまり、洗練されていない方法で、状態が悪くなりやすいんだよ」

説明しながら、アストラは顔をしかめた。草原の民の手法は、彼の美意識にそぐわないのだろう。

「なるほど……。ジャヤヴァーラの時代より、今の方が、状態はひどいのですか？」

ふたたび、アストラはヤエトを見た。しげしげと、頭の裏側まで覗き込めそうなほど。

「……ここにいる理由は、これに対処するため、だったりするのかな」

「はい」

「なにができるのかな？」

「それを、考えているところです」

アストラの顔を見て、思いだした。そういえば、かつて、この男に尋ねたはずだ。魔王が、世界の鏄の状態を悪化させたのか、と。

忘れていたつもりはなかったが、忘れていたも同然だった。結びつけて考えていなかった。

皇帝が魔王の力を借り、あの神宝の剣で契約したなら——間違いない、それも世界の鏄の状態を悪化させる一因となっているはずだ。

ヤエトは愕然とした。

——安全どころの話ではないぞ。

あの剣は、世界の鏄に直結している。魔界の蓋が、その鏄を塞いでいるものを、人に理解しやすく表現する言葉であるに過ぎないなら、世界の鏄も同じだ。それは世界についた疵（きず）であり、おそらく、たわめられた破壊の力そのものだ。

蓋がはじけ飛んだ今、いつ奔流となって地上へあふれるか、わからない。そうなれば、ゆかりのあるものへ、まず届くだろう。

契約の剣など、その候補の最たるものではないか。

——あの親馬鹿め！　本物の馬鹿だ！

皇帝ひとりが滅びるなら、自業自得である。その呪いが、今は皇女にも及んでしまう。

アストラが、のんびりとした口調で、もっともなことをいった。

「あまり、考えている時間はなさそうだけれどね」

まったく反論できない。今すぐ、なにか妙案よ降ってこいと叫びたいが、なにも浮かばない。あたりが真っ暗なのと同様、ヤエトの思考も闇に包まれて、完全に停止してしまった。

ふむ、とつぶやいたアストラの手に、竪琴があらわれた。

——ハルウィオンだ。

この男の名の一部であり、拠り所ともなる楽器。

「あなたは、蓋を閉じたことがあるのです」

アストラは、意外なことを聞いたという風に、眼をしばたたいた。

「なんだって？　そうか、かかわってしまうのか……やっぱり、そうか」

どこか残念そうな、それでいて面白がってもいるような声音だ。

「この状態は、あなたが蓋を閉じるために尽力なさって、かなり時間がたってからのものです。封じが緩んでしまうのですが、とにかく、一旦は閉じたものです。あなたなら――」

そこまで口走って、ヤエトはおのれを呪った。

――閉じかたをご存じなのでは、って、駄目だろう、それは。

アストラが、本人の主観の上ではこれから、実際の時間軸においては遥かな過去に実行した方法は、ヤエトが真似るのを諦めたものだ。今になって心変わりをしたところで、もう無理だ。

途中で止まった言葉の先の見当がついたのだろう。アストラは、肩をすくめて答えた。

「そうか。でも、今はなにも知らないな。対処法を知っていたら、こんなところで眺めていない」

どこへでも行ってしまうよ、と節をつけて唱えてから、彼は竪琴をつま弾き、うたった。

我は何する者ぞ　何する者ぞ
我は風　高山より吹きおろし
我は詞　人の子の聲に宿りて
我は歌　天地の間を満たさん
我は　現身より解き放たれり

「その歌は……」

よく知られた詞華集におさめられていて、ヤエトも気分に応じて諳誦することがあった――昨今、忙しさに紛れて、そうした習慣も消え失せていたが。

――彼が知っているということは、これは南方起源のものなのか？

それとも、なにものにも縛られないこの男にとって、いつ、どこで生じた文化であるかなど、もはや意味をなさないのだろうか。西も東も、古いものも新しいものも、すべてが彼の中に混在していることを考え、ヤエトは底知れない深みを覗き込んだような気分になった。

目の前にいるこの男は、どれだけの場所を訪れ、どれだけの音に耳を傾けてきたのだろう。どれだけの物語を知り、語り継いで行くのだろう。これまでも、この先も。

ヤエトには想像もできない。考えようとしても、規模が大き過ぎて、とてもとらえきれなかった。

――理解してくれとはいわないが、想像くらいはしてくれてもいいだろう？

かつて、北方でルシルに助け出された直後、アストラはヤエトにそういったはずだ。

――わたしの中では、時間はまっすぐに流れていないんだ。

「これはね、わたしのことだよ。わたしは風で、音楽だ。わたしは、歌だ」

「あなたを歌ったものなのですか？」

「いいや、わたしの知らない誰かが作ったものだ……でも、そうだな、いつかは作者のもとを訪ねてもいいかもしれない。作者が歌をどう定義したかを知ることは、わたしがどう定義されているかを知るのに近い。わたしは伝わる、どこへでも行く。だが、なにごとも、なさない」

今度は、眼をしばたたくのはヤエトの番だった。

真っ暗な世界で、形あるものは、アストラだけだ。そのアストラの声が、くり返す。

「わたしは流れるだけだ」

「流れることで、あなたは伝える。伝えることで、変化は起きる」

また、アストラは笑った。

「そうだね。わたしには関係のないところで、ものごとは変わっていくのかもしれない」

ヤエトはあたりを見渡した。相変わらず、なにも見えない。

「わたしは、過去を視ることができます。ある程度は——だから、時の流れを遡り、その詞を語った者に出会うことも、絶対に無理ではないでしょう。けれど、わたしの力は場に縛られるもの。たとえば今なら、この場所に限定されます」

「世界の鏄で起きたことなら、時間の彼方を覗けるかもしれないということ？」

「そうです」

「人の眼でも？」

「わかりません」

素直に、ヤエトは答えた。

わからない。当然だ、やってみるまでは、わからない。

「過去を視るその視力は……神のものですから」

「ああ、恩寵の力か。なるほど、それなら視えるかもしれない」

「問題は、過去を視ることで、現在を直接変えるわけにはいかない、ということです」

「どういう意味かな？」

「神の力は、人には重荷です。へたをすると、命を落とすかもしれない。わたしが視ることができた情報を、誰にも伝えずに死ねば、わたしが視たことの意味とは、なんでしょう？」

アストラの黒い眸が、まっすぐにヤエトを見ている。神ほどではないにせよ、人とは異質なもの、比肩すべくもない純粋な力が、そこにはあった。

「自分がそれを知ることができた、というだけでも十分じゃないのかな」

「知りたい……そう、わたし自身が知りたいという気もちは、つねにある。ですが、それだけでは、駄目なのです。わたしは伝えねばならない。そういう意味では、あなたが羨ましい」

――たとえば、ここで過去を視たとする……。

鏄のなりたちを知れば、それが広がるのを、爆発的な魔物の出現を、止められるだろうか？

可能性が皆無とはいわないが、直接的な解決策には繋がらないだろう。

なにより、時間との勝負だ。魔界の蓋は、すでに開いた。悠長なことをしていては、間に合わない。

それでも今、核心に近い場所にいるということは、唯一の好材料だ。なにかが、できる。なにかをすれば、事態を好転させ得る――だが、なにを？

「伝えねばならない相手がいるというのは、羨ましいね」

アストラの声は、どことなく哀調を帯びていた。

「あなたにも、いるでしょう」

「どうだろう?」

暫し、ヤエトは世界の鎖について考えることをやめ、目の前にいる不思議な存在を凝視し、そして、結論した。

「あなたは風となって時を渡り、留まることを知らず、うつろいつづける……わたしから見れば、あなたは夢か幻のようなものだ。けれど同時に、あなたは人だった者だ。人の魂のかたちを知る者だ。だから、人の世から隔絶されても、その絆が完全に断ち切れるわけではないし、それに——人であっても、そうでなくても、この世界の一部であることに、変わりはない。……そう、思います」

なるほどね、とアストラは竪琴を鳴らした。

「……それはつまり、わたしが世界を愛する限り、世界もわたしを愛してくれるということだ」

論理の飛躍を見た気がしたが、ヤエトは沈黙を守った。なかなかどうして、たまには自分も賢明になれるではないか……と、思いつつ。

「面白いね、実に。実に面白いが、そういうことなら、つとめを果たさねばならないなぁ。大変そうだし、ただ眺めるだけで終えたかったというのが、正直なところなのに」

ひらり、とアストラの髪がなびいた。風が吹いているのだ。

竪琴が鳴る。分散した和音、そのあいだから覗く旋律、そしてまた和音。

「気鬱の種をくれた礼に、教えておこうか。恩寵を持つ者よ、あなたも同じだよ。あなたも世界の一部だし、世界はあなたの一部だ」

アストラの声が、ヤエトを包んだ。あらゆる方角から、聞こえてくるのだ。前後左右ばかりか、上からも下からも。すべてが、アストラの声に満たされていく。

その声が、告げた。

「あなたの人生でかかわったすべてに、祈ってごらん。祈りに応えてくれるものこそが、あなたの神といえるだろう。それが人であっても、あるいは人でなくても」

気がつくと、アストラの姿はなかった。

声だけが、留まっていた。

「祈るというのは、思いだすということだよ。そして、それがあなたの世界だ。あなたが守りたいもの、伝えたいもののすべてだ。あなたが生きてきた時間が、経験が、ふれあったものが……」

その声すらも、徐々に遠ざかる。

暗さの中に、ヤエトはとり残されようとしていた。

――まだ、自分の身体がある感じは残っている。

アストラが引き上げてくれるまで、ここでのヤエトは、非常に不安定な存在だった。いや、存在しているのか否かも不分明であったといえよう。

だが、今はここにいる。

——世界の一部。

その言葉は、ヤエトの中で鳴り響いていた。

——祈るとは、思いだすということ。

この広大な空間の中で、自分はちっぽけで、とるにたりない存在に過ぎない。それでも、彼の人生は、彼だけのものだ。そして、そうした小さな人生の欠片が数多あわさったものが、世界なのだ。

彼がここまで積み上げて来た経験、彼が生きた時間は、誰にも否定させない。

ほかの誰の人生であっても、巨大な力に押し流されて消えることを、諾とはしない。

ヤエトは眼を閉じた。

沙漠の向こうにいる家族を想った。彼の人格の基礎を作り上げてくれ、人生の初期をともに過ごし、支えてくれた人々を想った。

消え去ったはずのアストラの声が、ヤエトの内を満たした。

——祈るというのは、思いだすということだよ。

都市の胸壁に立つ妹の幻影が、視界の片隅を過(よぎ)った。視線を向けようとすれば消えてしまうとわかっていても、どうしても、そちらを見ずにはおれなかった。

すると、今度は斜め後ろの方に、身を寄せあう両親の幻を感じた。どこか遠くで、兄の指が本の頁をめくる音がした。小川の水面に映っているのは、姉の顔だ。

水を揺らしているのは風だった。風を感じることで、彼はレイランドを思いだした。心して行かれよ、と告げたときの、彼の生真面目な表情は、直近の記憶だからこそそのあざやかさをそなえ、ヤエトの間近に浮かんだ。その背後に、手をとりあうルシルとライモンドの姿があった。ふたりが話し合っているのは、北方を凍結させた場合の対策だ。かたわらで、摂政閣下が難しい顔をしている。食料の備蓄と消費についての試算を眺めているようだ。

なぜ、そういう光景が視えるのかは、わからなかった。

これでは、思いだしているというより、想像しているという言葉の方が近い。

——あるいは、こうあってほしいと望んでいる姿か。

祈りというのは、そういう意味なのかもしれなかった。自分が知り合った人々のために、かくあれかしと、かれらの幸いを祈る。

アルサールが、厳しい表情で空を見上げている。彼のところにも、風が吹いていた。眼差しの先には空があり、鳥が飛んでいる。

鳥たちが舞う空は北嶺へと変化し、北嶺の人々が次から次へとあらわれる。厩舎長はもちろん、イスヤームやグランダク、セルクの姿もあった。長老の気配も感じたが、見ることはできなかった。

かれらの前に、皇女が立っていた。ルーギンも一緒だ。エイギルもいるようだが、よく見えない。

皇女の全身からは、黄金の竜気がたちのぼっている。美しい、と思った。そして同時に、まだ無事なのだと思った。

——願望に過ぎないかもしれないのに。

愚かな、と自分をあざける気もちも皆無ではなかったが、それでも、今はこの幻影を信じたかった。信じて、祈りを捧げたかった。

なにか感動に近いものに突き動かされそうになったその瞬間、なぜか、タナーギンが鼻の穴をふくらませている情景が浮かんだ。貴婦人らしき人影と一緒だ。それは鼻の穴もふくらむであろう。

竜種の気配が次々に、視界の隅を掠めていく。一定の調子で聞こえるかけ声は、キーナンが剣の稽古をしているときのものだ。家宰が、厨房の料理人と話している。旅支度をととのえたナグウィンが進む。馬車に揺られて、どこへ行くのだろう。

ひとりずつを識別するのが困難なほど、多くの人があらわれ、消えていく。

自分の人生は、こんなにもたくさんの人に支えられていたのだ、とヤエトは思った。

人は、ひとりでは生きていない。

もちろん、人は孤独だ。ひとりで生まれ、ひとりで死ぬ。それでも、生きているあいだは違う。

――これが、世界。

不意に、あざやかな紫色の眼が見えた。皇妹だ。いや、正確には皇妹を宿したスーリヤだ。

まっすぐに、こちらを見ている。スーリヤの向こうには、代官とその奥方がいる。

――奥様、……ああ、奥様、旦那様が！

スーリヤの声が悲鳴のように伸びて、伸びて……そして途切れた。

我に返ったヤエトは、自分が祈りを捧げるべきものが、ほかにもあることを思いだした。

「ターン」

その名は、なめらかに流れ出ると、ヤエトの周囲を巡り、そして彼の身体を包んだ。

――祈りに応えてくれるものこそが、あなたの神といえるだろう。

ヤエトはターンを宿したことがあった――北方という隔絶された土地に侵入するために、ターンは事前にヤエトに神気をあてた。おかげでヤエトは死にかけた……といった事件もあったが、それはともかく、ヤエトはターンの依り代として機能し得る存在となったのだ。

あれからずいぶん経過したが、神の痕跡が、たやすく消えることはない。祈りは必ずターンに届く。そして届けば、ターンの神がそれを無視するはずがない。

名を呼んだのは、そう踏んでのことだ。

身の内を焼灼されるような痛みが、神の訪れを告げた。身体がひっくり返りそうだ。

ふと、預言者もこうだったのだろうか、と考えた。ターンの力によって、智慧の女神を隠すという大役を果たし、もはや人の形をとることができなくなった、彼女も。

『よくぞ呼んだ』

ターンの声が、大気をふるわせた。

だが、それで終わりではないことを、ヤエトは知っていた。ターンの神では、これを止められない。広がった罅から、開いてしまった蓋から、魔界の力が怒濤（どとう）のように流れ出すのを阻止するには、これだけでは駄目なのだ。

ヤエトは、もうひとつの名を口にした。

「オルムスト」

それは、古王国に恩寵の力をたれたもうた——けっして祈りに応えることのない神の名だ。それでも今、ヤエトは迷わず、その名を呼ばわった。

返事はなくとも、必ず届く。それが、過去視の神オルムストの力である。

オルムストの名を口にしたとたん、ヤエトの内で燃えていたターンの力が鎮まり、熱も消えた。今度は逆に、凍えんばかりの冷気が彼を覆った。

凍りそうな舌を、ヤエトはなんとか動かした。両手をひろげ、大きく息をした。

「神々よ、どうか我が祈りを聞き届けたまえ。どうか……魔界と地上とを繋ぐ経路に、何者も無視し得ぬ、門を！」

閉じようとするから、対のある神では無理だった。

だが、魔界と地上の境界を鎖すのではなく、制御するならば。力の流れを止めるのはなく、暴走だけを回避するなら。

それなら、神々の中では若いとされる、対のある神でも可能なはずだ。

そして、オルムストの恩寵を享けながら、相対する力であるターンの神とも繋がっているヤエトだけが、対の神を同時に呼び出し得るのだ。

ふたりが別々に神の恩寵を享けたままでは、できないことだ。ウィナエが、ターンの最後の預言者だったように、ヤエトもまた、オルムストの恩寵を享けている最後のひとりである可能性が高い。対であるとは、そういうことだからだ。

「どうか、神々よ」

未来を知るターンは過去を持たない。過去を知るオルムストは、未来を知らない。今、という一瞬以外のすべてを知る二柱の神が、その門を支えてくれれば。

「手をとり、目をお合わせになってください」

過去を知るもの、未来を知るもの、その双方が合一を果たせば、それは――。

「眼差しの交差するところ、門をくぐるすべてのものを監視し、みだりな通行が起きぬよう、どちらの世界も平穏にたもたれるよう……」

ヤエトは口を引き結んだ。

――きつい。

神の依り代になってまだ、さほど時間がたっているわけでもない。だが、なにしろ辛い。痛いとか苦しいとかいうより、とにかく辛い。根本的に、できないはずのことをしている、という感じだ。

預言者が戻れなくなったのも、無理はない。

だが、やるしかない。

「神々よ、過去と未来のすべてを知る者よ」

声が、ふるえた。それでも、最後までいいきろうと、ヤエトは両手を握りしめた。身体に力が入り、自然に前のめりになるのを感じた。それでも、なかなか声を発することができない。

――祈りとは、思いだすこと。想いを致すこと。

祈りがあるからこそ、神は生きる。祈りもなにもなしに、勝手に人の世に関与することができるのであれば、ターンはあんなに口を出さないだろう。人に願われるからこそ、神は奇跡を起こす。

必要なのは、祈りだ。

「……すなわち全智の神となり、その門を守護したまえ」

野放図に、魔界の力が流れ出さないように。それをなし得るのは――。

「シュラヤよ、その深き叡智をもって、……その門番に！」

轟々と音がして、ヤエトの意識は燃え上がった。

なにが起きているのかはわからないが、凄まじい熱を感じた。ひょっとすると冷気だったのかもしれない。

ヤエトを囲む世界が、真っ白になった。いや、真っ黒なのだろうか。

ただ、激しいとか極端とかいう言葉でしかあらわせない状態になったのは、確実だ。

熱いのか、冷たいのか。光なのか、闇なのか。轟音なのか、静寂なのか。

ヤエトを無視して、世界は燃え上がる。回転し、静止し、溶け崩れ、凝固する。

やがて、光の粒があらわれた。

その光は露の一滴となり、滴り落ちる。雫は跳ね、千々に散り、そしてまた光となる。千の光がま

た広がって、砕けて、光って。

鏡の迷宮にでも入ったかのような光景に、ヤエトは夢をみるような心地で暫したゆたい、そして、はっとした。

気がつけば、彼の前には碧緑にかがやく門があった。

――翡翠(ひすい)の門。

門の前に、ヤエトは立っていた。

その場に智慧の女神の気配は感じたが、姿はない。門を覆うのは、植物だ。芽生えては花開き、実を結んで枯れ朽ちていく。見守る内に、次々と変化が生じて、留まるところを知らない。

智慧の女神の門が、世界の鎌に繋がり、あらたな魔界の蓋となった――どういう仕掛けかはわからないが、そういう転換が生じたことを、ヤエトは知った。

――こんなことに、なるのか……。

自分がなしたことだという感触は、ひどく薄かった。

こうなることを望んだのは、世界なのではないか。ヤエトという個人の望みではないだろう。もっといえば、ここまでの変革が、人がひとり祈ったり語ったりしたというだけのことで、達成されるとは考えられない。

ヤエトは、ただの代表者なのだ。

今までに彼が出会い、眼差しをかわし、あるいは手をふれ、語りあった者たちもまた、そうなのだ。

数多の命、そのありようの一部として、かれらはヤエトに関与した。ヤエトが直接会わなかった者たちも、ほかの人々を通じて繋がっており、結局のところ――。

――世界は、ひとつの繋がりなのだ。

人はどこまでも孤独だが、同時に、完全な孤独を獲得することも不可能だ。これが世界であり、在るということであり、生きるということなのだ。

ヤエトがここにいるのは、ただ、もっともこの問題に関与しやすい境遇に生まれ、育ち、意識的に向き合ってきたからだ。そういう意味では、彼でなければできない役割だったし、同時にまた、彼でなくてもよかった。

相反するものを同時に是と認め、非となす。矛盾しているようでも、その矛盾自体を容認し、あるべきものとする。受け入れるも受け入れないもなく、ただ知っている――すなわち、真理である。

――これは、神の視点かもしれない。

神からすれば、失敗などない。すべては是である……そんな境地に達する日が来るとは思いもよらないことだったが、今のヤエトは、まさしくその心境にあった。

身体が裏返るような感覚は、未だ止むことがない。このまま自分も預言者同様、形を失うのか――と思ったまさにその瞬間、緑の門が巨大な眼となって、その眼差しがヤエトを射抜いた。

それは智慧の女神の眼であると同時に、門を構成する神々の眼でもあり、そしてまた、魔界の蓋としてふたつの世界の繋ぎ目になった、あの女性の眼でもあるように思われた。

その光が、声となった。

『逝ね』

声は闇をつらぬき、開きはじめた門から差し込む現世の光となった。それは導きの光であり、正にしるべの星と呼ぶべきかがやきだった。

光が、ヤエトを引き寄せた。ゆっくりとではあるが、強く、そして確実に。

『ここは、そなたの場所ではない。帰れ、そなたのあるべき場所へ』

その声を聞いたのを最後に、ヤエトは気を失った。

5

気を失ったというのは、正確ではなかったかもしれない。

あとで思い返してみれば、その光に乗って世界の狭間(はざま)をただようあいだに、ヤエトはさまざまなことを見聞きした。

天地が裂けたとき、世界を満たした渇望を、彼は知った。

それは堕天した母神のものでもあるが、それ以上に、魔王のものでもあった。魔界の支配者は、母神からその飢えを継承したのだ。

手を伸ばしても触れ得ず、眼差しすら届かない世界の果て。けっして辿り着くことのない天界への、そしてそこに住まう古い神々への羨望。

魔王がほんとうに興味を抱いているのは、地上ではなく、その先の空なのだ。

地上は通り道に過ぎないが、だからこそ、魔王とその眷属は地上を目指す。母神に代わって復権を目指すことは、かれらの根本に書き込まれた目標であり、変化することはないだろう。

対になる神々もまた、母神の力から生まれたが、魔王はこれを顧みることがなかった。魔王の関心は、空に向かっていたからだ。

対になる神々の気配を感じとったのは、人だった。人々が契約をすることで、神は名を獲得し、輪郭をととのえ、その力をあきらかにすることができた。それゆえ、対の神は人や地上に属するのだ。

世界の不思議は、そのようにつくられていた。

ヤエトが見たのは、神々の世界だけではなかった。

女王ジャヤヴァーラが、魔物を率いて地上を席巻する様を、彼は見た。あまりにも強力な女王は、孤独でもあった。人の世に友はなく、憧れるものは、魔術の霧の向こうに見えた魔王の姿だった。

彼女の母も見た。血を流し、復讐の念だけを抱いて立っていた。まさに、魔界の罅にそのまま手を突っ込むように魔物たちを呼び出す姿を、ヤエトは見た。

世界の狭間を漂流していたヤエトは、その動きに吸い寄せられるように、現世へ引き出された……少なくとも、本人はそう感じた。

実際がどうなのかは、今もわからない。この先も、わかることはないだろう。

目覚めとともに記憶は薄れ、消えていく。あたかも一夜の夢のように。

だが、それがただの夢などではないことを、ヤエトは知っていた。それらはすべて、この世のどこかで、いつか、いつか、起きたことなのだ。

いつか、どこかで。すべての命は、いつか、どこかを生き、そして死んでいく。

かれらの生は失われるが、この地上はすべての生の積み重ねだ。誰も知らなくとも、あるいは知られていたことが忘れ去られていったとしても、世界はその上につづく。

――つづいていく。

それが嬉しいのか哀しいのか、よくわからないまま、ヤエトはただ瞑目した。世界に想いを致すことこそ、祈りに似ている、と感じながら。

そして、気がついたときには、死にかけていた。

目が覚めたら瀕死っぽい……というだけなら、ヤエトにとっては、よくあることだ。年に何回かは遭遇している。慣れない方がおかしいが、慣れるにしても限度がある。

今回、否応なく気づかされたのは、瀕死は瀕死でも様々な種類がある、ということだ。

ひどい頭痛や熱、悪寒に吐き気、ふるえが止まらないとか視界が狭まったとか音の聞こえかたが変だとかいった身体症状なら、よく知っている。つきあいの長い、腐れ縁の友人のようなものだ。

だが、喉元に刃を突き付けられての目覚めには、馴染みがなかった。これは、狼狽してもよいのではないだろうか。

なにが起きているのか確認したいが、口を開いたら、そのますます行きそうである。

——ここは、どこだ。

顔を動かすこともできないので、視線を彷徨わせた。どうも、戸外らしい。空が見える。風が冷たい。背中や尻が痛いから、たぶん下は岩である。

後ろ手に縛られているようで、身動きがとりづらい。おそらく、足も縛られているのだろう、あまり感覚がない。痺れている。

囚われてから、それなりに時間が経過している、ということだ。

目が覚めた原因は、なんとなくわかった。この岩の上に、投げ出されたからだ。身体のあちこちが痛く、かなり乱暴に扱われたようだと察しがつく。ついでに思いだしてしまったのだが、痛いといえば、相変わらず突き指も痛い。

ヤエトに刃物を突き付けている人物は、ちょうど太陽を背に立っており、顔もなにも見えない。自分が横になっているせいもあり、相手の身長すら、よくわからない。体格からして、男性だろう……と察するくらいだ。

ただ、髪の色が淡いことだけは、わかる。ひらひらと風に舞うその髪を、危機感もなく眺めていると、わずかに刃が引かれ、入れ替わるように声が降って来た。

「本当、無駄に背が高いな、尚書卿は」

ヤエトは眼をしばたたいた。答えようと口を開いたが、言葉を発する暇もなく、蹴られた。

ちょっと蹴った、という程度のものではない。激痛が走り、一瞬、なにも考えられなくなったほどだ。このまま気絶できたら楽だと思ったが、そうはならなかった。

「運ぶのが、大変だったよ」

なぜ、と問いたかった。

大変なら、なぜ運んだのか。なんのために。どこから。

「少しは怯えた顔をしてもいいんじゃないのかな」

再度、刃が突き付けられた。大振りの剣だな、と思いながらヤエトはそれを見た。

北嶺でよく見かけるのは、もっと小振りの剣だ。鳥に乗っているときに扱いやすいよう、また弓と併用しやすいように、あまり長いものは好まれないと聞いたことがある。

「なにか、いったらどうだ？」

「あまり見かけない剣ですね」

ヤエトの答に、相手は詰まった。暫しの沈黙の後、彼は笑った。

「ちゃんと剣も見てるんだ。尚書卿が、そんなことに興味をお持ちとはね」

「記憶がよいのが取り柄なので」

「なるほど。意外に見ているわけか」

「それで、あなたはなぜ、こんなことをしているのです、グランダク？」

「なぜ？　それが、俺にもよくわからない」

混乱しているのだろうか。

よく見れば、グランダクの衣服は乱れている。排水路を滑り降りたときのヤエトほどではないが、けっこう無茶をやった、という風情である。

その汚れのいくばくかは、血であろうと思われた。しかし、グランダクに負傷している様子は認められない。いたって元気そうだ。

――誰の血だ。

グランダクは、少し足踏みをした。ヤエトを勢いよく蹴り過ぎて、足を痛めた……という展開なら歓迎するが、そういうわけでもなさそうだ。むしろ、もっとうまく蹴るための準備運動なのか。

「まぁ、橋を落とすところをご覧いただきたかったんだ。うん、そうだ」

橋、といわれて気がついた。ここは、北嶺と北方の境界となる渓谷だ、と。

つまり、グランダクが落とすと予告したのは、ヤエトが交渉して架橋を決めた、あの橋だろう。

ため息が降って来て、次いで、ふたたび蹴られた。先ほどと同じ位置だろう、痛い。

非常に痛い。

「だからさ、もう少し、残念そうな顔をできませんかね？」

グランダクは、屈み込んだ。ヤエトの顔を、よく見よう、というのだろう。

「表情に乏しいとは、よくいわれます」

「痛そうな顔は、してるみたいですけどね」

「痛いですから」

「でも、あまり残念だとか、悔しいとか、そういう顔じゃない」

「状況が、よくわかりませんので」

はっ、とグランダクは声をあげた。笑ったような、そうでもないような、曖昧な声である。

「よくわからないのは、あなただろう。あなたという人間が、わからない！」

ヤエトからすれば、グランダクの方がよほどわからないのだが、お互い様というところか。

「説明してもらえませんか。あなたが、なにをしたいのか。そうすれば、わたしも悔しがれるかもしれません」

「……悔しがりたい、ってことですか、尚書卿？」

グランダクはぐるんと目を回して見せた。こういう剽軽なところは、いつも通りだ。

うーん、と唸ってから、グランダクは立ち上がった。

なのに——やはり、なにか違う。

「姫様の目の前から尚書卿をかっさらって来たときはね、達成感がありましたよ」

——そんなことを。

皇女は怒り心頭であろう。容易に想像がつく。

しかし、なぜまたそんな展開になってしまったのか？

そのときの光景を思いだしたのだろう、グランダクは楽しげな顔をして、それから、不意に表情を変えた。

「あの娘は、身の程を思い知るべきだ」

声も、変わっていた。別人かと思うほど、冷たい。

「御身の程は、よくご存じでしょう。真帝国の皇女殿下にして、北嶺王にあらせられます」

「それがなんだと？　結局、ただの小娘だ。お気に入りの部下ひとりを救いたくて、身動きひとつ、できなかった」

この場合、お気に入りの部下とはヤエトのことだろう。

「多勢に無勢だったでしょうに、どうやって攫ったのです、わたしを？」

「無勢ってことはなかったんですよ、尚書卿。俺にも仲間がいますからね」

早口に語るグランダクの言葉に棹を差すように、ゆっくりと、ヤエトは尋ねた。

「謀叛を煽ったのは、あなたですね、グランダク」

今の状況はかなり絶望的に思えるが、せめて、事情を知ってから死にたい。

グランダクは、ヤエトを見下ろして笑ったようだった。また逆光になった上、彼が立ち上がったことで距離が開いたため、表情を窺うのは難しい。

グランダクは平静を装っているが、抑えきれない興奮が、その口調に滲んでいた。息が荒いのは、無駄に長身のヤエトを運んだせいもあるだろうが、それだけでもないだろう。

「謀叛っていうのかな。……俺たちはここに生まれ育った、生粋の北嶺人なわけで。それが後からひょっこり来た異国人に支配されてる方が、おかしくないですかね？」

その感覚はあるだろう、とヤエトは思った。

うまくいっているあいだは、さほど気にならない。だが、なにか不都合が起きるたびに、原因は外部に求められる。北嶺人にとって、もっとも身近な外部とは、帝国から来た人々だ。

「俺たちは、俺たちなんだ」

ヤエトは黙っていた。声を上げたら、必ず蹴られるという予感があった。

グランダクの声は、徐々に熱を帯びはじめている。

「セルクが、この国を背負うはずだったんだ。それが、姫様姫様って、親鳥について歩く雛みたいにぴよぴよしやがって」

ぴよぴよしやがって、という表現が面白過ぎて、事態を深刻に考えるのが難しくなった。

笑いの発作を堪えきることができたのは、痛みが激しかったせいだ。笑ったら、蹴られなくても痛い上に、さらに蹴られるに決まっているのだ。

しかし、帝国の侵攻がなく、グランダクの言葉通りにセルクが北嶺を仕切ることになっていたなら、いったいどんな国になっていたことか……。

グランダクは、言葉をつづけた。

「あなたもだ、尚書卿。セルクの奴、尚書卿は凄いとか憧れるとか、恥ずかしげもなく褒め称えてね。なんでも真似しようとして、滑稽(こっけい)ですよ。あなたさえいなければ、もっとうまくいくのに」

――うまくいくって、なにがだ？

大いに疑問ではあったが、安易に茶々を入れられる場面でもなさそうだ。

ヤエトに向かって語りかけながら、グランダクの視線はヤエトをとらえていない。見ているのに、見ていないのだ。

彼は、自分の頭の中にいるヤエトに語っているのだろう。現実の、無力に転がされている隠居に向かってでなく、彼の想念に存在する、もっと有能で憎むべきヤエトに向かって論じているのだ。

そんな実在しない人物への不満など、実在するヤエトに押し付けられても、困るのだが。

グランダクは、まだぶつぶつと喋りつづけている。

「他所ばかり見て、足下が見えないようじゃ、駄目なんだ」

今のグランダクが、まさにその状態なのではないか……と思ったが、これも口にするのは賢明ではなさそうだ。

ヤエトはあたりをもっと観察しようとした。

しかし、視界に入るものといえば、自分が転がされている岩の表面と、空だけだ。それと、グランダク。ほかには誰もいないようだ。

「俺たちは、もうちょっと結束を高めるべきだと思った」

「だから、北方の侵入を手引きしたんですか？」

素早い蹴りが、ヤエトの腹部を襲った。やはり、口を開いてはいけなかったようだ。

「よくご存じだね、尚書卿。そう、あれは苦渋の決断だったね。でも、皆の目を覚まさせるためには、荒療治が必要だったんだ。それに、小娘も追い落とせるはずだったし」

「……あなたは」

「黙れよ」

グランダクが屈み込み、ヤエトの頭髪を掴んだ。ぐいと頭を持ち上げられ、髪も痛いが、さっきから蹴られつづけている身体も痛く、苦し過ぎて声も出ない。

当面、グランダクの望み通りになったわけだ。

それも癪に障るので、ヤエトはなんとか声を振り絞った。

「あなたは、三の君と通じていましたね?」

確証はなかった。

そうではないかと思ったのは、ついさっきだ。グランダクの口調や態度のなにかが、第三皇子を連想させた。皇子本人ではなく、彼に思考を乗っ取られた博沙の将軍を思いだしたのかもしれない。

——竜気が強いのに、ろくな訓練を受けていない。伝達官などよりずっと、簡単に入り込める。

この発言に危機感を覚え、ヤエトはスーリヤを皇妹に預けた。

だが、問題を小さく見過ぎていなかったか?

帝国貴族は、鳥と心が通じる。北嶺の民も、そうだ。ならば、北嶺人もまた、同じ条件がととのっているといえるのではないか?

第三皇子との接点を持つ北嶺人は、実に少ないはずだが、グランダクは……。

ヤエトはグランダクを見た。グランダクもまた、ヤエトを見ていた――あるいは、グランダクの向こうから、第三皇子が。

考えてみれば、都に行ったとき、グランダクは頻繁に姿を消していた。娼館に行っているという話だったが、実は第三皇子の部下と会っていたのかもしれない。

内政担当のはずなのに、ちっとも北嶺に落ち着かないとイスヤームがこぼしていた。これも、外部との繋がりの証左ではないか？

人質として北方に行ったセルクとの連絡役を買って出た割に、重要な情報をきちんと伝えていなかった節がある。意図的に、セルクに与える情報を制御していたとしても、おかしくはない。

北方の侵入も、一方で皇女の追い落としをたくらみつつ、外敵に備えて内部の連帯を高める計画だったのだろう。

――もっとも、第三皇子がどういうつもりだったかは、また別の話だ。

第三皇子は、北方とも結託していたはずだ。グランダクとルス公家の双方に良い顔を見せておいて、自分の都合で取り立てたり切り捨てたりする予定だったのだろう。

どちらが勝つにせよ、皇女は潰せる。その上で、北嶺の実効支配を狙うことは、十分に可能だ。

皇帝にお仕置きされて、その野望は捨てたのかと思えば、そうではなかったらしい。第三皇子は、少しも諦めてなどいなかったのだ。だから、グランダクにも継続的にはたらきかけた。謀叛を起こさせれば、皇女から北嶺を取り上げられると踏んだのだろう。

だからといって、北嶺人による自治が認められるはずなどないのだが、グランダクはそうとは知らず、協力していたに違いない。

——自分の手に入らないから、思うにまかせないから、滅びてしまえ、なんて……。

心の底から自分とは違うと感じ、ああはなりたくないとライモンドが思った人物とは——それは、第三皇子なのではないか。彼は、そういう性情の持ち主だろう。理解できないし、恐ろしいし、くだらない。ライモンドの表現通りだ。

そして、その理解不能の恐ろしいものに、グランダクは、取り込まれてしまったのだ。

「利用してるだけだ」

それが答だった。

グランダクは、そう思わされているのだろう。もちろんだ。そして、その言葉は同時に、第三皇子のものでもあるはずだ——ただ利用しているだけだ、この馬鹿な野蛮人を、と。

「あなたは、三の君に魂を握られてしまったのですよ。鳥と心を繋ぐように」

「鳥と心を繋げない尚書卿が、そんな譬えを口にするとはね」

「ええ、そうです。わたしは繋げない。でも、あなたがたは繋げる。あなたがた北嶺の民と、そして帝国の竜種や貴族だけがね。それを不思議に思ったことはないのですか」

グランダクが眼をしばたたいた。

ほんの一瞬、素の彼の表情が戻った気がした。今なら、グランダクの心に届くかもしれない。

あるいは第三皇子に届くだけかもしれなかったが、それならそれで聞いてもらおうではないか。

「沙漠の西に、皇祖が旧帝国を建国した時期は、はっきりしています。ひるがえって、沙漠の東には歴史と呼べる記録が残されていないため、なにもかも曖昧な同定しかできない。それでも、ほぼ間違いないでしょう。皇祖は、同時にあなたがたの祖先でもある。沙漠を渡った北嶺人が、あちら側で国を興し、竜種と称して今に至るのです」

「……だからなんだと？」

「帝国に反感を抱く必要はないでしょう。むしろ、あなたがたが、帝国の祖だ。立派になって戻って来た子孫を、誇りに思いこそすれ、蔑む理由はないのです」

「あるね」

グランダクは即答した。薄く笑い、彼は言葉をつづけた。

「不思議に思ったことはないかって？　ありますよ、もちろん。俺たちの鳥を、我が物顔で乗り回しやがって。なんでそんなことができるのか、考えましたよ。もし、皇祖とやらが北嶺出身なら、それは間違いなく蒼竜王の世代だ。力の強さから考えて、王族でしょうね。責任もとらず、民も臣下も捨てて逃げ出した、そんな輩の子孫を、なんで歓迎する必要が？　かれらに従う義理もない！」

だが、グランダクは利用されている――そんな輩の子孫であるに違いない、第三皇子に。

「愚かな……」

思わずこぼれた言葉を、グランダクは聞き逃さなかった。彼はヤエトの髪を掴んだまま、立ち上がった。

必然的に、ヤエトも立ち上がるような姿勢にならざるを得ない。とはいえ、手足を縛られている上に、脚の感覚もないとあっては、まともに立つこともできず、髪を引っ張られたままの状態だ。

今までさんざん禿げの呪いを唱えてきた報いだろうか。そういうことなら、思い当たる節がありすぎる。反省したい。

「先祖と子孫もそうだけどね。隣同士で仲良しごっこができると思ったあなたの方が、ずっと愚かじゃないですかね、尚書卿」

風向きが変わり、ヤエトの鼻に、つんと来る臭いが届いた。

――火？

グランダクが、ヤエトの顔をそちらに向けた。

橋が、炎に包まれていた。

「見事な眺めじゃないか……さあ、とくとご覧じろ！」

設計や架橋のための技師は、ヤエトが《黒狼公》領から連れて来た者たちだったが、かれらに申しわけない――はじめに考えたのは、そのことだった。

作るのは、何日も、何ヶ月もかかる。だが、壊すのは一瞬だ。

橋は木製である。北方産の、良質の木材を使っていた。骨組みはできるだけ力強く。積雪に負けないよう、雪を落とすための仕掛けにも工夫を凝らした。職人たちは、その仕事に誇りを持っていた。慣れない土地で、それでも自分たちの仕事をやりきった。

どう詫びようと、取り返しはつかない。

燃え上がる橋脚は、荘厳といってよい美しさをそなえていて、それが一層、哀しかった。美しいものは、なぜか哀しい。それが失われようとしているときは、殊に。

「こんな目立つことをして、追手が来ますよ」

「来ればいい。橋が燃え落ちるところばかりでなく、俺があんたを殺す場面も見物できる」

――観客を待っているのか。

できれば賭けもしたいところだろう。グランダクは胴元で、セルクが賭けの対象で。そういう日々は、二度と戻らない。それは、確実だった。

「その先は、どうなるのです」

ヤエトの問いに重なるように、叫び声が、峡谷を渡って届いた。

「グランダク！」

皇女の声だ――いや、伝達官だろうか。

峡谷の幅は、かなり広い。はりあげた声さえ、強風に流されて消えそうだ。それでも、声は谷を渡った。

「恥を知るなら、今すぐ尚書卿を自由にせよ！」

グランダクは口の中で笑った。峡谷の向こうには、けっして届くことのない笑いだ。

「恥か。恥ってなんだ？」

すぐそばにいるヤエトにすら、聞かせるつもりはないだろう。独語である。

――自分を客観視できていない。

今の彼では、賭けをまともに成立させることもできないだろう。視野が広く、頭の回転が速いのでなければ、胴元などつとまらない。

――グランダクは、こんな男ではなかったのに。

終わった、と痛切に感じた。世界の鋳だの、魔界の蓋だのを前にしたときよりも、絶望感が強い。こうなってしまった人間を、元に戻せる気がしない。

博沙の右将軍を前に眉をひそめていた、皇妹の言葉を思いだす。

――おまえは自分自身をすら愛していない。だから、愛を理解できない。

第三皇子が人を使い捨てるように利用しても、なんら痛痒を感じないようなのは、それが理由なのだろうか。

「人質を解放せよ。さすれば、そなたの話を聞く準備はある！」

「うるさい」

舌打ちして、グランダクはヤエトを転がした。

痛い。

それに、今にも崖から落ちそうだ。

「話を聞く準備ね。いらないね、そんなものは……俺は、自分が話したいときに話すんだ」

グランダクが喋る速度は、徐々に上がっていく。交渉できる状態ではない。

風向きが、ふたたび変わった。煙の臭いが消えて、少し、息がしやすくなった。そう思ったまさにそのとき、グランダクがヤエトの胸を踏みつけた。

喉元に冷たいものを感じた。またしても、剣を突き付けられたのだ。

今度こそ、グランダクは本気だ。観客は揃った。ヤエトを生かしておく理由は、もうない。

一刻の猶予もない。駄目で元々と、ヤエトは頼みの名を呼んだ。

「ジェイサルド……！」

――来てくれ、ジェイサルド！

かすれた声は、とても遠くまで届くとは思えなかったが、それでも繋ごうとした望みを、グランダクは笑いとばした。

「無理ですよ、尚書卿。ここは北嶺じゃない。北方側だ。あのご老体が、いかな化け物でも……いや、化け物だからこそ、来られやしない」

実に説得力のある意見だ。どれだけ努力しても、ジェイサルドは北方に侵入することができなかった。今だけ特別に、とはいかないだろう。

刃先が、ヤエトの喉を撫でる。

「あなたはここで死ぬんだ。俺が殺す。北嶺と北方を仲良くさせるとか、帝国がどうだの世界がこうだの、あなたが抱えているあれやこれやも、すべて殺す。ここで、俺が終わらせてやる」

「無理ですね」

ほとんどなにも考えず、即答してしまった。

「なに？」

「無理です。わたしを殺しても、このわたしという生き物が死ぬだけです。わたしの理想は死にません。わたしの言葉やおこないは、人々の記憶に生き続ける。わたしの理想は、いつの日か、わたしの遺志を継ぐ誰かが実現させるでしょう」

ヤエトが夢みたのは、平和な国だ。弱者が安心して暮らせる環境だ。

たとえ皇女がそれを実現させ得なくても、なにがしかの成果は残るだろう。それを善しとする者が、いつか同じ理想を目指してくれるはずだ。

ヤエトを直接知る者が、すべて、命を終えたとしても。人は繋がりつづける。時は流れ、歴史は層をなしていく――その中で、絶対の孤立など、あり得ない。

人は死んでも、思想は死なない。忘れられても、忘れられない。新たなものが生じるとしたら、それは古いものを堆肥としているはずだ。

結果、彼の望みとはまったく違うものが栄えることになったとしても、時間が積み上げた地層が、そのすべてが間接的に今を、そして未来を支えるだろう。

それだけは、絶対に間違いのない真実だ。

「……その頃には、尚書卿の名など、誰も覚えていないだろうよ」

「それより、わたしを殺して、あなたはどうするのです」

「あなたさえいなければ、どうとでも――」

グランダクが言葉を途切れさせたのは、峡谷に響き渡った声のせいだった。

「グランダク、聞け！」

――セルク!?

グランダクが頭を巡らせているあいだに、ヤエトもセルクの姿を探した。

――いた。

ほんとうに、セルクだった。

かなり遠いが、間違いない。強い風になびいているのは、帝国の官服だ。グランダクの神経を逆撫でしそうな出で立ちで、しかし、セルクは尚書官には不似合いなものを手にしていた。

北嶺でよく使われる、短弓だ。鳥に騎乗した状態で扱いやすいよう、小さめに作られた弓である。

「セルク……」

グランダクの声が、わずかに揺れた。

だが、それは友の名をつぶやいたときのみ。叫び返したときには、グランダクの声には張りがあり、迷いを窺わせる響きはなかった。

「北嶺を帝国に売り渡した裏切り者に、その弓が扱えるのか！」

挑発的な言辞にも、セルクは態度を変えなかった。その声にも言葉にも、ぶれは感じられない。

「おまえなら、わかるだろう。この距離で、この風だ。どんな弓の巧者でも、必ず当てられるものではない、と。だから──」

「──だから、この矢の行方を決めるものは、天意だ！」

セルクは静かに、ごく自然な動きで弓に矢をつがえた。

そもそも届かないだろう、という距離だ。だが、セルクはなんの迷いもなく、射た。

まさかと思う間に、矢はグランダクとヤエトがいる場所に迫った。

一瞬が永遠にも感じられるという経験は、何回かある。だが、このときほど、長いと思ったことはなかった。

強く吹いていた風が、止まったのを感じた。世界のすべてが静止して、一本の矢に、その一点に力が集中しているかに思われた。

やがて、激しい金属音がした。

セルクが射た矢が、グランダクの剣を弾き飛ばしたのだ。

呆然とするヤエトの前で、グランダクは手をおさえた。

──痺れたのか？

あの矢にそこまでの力があるはずがない、と思うあいだに、グランダクはよろめいた。

ヤエトの胸から重圧が消え、安堵の息を吐いたとたんに、きつく差し込むような痛みが襲った。呻き、喘ぎながら上げた視線の先に、靴の爪先が見える。

覚束ない動きで、グランダクはもう一歩、後ずさった。自分で自分を支えられない、酔っぱらいの動きに似ている。だが、その先にはもう、足を乗せられる場所もなく――。

「グ……」

名を呼ぶことさえ、できなかった。

最後に見たグランダクの顔は、ただ、おどろきを浮かべていた。馬鹿な、という表情だけを残して、彼の姿は谷底へと消えた。

そして、セルクの声が峡谷に響いた。

「見よ、天意は示された！」

6

次に目覚めたときも、やはりヤエトは瀕死であった。

瀕死過ぎて、人間らしい状態に戻るために、かなりの時日を要することになった。

グランダクの蹴りが本気だったのか、ヤエトが軟弱過ぎたのか、骨が何本か折れていた。ただでさえ、神を宿したりなんだりで体力を使い果たしていたところに、それである。ヤエトでなくても倒れるだろう。そして、ヤエトであるから、倒れっぱなしになってしまった。痛みに悩まされたり、熱で朦朧としたり、……まぁ、いろいろあった。

ある程度は体力が戻ったところで、北嶺から《黒狼公》領の隠居所に移送されることになった。ヤエトの意志ではない。その方が休めるだろう、休め、という皇女の命令に、ジェイサルドが迅速に従った結果である。

当時のヤエトはといえば、意識がないか、あっても人間らしい会話はできないか、といった状況だったそうだが、もちろん、本人は覚えていない。

そういうわけで、今のヤエトは、非常に隠居らしい隠居生活を送っている。

寝ている時間の方が起きている時間より長く、起きているあいだも、ぼうっと窓の外を眺めているだけ、という有様だ。もちろん、あまり動かないようにとナオにいわれているので、正しい生活態度ではあるのだが、書物を読む気力すら湧かないとは。

——疲れた。

とにかく、動けない。なにもしたくない。

「お茶をお持ちしました」

小卓に、そっと茶と菓子を置いたのは、スーリヤである。ジェイサルドだけでは食生活が厳しくなるから、厨房をまかせる者を別に連れて行くように、とナオが厳命してくれたおかげだ。

スーリヤは、なにか尋ねたり、返事が必要な会話をはじめたりしない。案じるような眼差しを向けてくるだけだが、それすら、今のヤエトには重荷だった。

ほんとうに、疲れていたのだ。

——こんな状態で、生きているといえるのだろうか。

そんな考えが脳裏を過ったほどであるが、そうしたことについて思いを致すのすら、面倒でならなかった。

どれくらい、そんな生活をつづけていただろうか。ジェイサルドが来客を告げたのは、夏も過ぎ、風が冷たくなって来た頃のことである。

「姫様が、お見えです」

ジェイサルドが一礼して下がり、皇女が入って来た。

いつに変わらぬ男装だ。一瞬、髪を切ったのかと思ったが、よく見れば、まとめ髪にしているだけだった。彼を一瞥(いちべつ)して、皇女は破顔した。

「久しいな」

部屋の中が明るくなるような、笑顔だ。

——これだから、竜種は。

ヤエトは眼を伏せた。

「座ったままで、失礼いたします」

「おお、進歩ではないか」

「……は？」

「やれ立ち上がるの座っていろのと押し問答をする手間が省けた。素晴らしい」

そういってから、皇女は眉根を寄せ、尋ねた。

「そなた、まことにヤエトか？」

「そうだと思いますが」

「……冗談だぞ。もう少し、気のきいた返しをせよ」

「行き届かず、申しわけありません」

「その返事は本物だな。最後に見たときより、ずいぶんよくなったようで、安心した」

ヤエトが高熱にうなされていたあいだに、見舞ってくれていたらしいが、もちろん記憶にない。記憶にないなら会っていないと考えれば、実に……どれだけぶりか、よくわからないほどである。

「皆が、よくしてくれましたので。皇女殿下も、お元気そうでなによりです」

「そなたの顔を見ただけで、元気が二割増しくらいにはなったかな」

ずいぶん調子のよい返しである。ルーギンの影響だろうか。

「二割ですか」

「五割にしてもよいぞ。うん、そんな気分がしてきた」

ずいぶん手軽に三割も増えた。胡散臭いにもほどがある。

「光栄に存じます」

暫しの沈黙の後、皇女は笑った。

「うん、ヤエトだな。実にヤエトだ」

なにがヤエトなのか、本人にはさっぱりわからない。

黙っていると、皇女はヤエトの対面に腰掛けた。そして、大きく開いたままの窓を見た。

「よい眺めだなぁ」

「空しか見えませんが」

「そこがよいではないか」

たしかにな、と思いながらヤエトも空を眺めた。

立ち上がって窓辺に行けば、もう少しは違う景色が見えるのだが、座っていると、どうしても空しか見えない。だが、空さえ見えれば、それでよいのだ。

「恐れながら、斯様に鄙びたところまでお出ましになった、ご用件をお聞かせ願えますでしょうか？」

「そなたの顔を見に」

「でしたら、もうお済みですね」

「用件がひとつだと思ったなら、甘いぞ」

甘かったようだ。

「では、ほかのご用件とは」

「文のやりとりではなく、直接、話したいと思ってな。そうすることで、新たな気づきが生じたりもするだろう？」

二割増しが五割増しになったりか、と突っ込みたいところを堪えた。

「なるほど」

なるほど、というのは便利な相槌だ。そうですね、と並ぶ二大巨頭といってよいだろう。相手が皇女の場合、御意、の方が使える感があるのは否めないが。

まず、と皇女が切り出した。

「どこから話せばよいか……そなたが人事不省になって、長かったからなぁ」

「不徳の致すところで、申しわけありません」

皇女は肩をすくめて見せた。

「そこは、気にするな。そうだな……北嶺の叛乱の話からにしよう。北嶺が不穏だという情報は迅速に伝わったし、叔母上から話を伺って、ある程度の覚悟はしていたのだが、都を離れることができず、打つ手がなくてな。もどかしい思いをした」

なるほど、と口にしかけた寸前、使ったばかりであることに気がついた。危ない。

「お大変でしたね」

「《灰熊公》の問題が片付かぬ内は、動けなかったのだ」

兵を率いて救援に赴く可能性があったのだから、それは、仕方がないだろう。

「夕刻には、魔物の湧きが止まったという一報があり、《灰熊公》からの救援要請も取り下げられた。

そこで、わたしは北嶺へ向かうことができた。あとで考えてみれば、それくらいの遅れは、あってよかったのだと思う。あの日の北嶺は、そなたの身の安全さえ、あやぶまれる状況だったのだからな。わたしが行ったからといって、事態が好転したとは限らなかった」

「御意に存じます」

「後知恵で、偉そうに語ることは、たやすい」

つぶやいて、皇女は微笑んだ。

大人びたと思うのは、これが初めてではない。だが、今までになく強くそう感じた。

皇女はもう、ヤエトが出会ったときと比べて、ずっと大人だ。

「わたしが北嶺に着いたのは、翌日の夜明け前だ。夜を徹して飛んだせいで、厩舎長には叱られたが、鳥たちは、なんでもないといってくれた。それに皆、わたしの味方をしてくれたんだ。グランダクの一味が、……三の兄上が、皆を変な風に調整していくのを、邪魔してくれた」

「左様でございましたか」

北嶺人の感情は、鳥を媒介して伝わる。伝わり過ぎる。それを利用することで、第三皇子は、遠隔地からその場の空気を支配していた。鳥たちだって、一方的に利用されてばかりではいなかった……とわかるのは、なかなか喜ばしいことではないか。

「そこへ、そなたが突然、降って来た」

「申しわけありません」

皇女は眉を上げた。

「そなたが謝る筋合いのことなのか？」

「……不躾にも、突然、出現したわけですし」

「とりあえず謝っておけ、ということであれば、わたしは好かん」

「はい」

「で、そなたが謝る筋合いのことなのか？」

ヤエトは考えてみた。責任があるかどうかでいえば、すべてはヤエトのふるまいがあった上で発生していることなので、ない、と断言することはできないだろう。望んでそうなったわけではないが、望みと一致しないから責任はないです……というのは、一般論として通用しない。うまくやりたかったけど、できませんでした、だから責任はありません、とはならない。

「おそらく、責任はありますので」

皇女は、ため息をついた。頭をかきむしったついでに、まとめ髪に指がひっかかって苛ついたらしく、まったくもう、と文句をいいながら髪をほどいてしまった。

見慣れた髪型になると、やはり見た目はそんなに変わらないな、と思ってしまう。

——無駄なのに。

昔の皇女と比較しても、なんら益はないと、わかっているのに。

「では、動揺しているあいだにグランダクにそなたを攫われてしまったのは、わたしの責任だ」

もう少しで、なるほど、と口走るところだった。なるほどが便利過ぎて、困る。

「そのようなことを、お気になさる必要は。わたしは無事なのですし」

「無事？」

皇女の声の調子を聞いて、どうやら、いってはいけない言葉だったらしいと気がついた。

今のはナオに似ていた。似なくていいくらい、似ていた。

ヤエトが黙ったのを——つまり今ので会話の貸し借りの天秤が傾いたという認識を、双方が共有したということを——確認する十分な時間をとってから、皇女は尋ねた。

「それで、そろそろ詳しい話をしてくれぬか？」

「詳しい話、とは……？」

「なぜ、そなたが急に出現したか、とか。そもそも、博沙でなにが起きたのか、とか」

「それは、書面にてお送りした通りで——」

「あるいは」

皇女はヤエトの言葉を遮った。

若干、身を乗り出すようにして、くり返した。

「あるいは、そなたがなぜ、なにごとにも興味を抱かなくなったのか、について」

ヤエトは眼をしばたたいた。

——そうか。

いわれて、気がついた。そういうことなのだ。自分は、興味を持てなくなっている。なにもかもが、流れ去る幻のようだ。目を凝らしても、どうせ形をとらえることはできないだろう、本来の姿に辿り着くことはできぬだろう、という諦念がある。

「自分でも、わかりません……わたしは疲れているのだと思います」

「身体は辛かったであろう。骨が折れていたそうだからなぁ……」

たしかに、骨が折れたおかげで、ほんとうに大変だった。

生活もいろいろと不自由だったが、なにより大変だったのは、ナオの機嫌の悪さである。

ヤエトを案じた皇女が、ナオを派遣したのだが……正直いって、ありがたいより怖かった。

どういう状態であるかについての詳しい説明を受けたとき、骨が折れているので云々という話に、道理で痛いと思った、と感想を述べたのが、よくなかったらしい。ナオの視線は、北嶺の吹雪もかくやという冷たさになり、それはもう……大変だった。

その後、突き指だと思っていたものも、実は骨が折れていたのだと教えられたときには、同じ轍を踏まないように注意した程度には、大変だった。

「しかし、もう治ったのであろう？　休養は十分ではないのか」

「休んでとれるような疲れではないのかもしれません」

「休んで駄目なら、どうするのだ。なにをすれば治る？」

「そうですね……」

――生きているといえるのか、と疑念を抱くほどだからな。

折れた骨は、繋がった。熱も下がった。身体はそれなりの健康をとり戻したはずなのに、もはや、死んでいるも同然と感じてしまう。

「原因はわかっているのか？」

「さあ……どうなのでしょう」

皇女は口を歪めた。が、次の瞬間には気分を切り替えたらしく、それでは、と手を叩いた。

「そなたの方の話を聞かせてもらおうか」

「書面でお送りした以上のことは、ございません」

「そうかそうか。だがな、先ほど教えたであろう？　そなたの顔を見に来たのだと」

「はい」

「実はな、そなたの声も聞きに来たのだ」

重大な秘密を明かすように身を乗り出し、声をひそめて、なにかと思えば。

「そうですか」

「だから、話してくれ。そなたの声で聞きたい。なにがあった？」

逃れられそうもないと観念し、ヤエトは一連のできごとを語った。スーリヤが置いて行ったきりの冷めた茶を啜って喉を湿しながら、説明するのが困難な体験を、少しずつ言葉にした。

アルハンの元王妃が、自分こそが魔界の蓋だったのだと明かす場面は、思いだすと、胸が痛んだ。

救いたかったし、救える方法もあったのでは……と、今でも思っている。だが、それもただの願望だ。現実には、彼は彼女を救い得なかった。第二皇子の伝達官の証言によれば、ヤエトと元王妃は同時に姿を消し、その後暫く、牢獄内は異様な雰囲気だったという。

どこがどうとは申せませんが、と伝達官も言葉に困っていた。ただ、妙な感じだったのだ、と。

それに関してはアルサールも同じようにいっていた。レイランド公子に至っては、穢れた魔界の風が吹いていていた、と表現したらしい。

後刻、遅れて到着したファルバーンも、奇妙な感じだと証言していたそうだ。

「そこまではいいとして、その先が、よくわからぬのだが」

「門の話ですか？」

門が機能していることは、ほぼ間違いない。魔物の出現報告は激減した。

ファルバーンによれば、水の穢れもほとんど消えたらしい。清浄神の恩寵持ちとしてアルハンに縛りつけられることもなくなった彼は、今は志願してキーナンの従者となり、学舎に詰めている。

「そうだ。結局、そなたは二柱の神を門に、もう一柱をその門番にしてしまったのか？」

「わたしがそうした、というよりは……神々が、そうしたのだと思います」

「うん？　そなたの意志ではない、という意味か」

「わたしは、神々に使われた、と感じました。ああしよう、こうしようと思って、なにごとかを成したのではありません。神々が、こうなりたいということを実現するために、……神々の力の通り道というか、焦点として使われたのだ、と。いうなれば、道具です」

神々の視点からは、人などそんなものだろう。もちろん、人が道具に愛着を抱くのと同じように、神々も人に個別の執着を覚えたり、扱いを差別したりはするのだろう。だが、人と道具のあいだに超えられない違いがあるように、神と人のあいだにも、歴然とした差がある。

それは、けっして崩れることのない壁であり、埋まることのない亀裂だ。

「だが、そなたも同じことを望んだのではないのか？　つまり、無軌道な通行ができないように、門や門番が置かれるように、と」

「そうですね……そうなのでしょうが、それでも違います。門を作ろうとか、門番を置こうとか……そういったことを、能動的に考えたわけではないのです。自然にそうなってしまっただけです。わたしはただ、それが生じるのを眺めていただけだったと思います」

「傍観者、か」

皇女のつぶやきが、妙にしっくり来た。

「そうですね。たぶん、そうです。わたしは傍観者であり、目撃者でした」

「そして同時に、道具でもあったわけだな」

「はい」

皇女は髪を指に巻き付けていたが、不意にそれをするりとはなした。

「では、道具だったそなたは、なにを考えたのだ」

「……はい？」

「使われたことに、感想があるだろう。この使われかたなら問題ないとか、これは嫌だったなとか」

暫し、ヤエトは考えた。そして、自分がとくになにも感じていないという結論に至った。

「なにも考えていなかったと思います。考えても無駄ですし」

「嘘だな」

間髪を入れず、断言された。

「いえ、ほんとうに――」

「嘘であろう。なぜなら、そなたがなにも考えないということなど、あり得ぬからだ」

「ですが、道具がなにか考えても、無駄ではないでしょうか」

「笑止。考えても無駄だからという理由で、なにも考えなくなるなら、誰も苦労はせぬ。とくに、そなたという男はな、考えなくてもよいことまで考えて、ちょっときもち悪いくらい楽しそうにしておったのだぞ。それが、道具がなにか考えるのは無駄だなどと、馬鹿らしい」

「では、わたしは本物のヤエトではないのかもしれません」

「そなたは本物だ！」

これまた、凄い勢いでいわれた。否定しようものなら、首が飛びそうである。

「……わかりました、ではわたしは本物ということで。でしたら、今の、こういう有様も認めていただければと」

「誰が認めるか。そなたの方こそ、諦めよ」

「なにを諦めるのでしょう」

「考えないことを、だ」

まるで、ヤエトがなにも考えていないかのようではないか。

いや、たしかに考えていない気もするが……。

「ジェイサルドにも、もっと考えてくださいといわれましたね、そういえば」

「そうなのか？」

「はい」

あのとき、ヤエトはジェイサルドを呼んだ。

ジェイサルドは、名を呼んでくれればすぐに行けるだろう、と話していた。それを、ヤエトは覚えていたのだ。

だが、それはジェイサルドが人より魔物に近い存在になったからだ。その事実を追認することになるのが嫌だった。

そんな甘い理由で、呼ぶのがぎりぎりになったと知ると、ジェイサルドは非常に不快そうにした。ジェイサルドには、人でいてほしかったのだ。

——それは、いらぬ気遣いというもの。もっと早く呼んでくだされればよかったのに。

北方の国境という絶対的な障壁に阻まれ、移動することはかなわなかったものの、ジェイサルドはその呼び声を聞き、聞こえているのに行けないという苦しさを覚えたという。

反省するヤエトに、ジェイサルドは容赦ない追撃をはなった。

――そもそも、儂は儂です。人らしいか魔物らしいかなど、今さらどうにもできません。その、どうにもできぬことについて、ああであればよかった、こうでなければよい、などと。儂がこのような、人か魔物かどっちつかずの存在であること、殿にはご不快でしょうか？

そういわれてみれば、魔物らしくなったことを確認したくないというヤエトの願望は、ジェイサルドを愚弄するものにほかならない。ジェイサルドはジェイサルドなのだ。そのまま、そういうものとして、受け入れるしかないのに。

自分の見識のなさに絶望したことを思いだし、薄暗い気分になっていると、皇女が告げた。

「セルクが案じておったぞ」

「なにをでしょう」

「グランダクに目の前で死なれたせいで、気落ちしているのではないか、と。もしそうなら、自分の責任だ、と頭を抱えておった」

頭を抱えるセルクの姿は、容易に想像できた。しかも、そのあと大声でわめきそうだ。

「なるほど」

「そうなのか？」

「あ、いえ、違います。グランダクのことは……残念だとは思いますが」

「ああ、そうだな。残念だ。いつから、あんなことを考えていたのだろうな」

はじめからだろうな、とヤエトは思った。おそらく、ごく初期に発生した皇女の暗殺未遂事件なども、グランダクか、彼と意見を同じくする輩のしわざだろう。

ちょっと脅せば出て行くだろうと高をくっていたに違いない。

だが、皇女には皇女の事情があった。北嶺にしがみつかなければ、政略結婚の駒として使われて終わる……そう思い詰めていたのだ、脅されたからといって、泣いて逃げ出すわけにはいかなかった。

ヤエトは眼を閉じた。

――わたしは、逃げたいのかな。

北嶺で幻視した皇女の姿が、目蓋の裏に浮かぶ。

しかし、皇女は逃げない。皇女として生きる道を、選んでいるからだ。

「彼は、腹をくくることができなかったのでしょうね」

「腹をくくる?」

不思議そうに首をかしげた皇女に、ヤエトはうなずいた。

「そうです。長老は、それができた人でした。本来、帝国の傘下に入ることには反対だったそうですが、併合前の立場は立場として、その後はその考えを捨てていました。今さら遅い、と」

「……腹をくくったということか」

「そうです。帝国について行くと決めたのだから、後になって文句をいうな、ということでしょう。ああ……だからなのかもしれませんね」

「うん？」

「長老が、後から文句をいうな、という姿勢を見せてくれていたから、おさまっていた面があったのかもしれません。だから、長老が危なくなったときに、一気に噴き出したのでしょう」

もちろん、準備はされていたのだろうが、それが表出するきっかけは、やはり長老危篤という状況あってこそだろう。

「そうか……」

「そういえば、セルクはなぜ、あの場にいたのです？」

「人質に行っていたはずなのに、ということか」

「はい。レイランド公子は博沙にいたはずですし、人質を交換するのではなく、セルクだけが戻って来ていたのは、なぜだったのでしょう」

皇女はすぐには答えなかった。まじまじとヤエトの顔を見て、それから、ささやいた。

「やっと、か」

「は？」

「やっと、そなたの口から質問が出た」

万感の思いがこもった声だった。

――質問？

自分では気づいていなかったが、いわれてみれば、そうかもしれない。

疲れていたからな、とヤエトは思った。なにもかも、だるかった。身体を動かすのはもちろん、頭を使うことも、したくなかった。いや、なにかを感じることすら、面倒でならなかった。

そんな状況では、質問など出て来るはずもない。

「……そうでしたか。わたしに質問をさせるために、お越しになったのですか」

「それもある。しかしなぁ、記念すべき久しぶりの問いが、セルクだのレイランドだのに関することとは……。まぁ、しかたない。答えてやろう。セルクが早く帰っていたのは、北方側の好意と、打算が原因だ。どうやら、食料の備蓄に不安があるらしくてな。それで、話し合いがしたい、と」

「なるほど」

使者を立てるより、どうせ帰らせるのだから、セルクを……というのは、わからないでもない。

「そなたが施策を示唆したのだと聞いたぞ」

「はい？」

「魔界の蓋が開いてしまった場合にそなえて、事前に準備をした方がよい、と。それで、食料の備蓄がどれくらいあればよいか、という話になったのだというから」

ああ、とヤエトはつぶやいた。そういえば、そんな話をした。真面目に考えてくれたのか、と思った。ライモンドとルシルは、手を携えることを覚えてくれたのだ。

「話したように、わたしとグランダクが対峙（たいじ）していたときに、そなたが不意にあらわれた。わたしは不覚にも反応できなかったが、グランダクの素早さは、かなりのものだったぞ。即座にそなたを確保して、近寄れば殺す、動くなといって距離をとり、自分の鳥に後をまかせて逃げて行ったのだ」

「鳥、ですか」

「あんな男でも、鳥には慕われていたのだろうな。暴れ回って手がつけられず、難儀した」

「そのあいだに橋を渡って、放火して、……だったのですね」

「そういうことだ。非常に手際がよかった。セルクが城に着いたのは、グランダクが逃げてからだ。様子がおかしいとは感じていたようだ。セルクの鳥が、一応は伝えていたそうだが……鳥の意思疎通力というのは、そういう状況を伝えるには不向きなのだ。人質や、叛乱といった概念が、鳥にはない。それゆえ、伝わることもないというわけだ。ともあれ、経緯を説明したところ、自分も行かねばならないといって、同行するというよりセルクが先導するような形で、あの場に着いた」

ヤエトは、あのときのことを思いだしていた。

——この矢の行方を決めるものは、天意だ！

「セルクが責任を感じる必要はないでしょう。彼も、神の道具だったに過ぎないのですから」

「ならば同じく神の道具として、そなたも、やはり責任を感じる必要はない……ということだな」

「まぁ、そうなりますね」

背もたれに深く身を預け、ヤエトはぼんやりと考えた。そういえば、ほとんど考えていなかったな、と思う。あの門と、神々のことを。

なぜ考えずにいられたのか、不思議だ。

「それで、レイランド公子はどうなさっているのですか？」

皇女は渋面をつくった。

「……また公子か。ようやく質問が出るようになったと思ったら、なぜ、あれなのだ！」

かなり苛立たせてしまったようなので、あわてて弁明した。

「あのかたは、皇女殿下のお役に立ちたいからと、博沙に同行なさったのですよ」

「まぁよい、そなたの興味を満たしてやろう。公子は北方に帰られた。ご婚約なされたそうだぞ、北方の……どこだといっていたかな。どこかの姫君とだ」

心の底から興味がない、という風に皇女は語ったが、どこと縁組みしたかは把握しているだろう。レイランドの行く末を心にかけていないことを表明するために、どこかの姫君などと表現したのだ。

「そうなのですか」

真面目な顔でうなずいてから、皇女はつぶやいた。

「ある意味では、似た境遇だったのだな、公子は。だから、わたしを救いたかったのだろう。わたしを救うことで、公子も救われたかったのかもしれぬ」

だとしても、それこそ皇女が責任を感じるような話ではないだろう。

どう相槌を打つべきかについて考えていると、ささやくように、皇女が告げた。

「公子のことを案じられる立場でもないな。わたしはもう、北嶺王ではなくなってしまった」

「……残念です」

ぽろりとこぼれた返答に、情感がこもっているのを自覚して、ヤエトは眼を伏せた。

――そうだな。残念だ。

結局、北嶺で謀叛が起きたということは、あきらかになってしまった。第三皇子が一枚噛んでいたのだから、当然である。

第一皇子は、即座に北嶺王を廃すべし、と皇帝に献言し、皇女は都に呼び戻された。今、北嶺は天領扱いになっているはずだ。

――北嶺は混乱しただろうな。

一報を聞いて以来はじめて、ヤエトはその問題についてまともに考えた。

これまでは、情報として知ってはいても、知っているだけだった。だからどうした、こうした、というところに考えが行かなかったのだ。まったく、頭がはたらいていなかった。

浮き世のことは、皇女にまかせていた……。

ヤエトはヤエトのなすべきことを。皇女は皇女にできることを。

北嶺を発つ前に伝えられたその言葉通り、ヤエトは人の世の事情を考えるのをやめていた。どこまでも無責任なその行為は、皇女への信頼に依拠したものでのある。

――信じているから、投げ出せたのか。

ヤエトは皇女を見た。皇女はまた、窓の方に顔を向けていた。

空しか見えないのがよい――それは皇女の本音だろう。

「ここへは、鳥に乗って来たのだ。よかったら……あとで、一緒に乗らないか」

「お誘いいただき、ありがとうございます。ですが、鳥も疲れているでしょう。ここは、遠うございますからね」

「うん」

うなずいてから、皇女は素早い動きでふり返り、ヤエトを見た。そして、不意に叫んだ。

「そうなのだ！　遠過ぎる！」

「申しわけございません」

「ここに避難せよと命じたのは、我ながら最良の采配だったと思う。慧眼だったと褒めるがよい」

従順に、ヤエトは命令に従った。

「大変な慧眼でいらっしゃいました」

「おかげで、大乱のあいだ、そなたはここで養生できたのだからな！」

「はい。まったくお役に立ちもせずに、ですが」

「痴れ者が！　そなたは生きているだけでよい。それだけで、我が心の支えぞ！」

痴れ者を心の支えにするのは、やめた方がよいのでは？　と、ヤエトは思ったが、実際に口にしたのは、もう少し妥当な感じの相槌だった。

「もったいないお言葉です」

「……まぁ、それも落ち着いたゆえ、こうして訪うこともできたのだがな」

あらたに魔界の蓋となった門のことさえ、あまり考えなかったヤエトである。大乱については、知っている、というだけだ。

兵馬の権を返上せよと命じられた第一皇子が、継嗣は自分だとはっきり決めてもらわねば返せない、と皇帝を脅したことに端を発する……と、ヤエトは聞いている。

まさに国を割る争いが勃発しかけたのだが、その時点で皇女は北嶺王ではなくなっていたため、表向き、その問題には関与せずに済んだ。ある種、不幸中の幸いであろう……と、さすがにそれくらいは考えたが、それだけだった。

長く生死の境を彷徨っていたせいで、大乱と呼ばれる事件があったということを聞いたのも、すべてが終わってからである。だから、淡々とした反応しかできなくても、無理はない。だが、それだけではないだろうな、とも思う。

――関心を持てなくなっていたんだな、ほんとうに。

あらためて考えてみるまでもなく、辺地で静養中とはいえ、大乱に興味を持たない方がおかしいのである。送られた文を、読むだけは読み、そうか、と放置していたようでは、本物のヤエトか、と疑われても無理はない。

そういえば、皇帝からの綸旨も届いていたが、興味がなくて、ろくに目も通していない。たしか、魔物をしりぞけた功績を讃え、禄高を上げるとかそういう内容だった気がする。

「ともあれ、今日ここへ来た用件のひとつは、大乱後、についての話だ」

「……はい？」

「継嗣の問題については、陛下がけりをつけられた。つまり、あの剣が竜種の長を示すということ、それは陛下が崩御なさって以後になるだろうということ、要は後継者をあらかじめ決めておくことはできない、と。それは書き送ったと思う」

帝位に意欲的なら、それでは自分以外を皆殺しにすればよいな、と考えるだろう。しかし、皇帝はぬかりなかった。

「はい。竜種の死に関与すると、長として認められなくなる、というものですね」

「そうだ」

これで、皇子たちは互いに殺しあうのを躊躇することになった。

皇帝がはじめて明かしたところによれば、当初、剣は沙漠の西の皇帝を示していたそうだ。ところが、西の皇帝が同族を粛清しはじめて暫くしたところで、突如、神託がくだった。当時はまだ皇弟という立場だった真上皇帝に、おまえこそが一族の新たな長である、と。曰く、西の皇帝は同族に不誠実である、血を重んじる姿勢がない、それゆえ神もこれを見放して、弟である真上皇帝を長となすことにした……という話なのだが、非常に胡散臭い。

正直にいって、ヤエトは信じていない。おそらく、皇子たちも半信半疑だろうが、神宝の剣が皇帝に力を与えていることについては、信じざるを得なかったようだ。

皇帝がひとこと、黙れ、と命じただけで、誰も口をきけなくなったらしい。

おかげで、皇帝の言葉に説得力が増し、剣に選ばれなくなる危険性を冒してまで同族を屠ることは、難しくなった。

「あれは、皇女殿下をお守りする意味もあったのでしょうね」

「そうなのか？」

「失礼ながら、四の君が死を賜ったとき、薬をお運びになっておいでですゆえ。次代の玉座を争うには不利だろうと、皇子様がたに思っていただくように」

「……そういうことか。だが、必要ないことだと思うぞ。兄上たちの誰も、わたしが帝位を望んでいるとはお考えでないようだからな」

自嘲気味に、皇女は答えた。

ともあれ、皇帝の策は悪くなかったと思われる。

それでも大乱と呼ばれる事件になってしまったのは、第一皇子が意外に冒険心に富んでいたせいだ。

慎重派だったはずの第一皇子は、長子の自分が帝位を継げない可能性が高いことに、不満を覚えたらしい。それでは兵馬の権はお返しできぬといって、叛旗を翻した。

皇帝も、せっかくの策を台無しにされて、かなり苛立っただろう。逆らう者は討伐だ、とは命じられない。妄りに同族を殺すと、剣に選ばれなくなる……という説明をしたばかりだからだ。第一皇子も、それを計算に入れての行動だっただろう。

計算外だったのは、第二皇子の迅速な行動である。

皇帝の命も待たずに軍を展開し、おどろくほどあっさりと、第一皇子を討ち取ってしまったのだ。

そして、自分は帝位は望まないので、剣に選ばれる必要がない、よって同族殺しも厭わない、今後も帝国の安定をおびやかす輩は容赦しない……と、宣言した。

これが、大乱と呼ばれる事件の核心部分だ。

もちろん、第一皇子を支持していた貴族のいくばくかは、主君と仰いだ皇子の仇を討つとして、簡単には降伏せず、暫くは小競り合いがつづいた。

だが、所詮は主君を失った者たちである。仇を討つという行為以外、かれらには、なにもなかった。ゆえに、勝ったとしても、その次の未来がない。そんな有様では、まともな支持者がつくはずもない。物資が尽きて、ほどなく収束した。

この一件へのヤエトの感想は、第二皇子が流石だ、のひとことに尽きた。

帝位を望まない姿勢が口先だけではないことを、同族殺しという危険を冒すことで印象付けたばかりか、喧嘩をするなら一方的に殴りに行くから覚悟しろ、と明言したのだ。

うまい。できれば皇女にこの位置に立ってほしかったが、同時に、そうでなくてよかったとも思う。同じ位置に立つということは、皇女が兄たちの誰かを殺すということだからだ。

「それで、皇女殿下はどのようにお考えなのですか？　帝位をお望みですか」

兄たちが殺しあうのを止めるために、帝位を欲する——皇女は、そういっていた。その後、またひとりが死んでしまったわけだが。

残る皇子は、いつのまにか三人まで減った。第二皇子が勝負を降りたということは、第三皇子と第六皇子の一騎打ち……と見えるだろう。そこに皇女が入れるかは、正直いって、微妙なところだ。

第三皇子は、未だに尻尾を摑ませない。グランダクの背後にいたのは、絶対に第三皇子だとわかっている。それでも、確たる証拠はないし、あったところでどうにもならない。

しかし、とヤエトはぼんやり考えた。

――あれが皇帝位を継ぐとしたら、非常に不愉快だな。

不愉快で済めばよいが、あんな破滅的な人物が皇帝になれば、帝国が滅びかねない。

ヤエトがその不愉快そうな未来について考えを巡らせているあいだに、皇女も答をまとめたようだ。

「帝位とは、欲した者の手に入るものではない、と感じている。本人の意志以外のものが、強くはたらくのではないかな……みずから選ぶのではなく、選ばれるもののように思う」

「なるほど」

わからなくもない。だが、と思う。

「選ばれる方は、おのれの力が及ばないところの話です。それは、どうありたい、こうありたい、というのとは違う次元でしょう。たしかに、他力をたのまなければ達成できない、そういうものはあります。ですが、だからなにも望まない、望むことのために努力しない、という態度でいらっしゃるなら、それには賛成いたしかねます」

「そうだな……実をいうと、わたしは迷っている。自分がなにを求めているのか、わからなくなった。

ただ、こうして話していて思うのは、なにを目指すにせよ、そのとき、そなたに隣にいてほしい、ということだ」

——そう来たか。

「なんの興味も持てなくなった男に、なにをお望みですか」

「興味は、復活するであろう。実際に今、話しているあいだに、だいぶ変わって来たではないか」

それは否めないところだ。だから竜種は困るのだ。せっかくあんなに無気力に、隠居らしい隠居生活をむさぼっていたというのに。

「ですが、元の通りにとは参りませんし、お役に立てるとは——」

「いてくれるだけで、と何回いえばよい？」

「何回でも、同じです。わたしが、それでは満足できません。いるだけで役に立つとおっしゃられても、実感がありませんので。お役に立てていると、自分で感じたいのです」

「そういわれると困るが、今までだって、そなたはわたしの役に立ってくれたではないか」

「元の通りにとは参りません、と申し上げたはずです。わたしが無気力になっているのは、魂の中に虚ろなものを感じているからです」

「魂が虚ろ？」

「神の道具として使われた……と、先ほどお話ししましたね？　わたしは、神を召くための依り代となりました。いわば、伝達官が竜種に合わせて作る鋳型のようなものが、わたしの中に、存在していたのです。それが……つまり、神がその鋳型を使って出て行くとき、鋳型がはじけ飛ぶような衝撃が与えられたと思ってください。そういう……なにか、です。大きな空洞を感じるのです」

　皇女の顔が曇った。

「まさか、壊れてしまったのか？」

「いや、まぁ……こうして生きておりますし、伝達官殿が陥ったような深刻な状況では――」

　ここまで説明して、ヤエトは不意に思いだした。皇女の伝達官について、誰からも説明を受けていないが、おそらく、彼女はもういないのではないか。

　皇女は黙っている。

　しかたなく、ヤエトは話をつづけた。

「――病弱なのも以前からですし、慣れてはおります」

「そうか」

「ただ、わたしの、その……空になったという感覚が、消えるかどうかはわかりません」

「それだけが問題なら、案じるな。わたしが消してやる。そなたを、やる気で満たしてみせる」

　なぜか、皇女は自信満々で断言した。どこから湧くのか、その確信は……。

「もうひとつ、問題がございます」

「なんだ？」

「おそらく、わたしの恩寵の力は消えました」

皇女は眼をみはった。

「まことか」

「ないものを証明するのは難しゅうございますが、おそらくは。過去視の神は、門の一部となりました。もはや、以前と同じ神ではないのです」

皇女は立ち上がり、ヤエトの前に膝をついた。あまりのことにおどろいたヤエトが反応できずにいると、皇女は彼の手を握り、こういった。

「結婚できるな！」

「……は？」

意味がわからない。

だが、皇女の中では当然の帰結だったらしい。熱っぽく語られた。

「ずっと、案じておったのだ。恩寵の力は、血を通じて伝わるであろう？　ことなる神の恩寵を享ける者同士では、子をなせぬのではないか、といわれてなぁ。だが、これで問題ない！」

「いわれた……って……」

——誰に。どういう場面でだ。

つまり、誰かに質問したのかという仮定に至り、ヤエトは目眩を覚えた。

「突っ込みが追いつきませんが、皇女殿下、わたしは隠居ですゆえ結婚はできかねます」

「ああ、わたしは気にせぬ。ただ、そなたの子が欲しいだけだ」

「わたしは気にします！」

「そなたのおかげで、やる気が出たぞ。そなたにたりないやる気を補っても余りあるゆえ、安心せよ」

そんなやる気は出なくてよいし、まったく安心できない。

だが、ヤエトが文句をいうよりも、皇女が言葉を継ぐ方が早かった。

「そなたはわたしの翼だ。鳥に翼を与えたように、わたしにも空を飛ぶすべを教えてくれたのだ。そなたと一緒なら、なんでもできる気がする。厳密にいえば、それはただの思い込みに過ぎず、はじめて見たものを親と思う雛のように、そなたを慕っているだけなのかもしれぬ。だが、それでもかまわぬ。そなたと生きたいと感じる、今のこの気もちは、絶対に嘘ではない！」

皇女の眼差しは、真剣そのものだった。

美しい、とヤエトは思った。顔かたちも美しいと思うが、それ以前に、人としてのありかたが違う、と感じる。自分には真似ができそうもない。

真似したいのか、というと、そうでもないのだが——皇女は皇女ひとりいればよい。ヤエトまで、そうなる必要はない。

「……ヤエト？」

「わたしは、明日への希望というものを持たないように、持たないようにと生きて参りました。ミムウェ様、あなたにとって、わたしが翼であり、飛びかたを教えた存在であるならば、わたしにとってもそうなのです。あなたと出会ったことで、わたしは翼を知り、空を知ったように思います」

皇女が息を呑む音がした。

ヤエトは彼女を見下ろして、微笑んだ。

「お気もちは、よくわかりました。わたしでよければ、お供つかまつります。行けるところまで参りましょう。ただし、子を産むだの結婚するだのについては、保留させてください」

「わかった、大丈夫だ、安心せよ！」

ヤエトの気が変わらない内にと慌てたのだろう、急いで返事をしてから、皇女の顔が赤くなった。

「その……嫌なら無理にとはいわぬが、でも、嫌とはいわせぬという気もちもあって、ああ……わたしはなにを話しているのかな！」

今さら羞じらっているなら、時間差過ぎる。

「口を閉じておかれると、よろしいですよ」

いつかのように接吻したら、墓穴を掘ることになるのだろうなぁ——などと考えながら、ヤエトは自分の手を見下ろした。

彼の手を握る皇女の手は、男の手を上から包み込むには、あまりに小さい。だが、剣を握り、弓を射るその手は、ヤエトの手よりもずっと硬い。

「では、次の一手について、考えているところをお話ししましょう」

「次の……？」

「帝位を目指さずに、運を呼び込む一手です」

「それは興味があるな！」

　嘘ではないだろう。まだ顔は赤いが、表情は真剣だし、生き生きとしている。

　これだから、皇女に話をするのが面白くなってしまって困るのだ。きちんと興味を持って聞いてくれ、しかも実践もしてくれようとする。そんな聞き手の前では、頑張らざるを得ないではないか。

「運とは、天から与えられるものである……と、考えがちですが、それだけではありません。先ほどお話ししましたように、自分ではどうにもならないことは、生きて行く上で非常に多く感じられるでしょう。ですが、そこについて考えても、それこそ、どうにもなりません。考えるべきは、自分でどうにかできる部分です。運を呼ぶためには、運が来たらそれをすぐに摑める状態、また運を招きやすい環境などをととのえておくべきだと、そうはお思いになりませんか？」

「……そうだな」

「自分ではどうにもならないものは、誰かが運んで来てくれる可能性がございます。誰か、と申しますのも、自分ではどうにもならないものですゆえ。ですから、人を知り、人を重んじるところから、まずは始めましょう」

　どうしても、完全な孤独などないことを、ヤエトは知っている。

　束の間体験した、神の視点――世界はひとつの繫がりなのだということを、強く意識しながら、彼は皇女に語った。

「百人いたら百人に好かれようと思うのは、愚か者の考えかもしれません。ですが、その百人を、できる限り知ろうとすることは、愚かではないのです。互いに知り合うことで、人の繋がりは強固なものとなり、運だけに左右されない絆となります。そして同時に、運を招きもするでしょう」

ヤエトの人生を変えたのは、皇女だけではない。数多の出会いが彼を導き、変えていった。誰にとっても、生きるとは、自分ひとりだけのものではないのだ。

それは、ひとりひとりのものであると同時に、皆のものなのだ。

「では、百人と知り合うには？」

「まずは、北嶺王に戻していただく手段から、考えましょうか」

皇女は眼をしばたたいた。

「……飛躍がないか？」

「わたしは殿下の翼だそうですし、多少の飛躍はお許しいただきましょう」

真面目くさって答えると、皇女はまた眼をしばたたき、それから笑って答えた。

「許してとらす。ではさっそく、少し羽撃いてみようではないか」

「はい？」

「先ほども誘っただろう。鳥に乗ろう」

さっきよりも、ずっと心が動いた。皇女と話す内に、気もちがほぐれているらしい。

ヤエトの迷いが通じたのだろう、皇女の言葉に熱がこもった。

「そなたを誘うつもりで、鳥にも話してある。むしろ、乗ってやらなければ拗ねるぞ」

「シロバを連れて来た、と尚書卿にお教えしてはいかがでしょうか？」

「ルーギン！」

ふり返ると、実に楽しそうな笑顔を浮かべたルーギンが、扉の前に立っているのが見えた。

皇女が立ち上がり、握ったままのヤエトの手が持ち上げられ、変な恰好になった。皇女は動揺したのか、急いで手をはなしたが、もちろん、ルーギンの笑顔が深まっただけだった。

「呼ぶまで来るなと申しつけたであろう！」

それを見ながら、どの時点で来ていたのだろう、とヤエトは考えていた。扉の影に、ジェイサルドの姿も見える。まったく、物見高い者ばかりで困ったものだ。

「シロバがうるさいんですよ、さっさと先生を呼んで来い、連れて来い、早くしないと髪の毛むしって巣作りに使うぞ、ってね」

「それくらい、そなたの口先でごまかせぬのであれば、一本残らずむしらせてやれ。そなたの髪にとっても、阿呆の頭に生えているよりは、シロバの巣になる方が幸いであろう」

「……姫、それはちょっと」

肩をすくめて、皇女はふり返った。そして、あらためて手をさしのべた。

「行くぞ、ヤエト」

その手をとって、ヤエトは答えた。

「お供つかまつります」

そして、心の内でつけたした。
――行ける限りは、どこまでも。

あとがき

全十冊にしましょう、と提案してくださったのは、初代担当の内田様でした。それくらいの量だと、完結しないと手を出したくないという人にも勧めやすい——という理由だったと記憶しています。

十冊で終わらせると決めておいてよかった……というのが、今の偽らざる心境です。

ちょっと、わたしの性能がですね、長い話を書くには不足しているようなのです。

パソコンにたとえると、メモリ領域がたりず、全データを一気に展開できない感じ……でしょうか。

通常は、作業中の部分、つまり小説の終端を頭の中に展開しているわけですが、話が長くなると、作業中ではない部分も確認する必要が生じます。つまり、既刊分などの古いデータですね。それを読み込む領域を確保するために、最新の部分を閉じる必要が生じ、古い部分を確認中に最新部分を参照する必要があると、また逆の操作……そうやって切り替えているあいだに、そもそもなにをやりたかったんだっけ、という状況に陥ってしまう。そんなイメージです。

パソコンであれば、メモリを増設するか、高性能の新製品に買い替えれば解決ですが、自分は買い替えるわけには参りませんので、この環境で作業をつづけるしかありません。

低スペックなりに頑張ってはみましたが、もうこんな長い話は書けない気がしています。

ともあれ、なんとか書き上げました。たいへんお待たせいたしましたが、最終巻です。

シリーズの刊行開始が二〇〇八年ですから、ほぼ八年かかっております。

八年前の自分には、もう少し計画的にやりなさいよ、といいたいですが、向こうにしてみれば、なんで八年もかかってるの、さすがに遅過ぎじゃない？　という感じでしょうか。

現在のわたしは、ここ数日の自分に対して、あとがきくらい一瞬で書き終えなさいよ、なんでできないの……という不満を抱いておりますが、それはそれとして。

長い時間が経ってしまい、いろいろなことが変わりました。

読者の皆様におかれましても、少なからぬ変化を経験なさっているのではないでしょうか。年齢も重ねられたでしょうし、環境も変われば趣味嗜好も変わるでしょう。そういった変化は、避けられないものだと思います。続刊を待ちきれずに興味を失ってしまわれたかたも、いらっしゃるでしょう。

それでも今、終わりまで読んでくださるかたがいる。……なんだか奇跡のように思えます。

果たして、待っていてくださったかたの――今これをお読みのあなたの、ご期待に添えるような内容になっているでしょうか。

もっとうまく書けたのではないか、もっとよいものにできたのではないか。不安は、どうしても残ります。

ですが、これが今の自分の精一杯であることも、偽りのないところです。この物語は、この形でしか書けませんでした。

ヤエトは実に地味な主人公です。ファンタジーの華ともいえる戦闘シーンで、完全に傍観者であるどころか、吐いたり倒れたりして観戦すらままならないというね……せめて視点人物として機能してくれないかな、と思いながら書いていました。

たまに「地味過ぎるからちょっと派手なことしよう」と戦闘シーンを書き入れてみたりもしたのですが、「いやーでもこれ主人公関係ないね？」と消すことになり、効率が悪くなるだけでした。

本書では、六章の冒頭に戦闘シーンがあったのですが、やっぱり消しました……。

こんなに消して、よくまぁ最終的にはこの量を書けたな、と感慨深いです。

物語の終わりには、いつも、なにがしかの寂寥（せきりょう）感がただよいます。

きっと、自分の日常は今日も明日もその先もとつづいていくのに、物語の世界はそこで凍結され、進むことをやめてしまうからなのでしょう。

それでも、頁を開けばいつだって、物語はそこで待っていてくれる。読んでいるあいだ、世界はそこにある。

いつかまた、その風を感じたくて再訪してしまうような——読者の皆様にとって、このシリーズがそういう存在であれば、嬉しく思います。

作者は筆を置きますが、この先の物語は、皆様の頭の中で、心の奥で、どうか自由に育ててやってください。


最後になりましたが、一冊目からここまで、美しいイラストレーションでこの世界を彩ってくださった、ことき様、ありがとうございました。いつもイラストを拝見するのが楽しみでした。

また、初代担当の内田様、そして内田様から引き継いでくださった落合(おちあい)様、たびたびご迷惑をおかけしました。お疲れさまでした。

そしてもちろん読者の皆様も、お疲れさまでした。ゆっくりでいいですから、と声をかけてくださったかたも多く、ほんとうにありがたかったです。

皆様のおかげで完結に至ったこの物語を、楽しんでいただけますように。

二〇一六年九月　妹尾(せのを)ゆふ子(こ)

ラフ集

ヤエト父
ヤエト姉
ヤエト母

ラフ集

若かりし
ジェイサルド
妄想

妹尾先生、ご執筆、本当におつかれさまでした！

『翼の帰る処』という大好きな作品に出逢えたことは、
私にとってとてもしあわせなことでした。

完走できた喜びと最終巻のさみしさに
感無量と名残惜しさが複雑にまざりあってますが
イラストレーターとして携わり、
最終巻を迎えることができて感謝の気持ちで一杯です。

担当編集の落合様、前担当の内田様、編集部の皆様、デザイナー様、印刷所様、
いつも本当にたいへんお世話をおかけしました。
一緒に『翼～』を作れて光栄でした。

読者の方にとってイラストが作品に寄り添い、
皆様の心に少しでも残るようなものであったならば幸いです。

ありがとうございました。

妹尾ゆふ子（せのおゆふこ）

三月九日生まれ。神奈川県在住。

漫画家のめるへんめーかーを姉に持ち、アシスタントをつとめる。

白泉社「花丸」にて、小説家デビュー。「真世の王」（エニックス）、「ロマンシング　サガ―ミンストレルソング―　皇帝の華」（スクウェア・エニックス）、「パレドゥレーヌ　薔薇の守護」（コナミデジタルエンタテインメント）、「鋼鉄三国志　呉書異説」（コナミデジタルエンタテインメント）、「翼の帰る処」シリーズ（幻冬舎コミックス）他

【初出】

「翼の帰る処５ ―蒼穹の果てへ― 下」――――――――書き下ろし

失われた過去を知りたくありませんか？

「過去を視る」力を持つ帝国の史官・ヤエト。病弱な彼は、左遷された赴任先の北嶺で地味な隠居生活を送ることを夢見ていた。しかし、政治に疎い北嶺の民に悩まされ、さらには北嶺に太守として来た勝ち気な皇女に振り回され、休まる間もない。だが、北嶺を知るにつれ、ヤエトはこの地に帝国の秘密が眠ることに気づいていく…。歴史の光陰が織りなす壮大なるファンタジーロマンの扉がいま開かれる――。

定価：本体１２００円＋税　　発行：幻冬舎コミックス　　発売：幻冬舎

幻冬舎コミックスホームページ　http://www.gentosha-comics.net

2016年9月30日 第1刷発行

著者……………………妹尾ゆふ子

発行人…………………石原正康

発行元…………………株式会社　幻冬舎コミックス
〒151-0051
東京都渋谷区千駄ヶ谷4-9-7
電話 03-5411-6431（編集）

発売元…………………株式会社　幻冬舎
〒151-0051
東京都渋谷区千駄ヶ谷4-9-7
電話 03-5411-6222（営業）
振替 00120-8-767643

印刷・製本所………株式会社　光邦

検印廃止

ISBN978-4-344-83680-8 C0093
Printed in Japan

幻冬舎コミックスホームページ
http://www.gentosha-comics.net